Cours & Examen

Prépabrevet

3e

Spécial Brevet

SVT

• **Fabien Madoz-Bonnot**
Professeur agrégé de SVT
Lycée Carnot de Dijon

Hatier

Le site de tes révisions

L'achat de ce Prépabrevet te permet de bénéficier d'un **ACCÈS GRATUIT*** aux ressources d'annabac.com en 3e (fiches, quiz, sujets de brevet corrigés…) et à ses parcours de révision personnalisés.

Rendez-vous sur **www.annabac.com** dans la rubrique « J'ai acheté un ouvrage Hatier ou Foucher ».

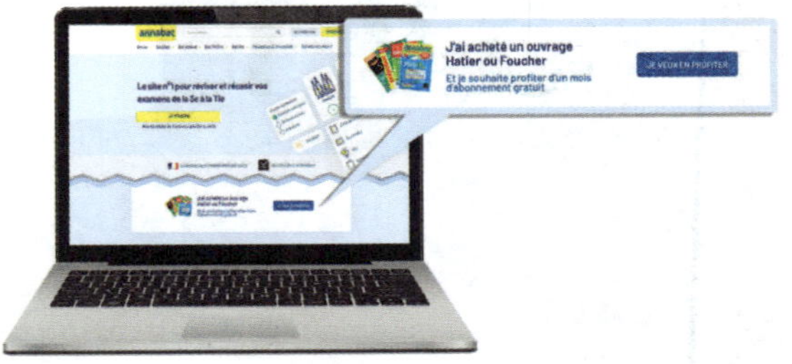

* Selon les conditions précisées sur le site.

Maquette de principe : Frédéric Jély
Mise en pages : STDI
Schémas : Corédoc
Iconographie : Hatier/Illustration
Édition : Nathalie Ferry

ISBN 978-2-401-07828-4

AVANT-PROPOS

TU ES EN 3e et tu sais que la réussite en SVT demande un travail tout au long de l'année ? Alors ce Prépabrevet est pour toi !

Cet ouvrage va te permettre en effet de mémoriser les connaissances essentielles sur chacun des thèmes du programme et d'acquérir progressivement des méthodes clés pour gagner en efficacité !

Cet objectif est rendu possible grâce à un ensemble de ressources très complet : des fiches de cours et de méthode – synthétiques et visuelles –, des schémas bilans, des quiz et des exercices progressifs, enfin des sujets guidés, pour te préparer à l'épreuve finale du brevet.

Toutes ces ressources, assorties de conseils, te permettent d'aborder en confiance tous tes contrôles durant l'année et de te préparer efficacement à l'épreuve du brevet.

Je te recommande de les utiliser régulièrement, en fonction de tes besoins. Ainsi tu pourras aborder l'épreuve écrite de sciences en toute sérénité, et acquérir les compétences nécessaires à la poursuite de tes études.

L'auteur

Fabien Madoz-Bonnot

SOMMAIRE

Le vivant et son évolution

1 Stabilité et diversité génétique des individus

2 L'évolution des êtres vivants

3 La nutrition cellulaire des organismes

Le corps humain et la santé

4 La lutte contre les micro-organismes pathogènes

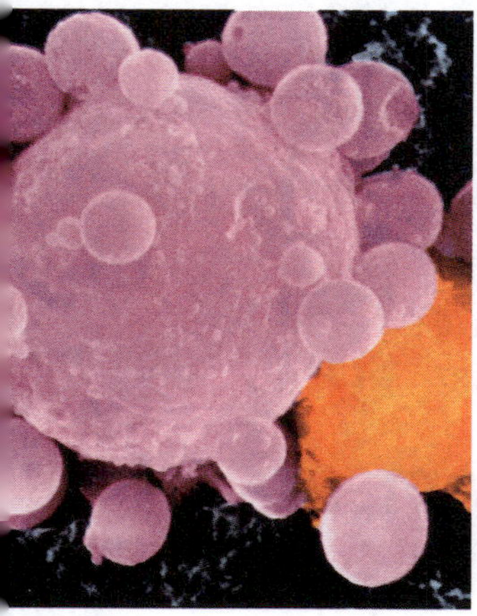

5 Le fonctionnement du système nerveux

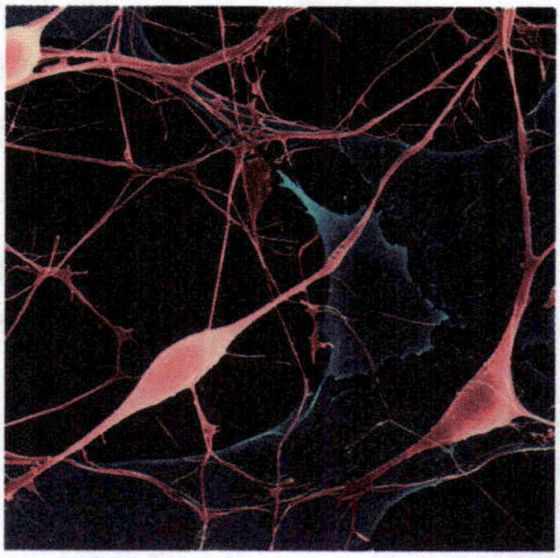

SOMMAIRE

6 Les mécanismes moléculaires de la digestion

7 La maîtrise de la reproduction

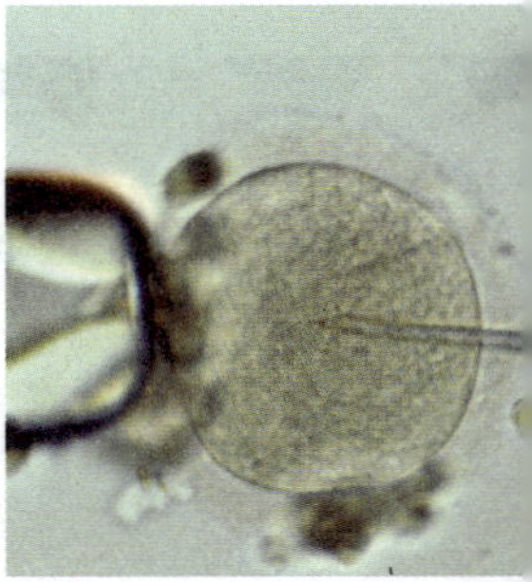

La planète Terre, l'environnement et l'action humaine

8 Les liens entre l'homme et son environnement

L'épreuve du brevet

9 Préparer l'épreuve du brevet

Annexes

1 Stabilité et diversité génétique des individus

1 Localiser l'origine des caractères héréditaires

EN BREF ▸ *Les caractères héréditaires d'un individu proviennent des informations héréditaires transmises par ses parents. Ces informations sont stockées dans le noyau des cellules de l'organisme, au niveau des chromosomes.*

I Transmission des caractères héréditaires

- Les parents transmettent à leur descendant des **informations héréditaires** qui contrôlent la mise en place des caractères lors du développement embryonnaire.

MOT CLÉ
Information héréditaire : instruction contrôlant la mise en place d'un caractère héréditaire.

- Les informations héréditaires transmises par les parents sont donc présentes dès le stade embryon à une seule cellule : la cellule-œuf.

II Localisation des informations héréditaires

- Les mêmes informations héréditaires sont contenues dans le noyau de toutes les cellules de l'organisme (à l'exception des gamètes).
- Lors de la multiplication cellulaire, on observe au microscope la transformation du contenu du noyau en filaments : les **chromosomes** à deux brins.
- L'ensemble des chromosomes d'une cellule forme un **caryotype**.

MOT CLÉ
Chromosomes : filaments présents dans le noyau de toutes les cellules.

À NOTER
Le terme **caryotype** désigne également le document présentant les chromosomes d'une cellule.

- Un caryotype est caractéristique d'une espèce : tous les individus d'une même espèce possèdent le même nombre de chromosomes.
- Les chromosomes sont le support des informations héréditaires : une anomalie du nombre de chromosomes entraîne des caractères anormaux.

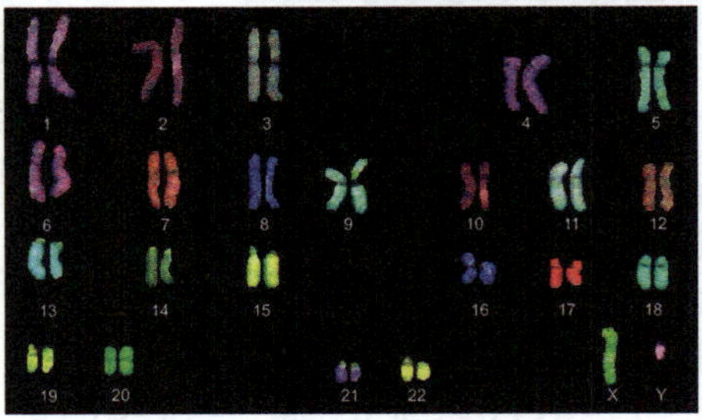

Doc Caryotype d'un humain

Il comporte 46 chromosomes, qui peuvent être rangés en 23 paires. Les chromosomes d'une paire ont la même taille et la même forme (excepté les chromosomes sexuels).

Méthode

Relever des informations dans un texte afin de montrer qu'un caractère est héréditaire

L'hypertension artérielle est une élévation permanente de la pression artérielle pouvant entraîner des infarctus ou des accidents vasculaires cérébraux.

1) Deux familles sont présentées dans le texte joint. À partir de ce texte, indiquer le caractère commun à ces deux familles.

2) Relever dans le texte des arguments montrant que ce caractère peut être héréditaire.

Doc Une maladie héréditaire

Léo et son père, Antoine, sont tous deux atteints d'hypertension artérielle, bien que leurs conditions de vie et leur alimentation soient différentes. Le grand-père de Léo souffrait également d'hypertension artérielle.

Gaëlle et son père, Francis, sont également atteints d'hypertension artérielle. Un régime alimentaire appauvri en sel a permis à Gaëlle de retrouver une tension artérielle normale, comprise entre 14 et 9.

CONSEILS

1) Ici tu dois trouver un point commun aux deux familles.
Toutes les informations apportées par le texte ne sont pas forcément intéressantes pour répondre à la question posée. Tu dois effectuer un tri. Relis attentivement la question et, éventuellement, souligne dans le texte la ou les réponses attendues. Puis rédige correctement ta réponse.

2) Un caractère est considéré comme héréditaire quand il peut être transmis d'une génération à une autre.

SOLUTION

1) Le caractère commun aux deux familles est l'hypertension artérielle.

2) L'hypertension artérielle peut être héréditaire car dans la famille de Léo, lui-même, son père (Antoine) et son grand-père en sont atteints. Dans la famille de Gaëlle, son père (Francis) et elle-même en souffrent.

Remarque : un caractère héréditaire n'est pas forcément ni une maladie ni même une fatalité... Dans l'exemple abordé ici, Gaëlle a retrouvé une tension artérielle normale en surveillant son alimentation.

2 Dégager la notion de gène

EN BREF ▸ *Les chromosomes sont le support des informations héréditaires. Chaque information héréditaire est une portion précise de l'ADN d'un chromosome, appelée gène.*

I Détermination du support de l'information héréditaire

■ Le caryotype des individus d'une même espèce est différent selon leur sexe. Ainsi, pour l'espèce humaine, la **23e paire** de chromosomes présente des différences (XX pour les femmes et XY pour les hommes).

La présence du chromosome Y détermine l'acquisition des caractères sexuels mâles, et l'absence de chromosome Y détermine l'acquisition des caractères sexuels femelles : on qualifie les chromosomes X et Y de **chromosomes sexuels**.

■ C'est en fait un **fragment de chromosome Y** qui détermine la mise en place des caractères sexuels masculins, et son absence la mise en place de caractères sexuels féminins. Ce fragment de chromosome est le **support physique** de l'information déterminant le sexe de l'individu : il s'agit du **gène** contrôlant l'apparition des caractères sexuels mâles.

> **MOT CLÉ**
> **Gène** : portion d'ADN (dans un chromosome) contrôlant l'apparition d'un caractère héréditaire.

■ Un gène est une portion d'**ADN** contenue dans le chromosome. Un chromosome est constitué d'une molécule d'ADN extrêmement pelotonnée au moment de la multiplication cellulaire ; les chromosomes deviennent donc visibles à ce moment de la vie de la cellule.

II Localisation des gènes dans les chromosomes

■ Un gène occupe une place déterminée dans un chromosome. Tous les individus d'une même espèce ont les **mêmes gènes** qui commandent les **mêmes caractères** sur les **mêmes chromosomes**, au **même emplacement**.

■ Sauf exception (sur les chromosomes sexuels notamment), les deux chromosomes d'une même paire portent au même endroit les mêmes gènes : on a donc **deux exemplaires de chaque gène**.

■ Un chromosome peut être le support de plusieurs centaines de gènes.

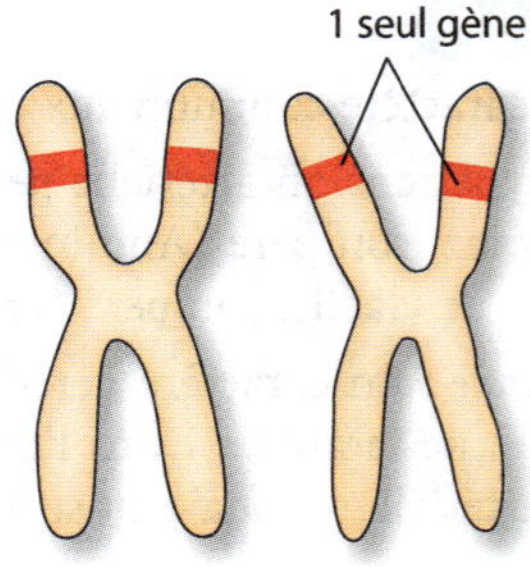

Doc Une paire de chromosomes
Les deux gènes sont localisés au même emplacement.

Méthode

Montrer le lien entre un gène et un caractère héréditaire

Chez l'être humain, le sexe d'un individu, qui s'exprime lors du développement embryonnaire, est déterminé par la présence de deux chromosomes sexuels : XX chez la femme et XY chez l'homme. Cependant, il existe de très rares cas particuliers.

Doc Un cas particulier

Dans de très rares cas, certains hommes possèdent deux chromosomes X. On observe alors sur un des deux chromosomes X la présence anormale d'un fragment de chromosome Y. Ce fragment de chromosome Y est un gène qui a été appelé SRY.

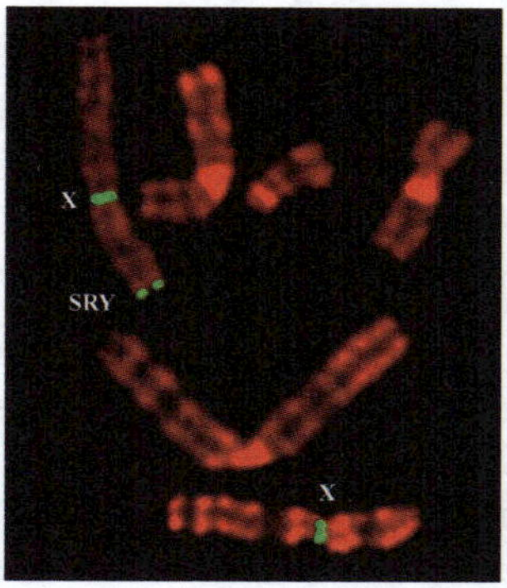

Expliquer pourquoi les observations présentées dans le document permettent de prétendre que c'est le gène SRY qui est responsable de l'apparition des caractères masculins lors du développement de l'embryon (et non pas les combinaisons des chromosomes sexuels).

CONSEILS

La cause, c'est « ce qui provoque », la conséquence, c'est « ce qui arrive ».
Ici, tu dois démontrer que le gène SRY est la cause de l'apparition des caractères masculins lors du développement embryonnaire (l'apparition des caractères masculins étant la conséquence).

SOLUTION

- D'après le document, quel que soit le chromosome qui porte le gène SRY (X ou Y), l'embryon qui possède ce gène devient un mâle lors du développement embryonnaire.
- Donc, on peut prétendre que le gène SRY est responsable de l'apparition des caractères sexuels masculins lors du développement embryonnaire.

Remarque : l'absence du gène SRY sur le chromosome Y de certains individus conduit à la mise en place de caractères sexuels féminins…

3 Expliquer la conservation du caryotype

EN BREF ▸ *Le caryotype d'une cellule-œuf est conservé lors des multiplications cellulaires. Ainsi, le programme génétique est conservé dans tous les types cellulaires d'un organisme.*

I Conservation du caryotype lors des multiplications cellulaires

- Par multiplications cellulaires successives, la cellule-œuf est à l'origine de toutes les cellules de l'organisme. Elles possèdent toutes le même caryotype, donc le même **programme génétique**.

MOT CLÉ

Programme génétique : ensemble des informations contenues dans les gènes d'un individu.

- Par exemple, quand une cellule humaine se multiplie, elle transmet à ses deux cellules filles 23 paires de chromosomes (à un brin). On dit qu'il y a **conservation du nombre de chromosomes**, donc conservation de l'information génétique au cours des multiplications cellulaires.
- La multiplication cellulaire fait un partage très précis du matériel chromosomique entre deux cellules filles, pour que chacune hérite d'un brin de chaque chromosome de chaque paire : chaque cellule fille possède le **même nombre de chromosomes** que la cellule mère.

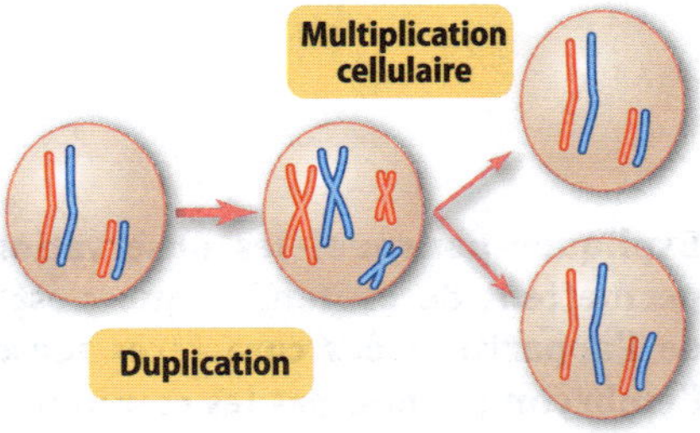

Doc Mécanisme de la conservation du nombre de chromosomes lors de la multiplication cellulaire

Exemple d'une cellule mère à deux paires de chromosomes.

II Conservation du programme génétique pour des cellules de types différents

- Toutes les cellules d'un organisme (cellules nerveuses, musculaires...) contiennent la totalité du programme génétique.
- Seule une partie des gènes s'exprime dans un type de cellule donné. Les gènes qui s'expriment dépendent de la **spécialisation** de la cellule : les gènes utiles aux cellules nerveuses ne s'expriment pas dans les cellules musculaires et *vice versa*...).

Méthode

Décrire la multiplication cellulaire

À partir des photographies ci-dessous, rédiger un texte court décrivant le comportement des chromosomes, dans une cellule, au cours de la multiplication cellulaire.

Doc La multiplication cellulaire

Photographies de cellules montrant le comportement des chromosomes lors d'une multiplication cellulaire.

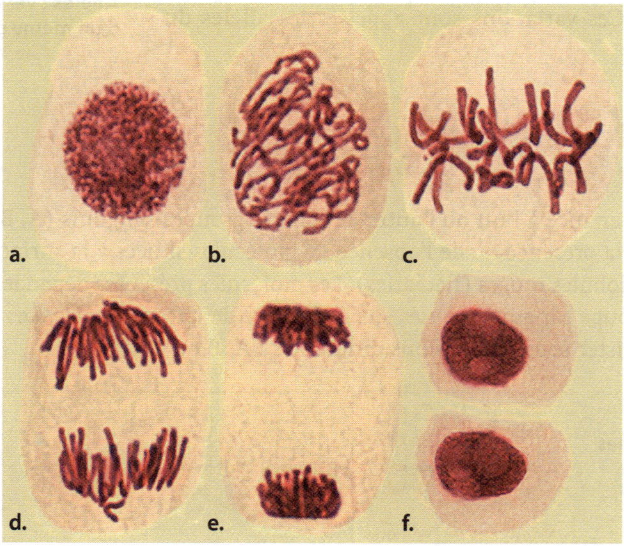

CONSEILS

- Pour chaque photographie, décris ce que tu vois, en utilisant le vocabulaire scientifique du cours.
- Veille à rédiger tes descriptions dans l'ordre des photographies.

SOLUTION

- Au cours de la multiplication cellulaire, les chromosomes apparaissent (photo b) et s'alignent au milieu de la cellule (photo c).
- Ils se séparent ensuite en deux lots, apparemment d'égale importance, qui migrent chacun vers une extrémité de la cellule (photo d).
- Dans chaque cellule, les chromosomes se regroupent (photo e) et forment un « paquet » : le nouveau noyau (photo f).

4 Expliquer les variations individuelles par la génétique

EN BREF ▸ *Tous les individus d'une espèce possèdent les mêmes gènes. Les individus montrent des caractères héréditaires variés car il existe différentes versions, nommées allèles, de la plupart des gènes.*

I Variations au sein d'un gène

Un même gène peut contenir des informations différentes concernant le même caractère (ex. : groupe sanguin). Ces variations sont appelées les **allèles** du gène.

> **MOT CLÉ**
> **Allèles** : versions différentes d'un même gène.

II Étude d'un exemple pour comprendre la notion d'allèles

■ L'appartenance à l'un ou l'autre des quatre groupes sanguins (A, B, AB ou O) dépend de la présence ou de l'absence de molécules situées à la surface membranaire des globules rouges (hématies). Les molécules présentes dépendent des deux gènes « groupe sanguin » situés sur la 9e paire de chromosomes. Les deux gènes peuvent exister sous des versions différentes : A, B ou O.

Paire de chromosomes n° 9	A A	A O	B B	B O	A B	O O
Aspect des hématies	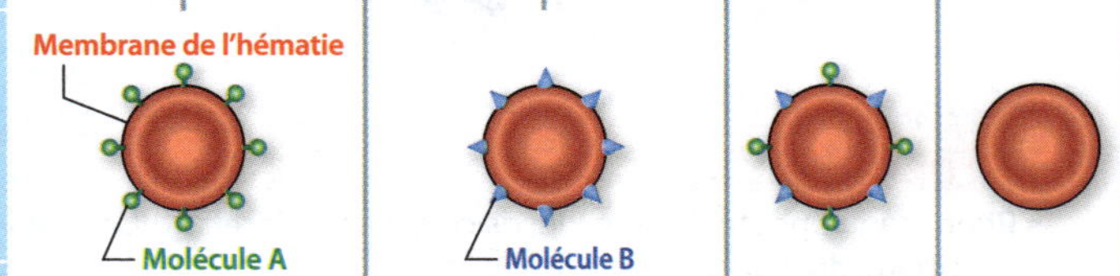					
Groupe sanguin de l'individu	A		B		AB	O

Doc Groupes sanguins selon la combinaison d'allèles de l'individu

■ On parle d'**allèles dominants** pour les allèles A et B ; on qualifie l'allèle O de **récessif** (il ne détermine pas la réalisation d'un caractère).

> **MOTS CLÉS**
> • **Allèle dominant** : allèle qui s'exprime.
> • **Allèle récessif** : allèle qui ne s'exprime pas (il semble « caché » par un autre allèle).

■ Nous avons tous les mêmes gènes, mais nos gènes ne renferment pas les mêmes allèles. Cela explique nos variations individuelles et notre originalité.

Méthode

Construire un graphique à partir d'un ensemble de données

On mesure la quantité d'ADN présent dans une cellule au cours du temps.

Construire un graphique à partir du tableau de valeurs suivant.

Temps (heures)	0	2	2,2	10	14	16	22	22,2	24	26
Quantité d'ADN (unités arbitraires)	6,6	6,6	3,3	3,3	5,3	6,6	6,6	3,3	3,3	3,3

CONSEILS

Étape 1 Étudie le tableau. Les valeurs maximales permettent de préciser la longueur de chaque axe.

Étape 2 Trace un axe horizontal et un axe vertical à la règle et au crayon de papier. Place une tête de flèche au bout de chaque axe.
Donne un titre aux axes, et précise les unités entre parenthèses.

Étape 3 Place les points et relie-les.

Étape 4 Titre le graphique.

SOLUTION

Étape 1 Les valeurs du tableau sont le temps et la quantité d'ADN d'une cellule. Les valeurs maximales sont 26 h pour le temps et 6,6 UA pour la quantité d'ADN.

Étape 2 L'axe des ordonnées représente ce que l'on étudie (ici, la quantité d'ADN) et l'axe des abscisses représente la variable (ici, le temps).

Étape 3 Pour chaque couple de valeurs du tableau, on trace des pointillés (l'un vertical, l'autre horizontal), et on marque d'une croix (+) l'intersection des deux lignes. On efface ensuite les pointillés.

Étape 4 Le titre d'un graphique reprend souvent ceux des axes. Évolution de « *titre de l'axe des ordonnées* » en fonction de « *titre de l'axe des abscisses* ».

À NOTER

Pour graduer les axes, trace des traits de graduation à intervalles réguliers, et écris à côté la valeur numérique correspondante.

Doc Évolution de la quantité d'ADN en fonction du temps

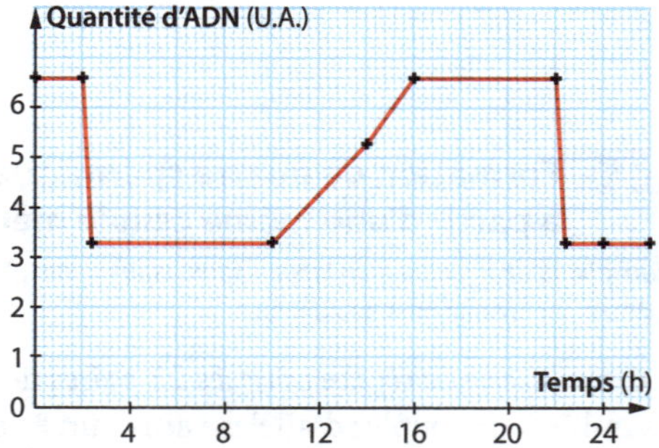

5 Expliquer la diversité des individus par la formation des gamètes

EN BREF ▸ *Dans chaque gamète qu'il produit, un individu transmet, au hasard, l'un ou l'autre chromosome de chacune des paires de son caryotype. Ce mécanisme permet à un même individu de produire une très grande diversité de gamètes.*

I Le caryotype des gamètes

Chaque **gamète** contient la moitié des chromosomes de n'importe quelle autre cellule de l'organisme. Pour l'espèce humaine, les gamètes comportent 23 chromosomes chacun, c'est-à-dire un seul chromosome de chaque paire.

MOT CLÉ
Gamète : cellule reproductrice d'un être vivant.

II La formation des gamètes

- Pour l'espèce humaine, les gamètes (à 23 chromosomes) sont formés à partir d'une cellule mère des gamètes (à 23 paires de chromosomes).
- La formation des gamètes est considérée comme une loterie engendrant une **extrême diversité d'individus à naître** : chaque gamète reçoit **au hasard** l'un ou l'autre des chromosomes de chaque paire ; il ne reçoit donc que l'un ou l'autre des deux allèles de chacun des gènes.

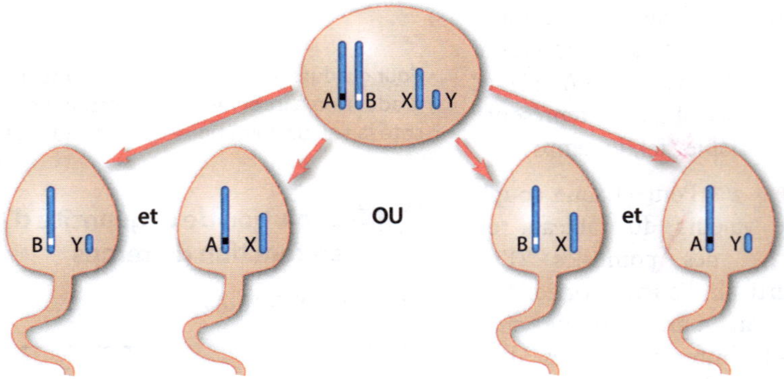

Doc Formation de quatre spermatozoïdes différents à partir d'une même cellule mère

Exemple d'une cellule mère à deux paires de chromosomes : deux chromosomes n° 9 et deux chromosomes sexuels.

- Cette loterie se répète pour les 23 paires de chromosomes, qui portent chacune des milliers de couples d'allèles : ainsi, un être humain peut être à l'origine de 2^{23} (= plus de 8 300 000) gamètes différents...

Méthode

Construire tous les gamètes génétiquement possibles

Un homme souffrant d'albinisme (absence de pigmentation de la peau, des cheveux et des poils) se demande s'il peut transmettre cette maladie à ses futurs enfants *via* ses gamètes.

Il existe différentes formes d'albinisme. Pour cet homme, le gène responsable est localisé sur la paire de chromosomes n° 7. Un des chromosomes de cette paire porte un allèle A, dominant, qui donne la maladie, et un allèle a, normal.

1 Calculer le nombre de gamètes différents possibles à partir de sa paire de chromosomes n° 7 et de sa paire de chromosomes sexuels (XY).

2 Représenter ces différents gamètes possibles.

CONSEILS

1 Pour *n* paires de chromosomes différents, un individu peut produire 2^n gamètes différents.

2 Dessine la cellule mère avec les deux paires de chromosomes étudiées, puis dessine les différents gamètes possibles en répartissant les chromosomes de chaque paire de différentes manières.

SOLUTION

1 À partir des deux paires de chromosomes (n° 7 et sexuels), l'homme peut produire $2^2 = 4$ gamètes différents.

2 Chaque gamète hérite d'un chromosome de chaque paire.

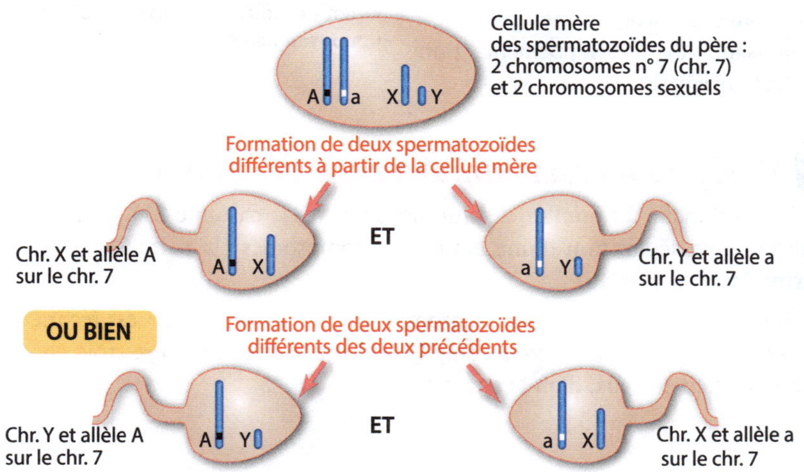

6 Expliquer la diversité des individus par la fécondation

EN BREF ▸ *La fécondation participe au brassage des gènes et donc à la diversité des individus car elle réunit au hasard un spermatozoïde et un ovule qui ont chacun une information génétique originale.*

I La fécondation dans l'originalité des individus

- La fécondation rassemble les **paires de chromosomes** et rétablit ainsi le **nombre de chromosomes de l'espèce** (46 dans l'espèce humaine), en associant un lot de chromosomes d'origine maternelle à un lot d'origine paternelle (23 chromosomes par lot pour l'espèce humaine).
- La fécondation réunit **au hasard** un spermatozoïde et un ovule portant chacun une information originale. → FICHE 5
- L'information contenue dans la cellule-œuf sera différente selon l'information génétique présente dans les deux gamètes qui vont fusionner.
- La fécondation crée donc **au hasard** un **nouveau programme génétique** responsable du développement d'un individu original.

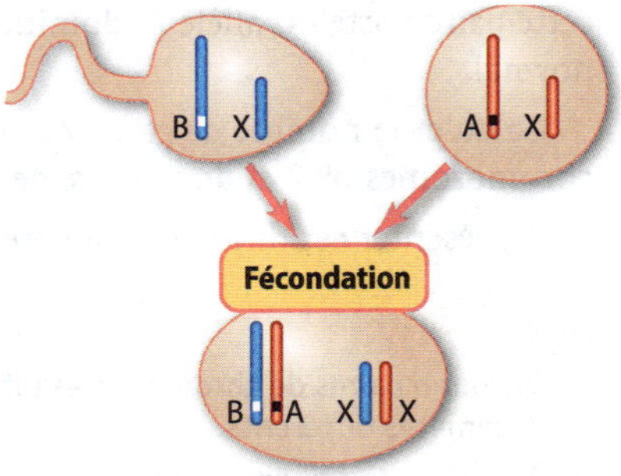

Doc Fécondation entre deux gamètes

Exemple avec un chromosome 9 et un chromosome sexuel : le spermatozoïde comporte un chromosome X et un chromosome 9 portant l'allèle B ; l'ovule comporte un chromosome X et un chromosome 9 portant l'allèle A. Le développement de la cellule-œuf obtenue conduira à la naissance d'une fille de groupe sanguin AB.

II L'origine d'une anomalie chromosomique

- Une anomalie du nombre de chromosomes (ex. : trisomie 21) s'explique par l'**absence de séparation** d'une paire de chromosomes (la paire 21) **lors de la formation des gamètes**.
- Si un gamète femelle (à deux chromosomes 21 au lieu d'un) est fécondé par un gamète mâle (à un chromosome 21), l'embryon comportera trois chromosomes au lieu de deux, d'où le terme *trisomie*.

Méthode

Construire un échiquier de croisement

Un échiquier de croisement est un tableau qui représente tous les résultats possibles de fécondation à partir de différents gamètes d'un couple.

Chaque case de l'échiquier montre les chromosomes et les allèles d'un des embryons possibles.

Un couple, dont la paire de chromosomes n° 9 est représentée ci-contre, souhaite avoir un enfant.

Mère	Père
A O	A B

Construire un échiquier de croisement indiquant le résultat des différentes fécondations possibles, à partir des paires de chromosomes n° 9 et sexuels des parents.

CONSEILS

Étape 1 Construis tous les gamètes possibles produits par le père et la mère. → FICHE 5

Étape 2 Construis un tableau à double entrée avec le contenu chromosomique et allélique des gamètes.

Étape 3 Complète alors le tableau avec le contenu chromosomique et allélique des embryons possibles.

SOLUTION

Étapes 1 et 2 Le père peut produire 4 gamètes différents, la mère 2. Donc, on construit un tableau à 4 colonnes correspondant à 4 gamètes mâles différents, et 2 lignes correspondant à 2 ovules différents.

Père / Mère	B X	A Y	B Y	A X
A X				
O X				

Chaque gamète contient un chromosome 9 et un chromosome sexuel.

Étape 3 On remplit le tableau de façon que chaque case contienne les chromosomes et allèles des embryons possibles. Ici, par exemple, la 1re case (1er embryon) contient un allèle B et un chromosome X du père, un allèle A et un chromosome X de la mère.

Père / Mère	B X	A Y	B Y	A X
A X	B A X X	A A X Y	B A X Y	A A X X
O X	B O X X	A O X Y	B O X Y	A O X X

La conservation des informations génétiques

LORS DE LA MULTIPLICATION CELLULAIRE

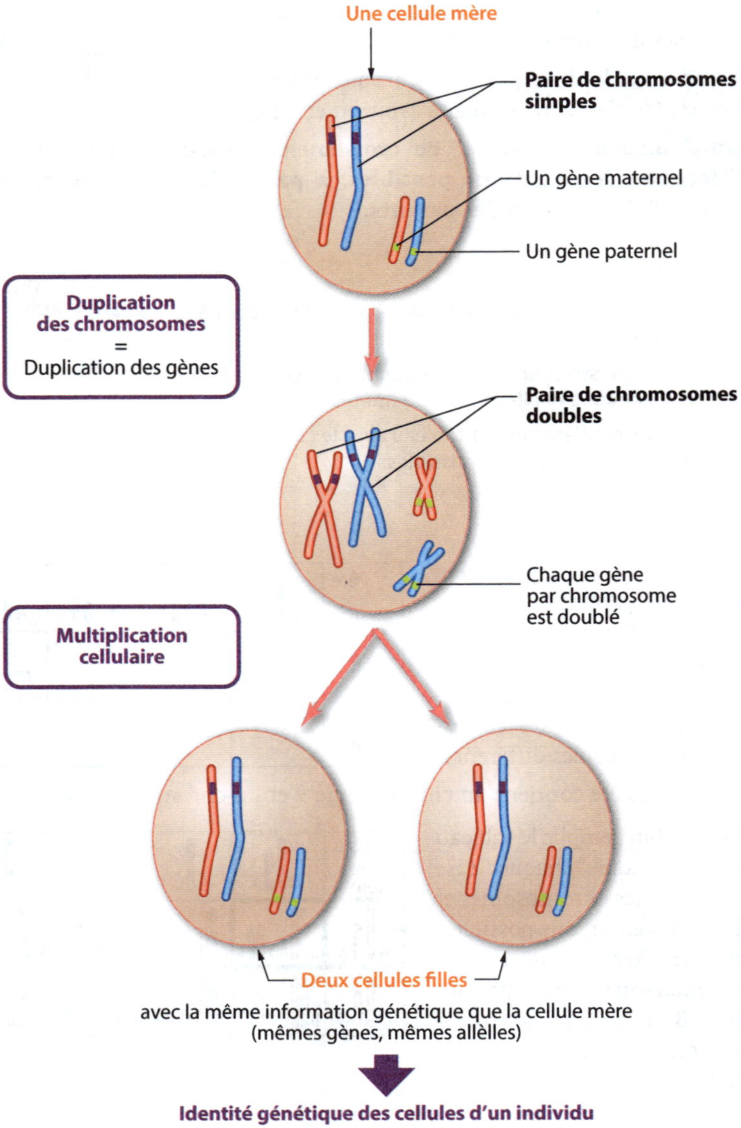

La diversification des informations génétiques

LORS DE LA FORMATION DES GAMÈTES

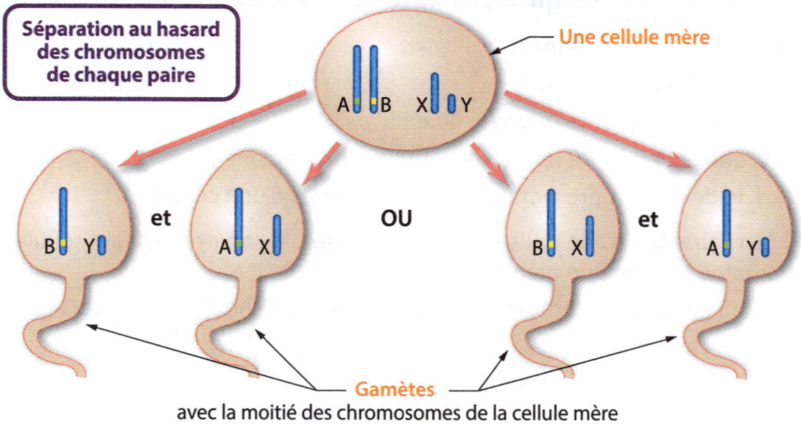

Diversité génétique des gamètes d'un individu

LORS DE LA FÉCONDATION

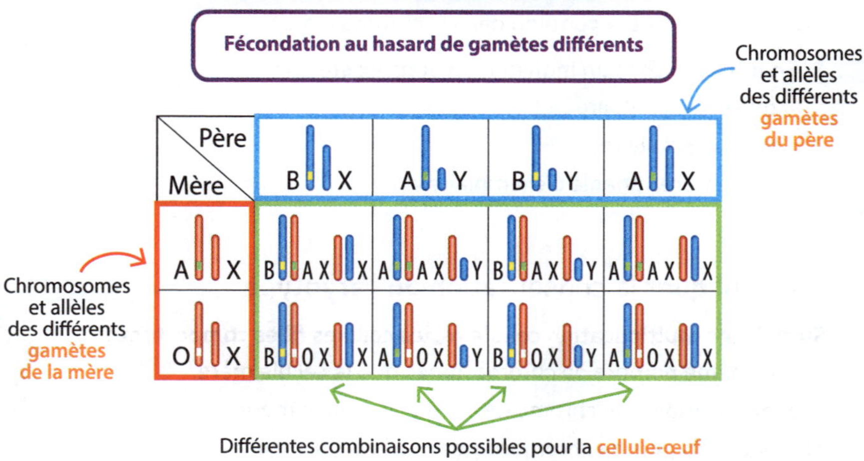

Diversité génétique des individus

SE TESTER QUIZ

Vérifie que tu as compris les points clés

1 Localiser l'origine des caractères héréditaires

→ FICHE 1

1) Un caryotype désigne :

☐ **a.** le noyau d'une cellule

☐ **b.** les chromosomes d'une cellule

☐ **c.** une anomalie du nombre de chromosomes d'une cellule

☐ **d.** le document présentant les chromosomes d'une cellule

2) En l'absence d'anomalies chromosomiques, le caryotype d'une cellule humaine (excepté un gamète) comporte :

☐ **a.** 23 paires de chromosomes plus une paire de chromosomes sexuels

☐ **b.** 23 chromosomes

☐ **c.** 23 paires de chromosomes

.../2

2 Dégager la notion de gène

→ FICHE 2

1) Un gène est un fragment de :

☐ **a.** molécule d'ADN contrôlant l'apparition d'un caractère héréditaire

☐ **b.** chromosome Y

☐ **c.** molécule d'ADN contenu dans le chromosome Y

2) En principe, chez un individu, un gène existe en :

☐ **a.** un seul exemplaire

☐ **b.** deux exemplaires

☐ **c.** un nombre variable d'exemplaires

.../2

3 Expliquer la conservation du caryotype

→ FICHE 3

Suite à une multiplication cellulaire, les cellules filles comportent :

☐ **a.** le même nombre de chromosomes que la cellule mère

☐ **b.** moitié moins de chromosomes que la cellule mère

☐ **c.** deux fois plus de chromosomes que la cellule mère

.../1

4 Expliquer les variations individuelles

→ FICHE 4

1 Les allèles sont :

☐ **a.** des versions différentes de gènes différents

☐ **b.** des versions identiques d'un même gène

☐ **c.** des versions différentes d'un même gène

2 Un allèle qui ne détermine pas la réalisation d'un caractère :

☐ **a.** est dit récessif

☐ **b.** est dit dominant

.../2

5 Expliquer la diversité génétique des gamètes

→ FICHE 5

1 À l'issue de leur formation, les gamètes comportent :

☐ **a.** moitié moins d'allèles que la cellule mère des gamètes

☐ **b.** deux fois plus d'allèles que la cellule mère des gamètes

☐ **c.** autant d'allèles que la cellule mère des gamètes

2 La formation des gamètes produit :

☐ **a.** une extrême diversité de combinaisons d'allèles différents

☐ **b.** une parfaite identité de combinaisons d'allèles différents

☐ **c.** une conservation de l'information génétique

.../2

6 Expliquer la diversité génétique des individus

→ FICHE 6

Lors de la fécondation :

☐ **a.** chaque parent transmet la moitié de ses allèles

☐ **b.** chaque parent transmet la totalité de ses allèles

☐ **c.** un des parents ne transmet aucun allèle

.../1

ON FAIT LE BILAN !

score total .../10

- Des erreurs ? Entraîne-toi ! → **LES EXOS** P. 26
- Zéro faute ? Bravo ! → **OBJECTIF BREVET** P. 31

LES EXOS

Entraîne-toi !

7 Étudier un arbre généalogique

1) À partir du texte du document, colorier en violet les symboles des individus daltoniens représentés sur l'arbre généalogique, comme indiqué sur la légende.

2) D'après le document, indiquer si les fils de Cécile peuvent avoir des enfants atteints de daltonisme. Justifier la réponse.

3) Le daltonisme est un caractère dit « héréditaire ». D'après les réponses précédentes, donner une définition de ce terme.

Document Description d'un trouble de la vision

Le chimiste anglais John Dalton décrivit en 1794 une anomalie de la perception des couleurs appelée depuis daltonisme. En 1777, un certain John Scott écrivait déjà à ce sujet :

> « Je ne distingue aucun vert au monde ; un rose et un bleu pâle sont identiques à mes yeux. Un rouge foncé et un vert foncé me paraissent semblables. Il s'agit d'un défaut de famille. Mon père éprouve le même inconvénient. Ma mère et une de mes sœurs distinguaient parfaitement les couleurs, mon autre sœur, Cécile, et moi-même avons l'anomalie. Cécile a deux fils, tous les deux atteints, mais elle a une fille qui est tout à fait normale. J'ai une fille et un fils qui reconnaissent toutes les couleurs sans exception comme le faisait leur mère. Le propre frère de ma mère avait le même trouble que moi. »

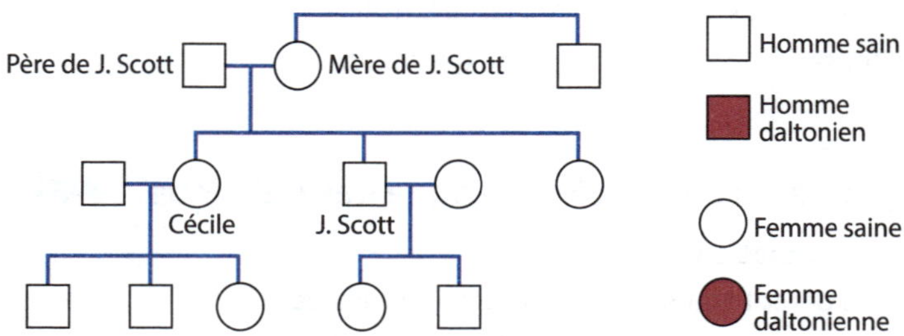

DÉMARRONS ENSEMBLE

→ Un arbre généalogique est toujours construit de la même manière :
- les générations sont représentées les unes en dessous des autres : la plus jeune génération se trouve tout en bas de l'arbre ;
- les cercles symbolisent les femmes et les carrés, les hommes ;
- les maris et femmes sont directement reliés par un trait horizontal ;
- les enfants apparaissent sous le trait ;
- les enfants aînés apparaissent à gauche, les plus jeunes vers la droite.

→ Reprends le texte au début et complète l'arbre généalogique au fur et à mesure que tu rencontres des personnes de la famille de John Scott dans ta lecture.

8 Étudier une anomalie chromosomique

Au cours d'une grossesse, on sait prélever des cellules fœtales. Mises en culture sur un milieu approprié, elles se multiplient. Le document ci-dessous a été réalisé à partir de telles cellules.

1) Comment appelle-t-on le document ci-contre ?

2) Proposer le nom de l'espèce présentée dans le document. Justifier ce choix.

3) Préciser le sexe du fœtus. Justifier.

4) Le document montre une anomalie chromosomique. Préciser où se situe l'anomalie.

5) Proposer un nom pour désigner l'anomalie chromosomique.

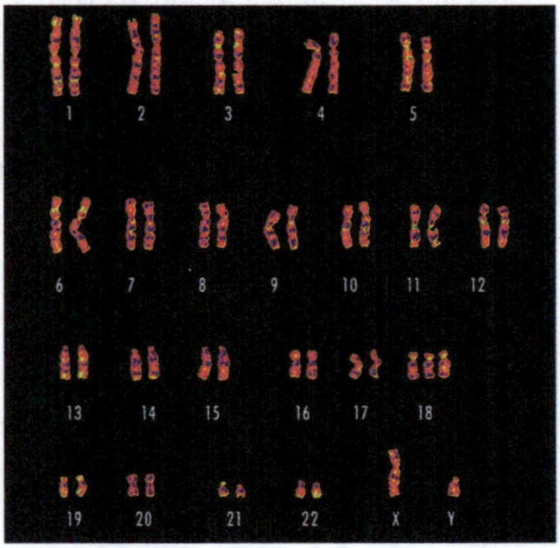

DÉMARRONS ENSEMBLE

1) Le nom de ce document apparaît dans la fiche 1.

2) Cherche le **nombre de paires** de chromosomes.

3) Relis attentivement la fiche 2.

5) À partir d'une anomalie chromosomique que tu connais, propose un nom pour celle du document.

9 Découvrir une célèbre expérience de clonage

→ FICHE 1

En 1996, des chercheurs écossais parviennent à obtenir un « clone » d'une brebis adulte, c'est-à-dire un animal exactement semblable à un autre animal. Ce clone est une brebis appelée Dolly.

1) À l'aide du texte du document de la page suivante, proposer une phrase correspondant à chaque numéro figurant sur le schéma.

2) Indiquer la provenance des différents constituants de la cellule-œuf à l'origine de Dolly.

3) Formuler de quelle(s) brebis Dolly a hérité ses caractères.

4) D'après vos observations, donner une conclusion concernant le support de l'information héréditaire.

5) Justifier le terme de clone employé pour désigner Dolly.

Document Protocole de l'expérience de clonage

Les chercheurs ont d'abord prélevé des cellules de la mamelle d'une brebis blanche A. Une de ces cellules est mise en contact avec un ovule de brebis à tête noire B, dont on a préalablement retiré le noyau. Après stimulation par un courant électrique, les deux cellules fusionnent. La cellule formée est une cellule-œuf à l'origine d'un embryon. L'embryon est ensuite implanté dans l'utérus d'une brebis à tête noire.

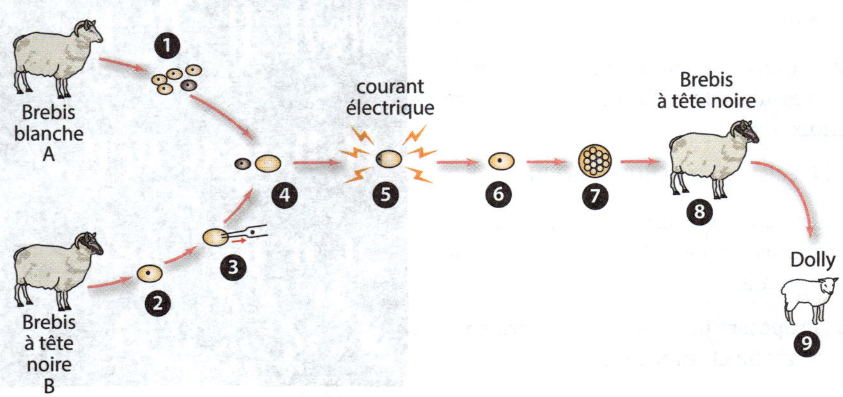

DÉMARRONS ENSEMBLE

Repère le **seul constituant cellulaire** provenant de la brebis blanche, c'est certainement là qu'est localisé le support de l'information héréditaire.

10 Construire des gamètes différents

1) Préciser le nombre de chromosomes visibles sur le document.

2) Indiquer le nombre de chromosomes sexuels.

3) Nommer le ou les chromosomes sexuels visibles sur le document.

Document Caryotype de gamète humain

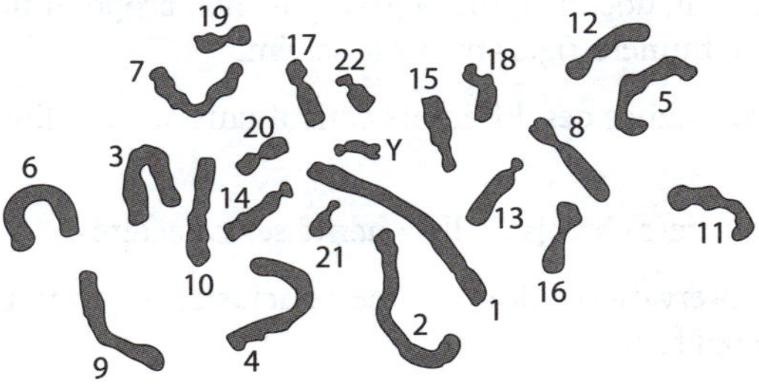

11 Étudier une maladie chromosomique

→ FICHE 2

Le syndrome de Turner est une maladie chromosomique qui touche 1 fille sur 2 500. La maladie est caractérisée par les symptômes suivants : petite taille, absence de caractères sexuels secondaires (poitrine, pilosité...), stérilité... L'injection d'hormone de croissance, puis d'hormones sexuelles permet d'atténuer les symptômes.

À l'aide des connaissances acquises sur les chromosomes, proposer une hypothèse expliquant pourquoi, chez une fille atteinte du syndrome de Turner, l'absence d'un chromosome X provoque l'apparition de plusieurs symptômes.

Document **Caryotype d'une fille atteinte du syndrome de Turner**

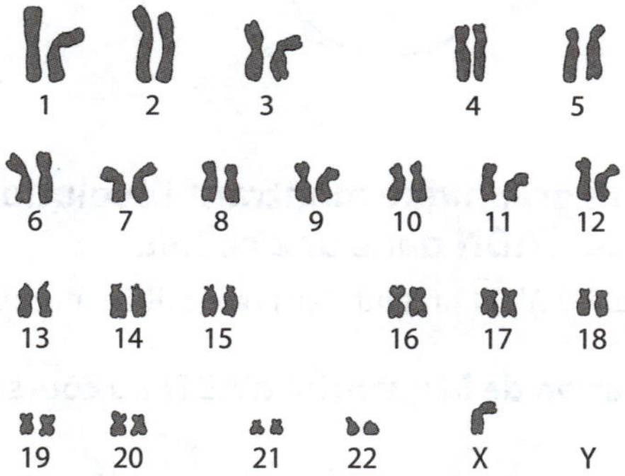

DÉMARRONS ENSEMBLE

➜ Commence par étudier attentivement le **caryotype** de la fille atteinte du syndrome de Turner, puis compare-le au caryotype d'une fille non atteinte. → FICHE 1

➜ Utilise ensuite tes connaissances sur les nombreux gènes que porte un chromosome et relie-les au **nombre important de symptômes** du syndrome de Turner.

➜ Enfin, propose ton hypothèse.

12 Compléter un schéma sur la multiplication cellulaire

Le document ci-après représente une cellule à 4 chromosomes (cellule a) qui subit une multiplication cellulaire (schémas b et c).

Représenter les chromosomes dans la cellule b et dans les deux cellules filles (c).

Document **Multiplication d'une cellule**

La cellule mère (a) s'apprête à se multiplier (b), puis se multiplie (c : deux cellules filles avec chacune son bagage chromosomique).

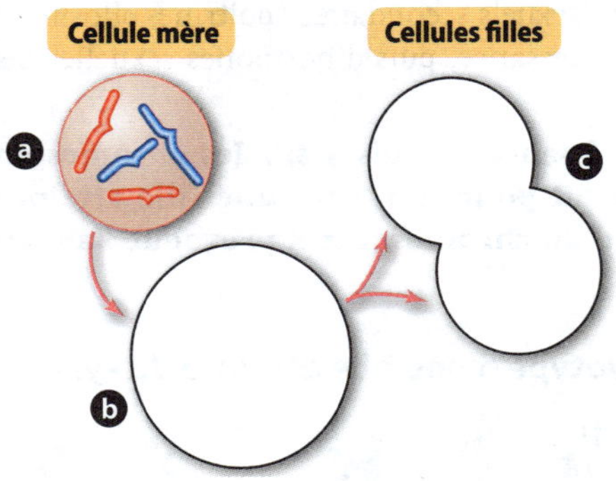

13 Construire un graphique montrant l'évolution de la quantité d'ADN dans une cellule

→ FICHE 4

On mesure la quantité d'ADN présent dans une cellule au cours du temps.

Document **Évolution de la quantité d'ADN au cours du temps**

Temps (heures)	0	2	4	6	8	10	12	14	16	18	20	22	24
Quantité d'ADN (unités arbitraires)	3	3	3	3	3	3	4,2	4,8	6	6	6	6	3

Réaliser le graphique complet (titre, axes, unités...) de l'évolution de la quantité d'ADN en fonction du temps.

14 Construire des gamètes différents

→ FICHE 5

Considérons un individu de sexe masculin, de groupe sanguin AB, et portant sur sa paire de chromosomes n° 7 un gène sous sa version M et l'autre gène sous sa version m. L'allèle M est dominant sur l'allèle m.

1) Schématiser une cellule avec ses paires de chromosomes n° 7, n° 9 et ses chromosomes sexuels. Préciser, sur les paires de chromosomes, la disposition des allèles. Penser au titre et à la légende.

2) Calculer le nombre de gamètes différents que peut produire cet homme.

3) Schématiser tous les gamètes différents avec leur contenu chromosomique et allélique. Penser à donner un titre.

OBJECTIF BREVET

Lance-toi dans des sujets !

15 Comprendre l'origine génétique de l'albinisme

25 min

→ FICHE 4

L'albinisme est une anomalie d'origine génétique qui se caractérise par une absence de pigmentation de la peau et des poils. Les individus atteints ont la peau et les poils blancs.

Cette anomalie est sous la dépendance d'un gène, localisé sur le chromosome n° 7, qui présente deux allèles : l'allèle A et l'allèle a.

Les individus atteints possèdent deux allèles a ; dans tous les autres cas, l'individu ne présente pas l'anomalie. L'allèle A est dominant, l'allèle a récessif.

Document **Arbre généalogique d'une famille où sont apparus des cas d'albinisme**

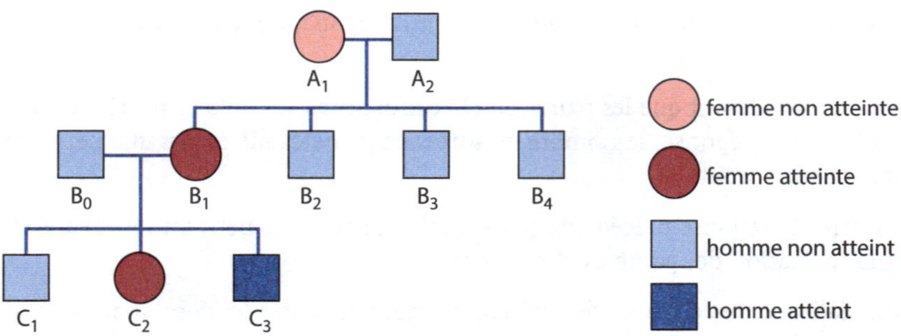

1) Indiquer les gènes de l'albinisme et ses allèles sur la paire de chromosomes n° 7 chez B_1, puis chez C_3. Justifier ce choix.

2) Même question pour les parents A_1 et A_2.

3) Même question pour B_0.

DÉMARRONS ENSEMBLE

1) Relis attentivement la fiche 4 sur les allèles.
Étant donné que les individus B_1 et C_3 sont atteints,
il n'y a qu'une seule combinaison de la paire de chromosomes n° 7 possible.

2) Les parents A_1 et A_2 ne sont pas atteints, mais ont une fille (B_1) qui l'est ;
cela doit te donner un indice sur les chromosomes n° 7 que possèdent les parents...

16 Étudier la forme du lobe de l'oreille

25 min

→ FICHES 5 et 6

Dans l'espèce humaine, les lobes des oreilles sont soit libres, soit adhérents. Le caractère « fixation du lobe de l'oreille » est déterminé par un gène situé sur le chromosome n° 22. Ce gène possède deux allèles différents : l'allèle l^+, dominant, qui correspond au caractère « lobe libre », et l'allèle l^-, récessif, qui correspond au caractère « lobe adhérent ».

Document **La paire de chromosomes n° 22 de deux parents**

	Mère	Père
Chromosomes de la paire n° 22	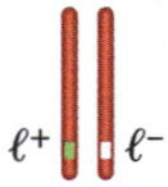	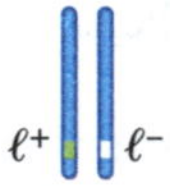

1) À partir du tableau, préciser, en justifiant la réponse, le lobe d'oreille présenté par les parents.

2) En ne considérant que les paires de **chromosomes sexuels** et **n° 22**, donner, en justifiant la réponse, le nombre de sortes de gamètes différents que peut produire chaque parent.

3) Illustrer la réponse précédente par un schéma correctement annoté représentant la formation des gamètes chez le père.

4) En réalisant un échiquier de croisement, donner toutes les combinaisons possibles pour les paires **de chromosomes sexuels** et **n° 22** pour les enfants éventuels de ces deux parents.

5) En utilisant les résultats de la question 4, calculer la probabilité pour ce couple d'avoir une fille ayant des lobes d'oreilles adhérents.

DÉMARRONS ENSEMBLE

2) La question est posée pour **deux paires** de chromosomes.
À partir d'une cellule mère des gamètes avec deux paires de chromosomes, calcule le nombre de spermatozoïdes différents que peut produire le père et le nombre d'ovules différents que peut produire la mère.

3) Le schéma doit être :
- **suffisamment grand** (avec des couleurs et une légende complète),
- **rigoureux** (respecte la dimension des chromosomes – ils ne raccourcissent ni ne s'allongent lors de la formation des gamètes),
- **correct** (un gamète n'a pas le même nombre de chromosomes qu'une autre cellule).

17 Étudier une maladie héréditaire : la phénylcétonurie → FICHE 6

30 min

Le test de Guthrie est pratiqué chez tous les nouveau-nés par prélèvement de quelques gouttes de sang au niveau du talon. Il permet de dépister une maladie héréditaire, la phénylcétonurie, qui se manifeste par une déficience intellectuelle grave. Dans le cas d'un test positif, un régime alimentaire strict commencé dès la naissance évitera l'apparition des symptômes de la maladie.

Document 1 L'origine de la phénylcétonurie

La phénylcétonurie est liée à l'accumulation dans le sang d'une substance alimentaire, la phénylalanine, qui, à fortes doses, est toxique pour les cellules nerveuses. La phénylalanine est normalement dégradée par une substance produite par un gène appelé PAH, situé sur la paire de chromosomes n° 12. Chez les individus atteints de phénylcétonurie, cette réaction n'a pas lieu, d'où l'accumulation de phénylalanine. Il existe deux allèles pour ce gène PAH : l'allèle fonctionnel PAH^+ et l'allèle non fonctionnel PAH^-. Seuls les individus porteurs des deux allèles PAH^- développent la maladie.

Document 2 Arbre généalogique d'une famille dont un enfant est atteint de phénylcétonurie

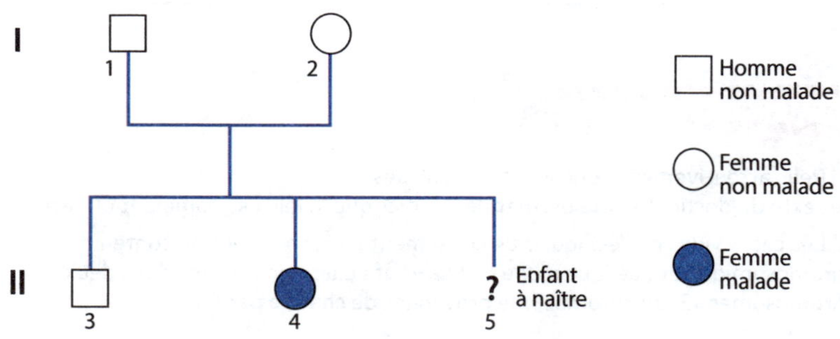

1) À partir des documents, et en justifiant la réponse, indiquer quel allèle est dominant et quel allèle est récessif.

2) À partir des informations tirées des différents documents, décrire la paire de chromosomes n° 12 en indiquant les allèles du gène PAH portés par l'individu 4 (génération II) et par chacun des parents.

3) Le tableau du document 3 (page suivante) est l'échiquier de croisement des parents. Seuls les chromosomes 12 sont représentés, sous forme de bâtonnets colorés. Compléter le tableau en précisant l'allèle du gène PAH porté sur le chromosome 12 de chaque cellule reproductrice.

4] Compléter les cases vides de l'échiquier de croisement en plaçant les chromosomes 12 issus de chaque parent avec les allèles adéquats.

5] En utilisant la réponse à la question 4, calculer la probabilité pour ce couple que l'enfant à naître soit malade. Justifier la réponse.

Document 3 Échiquier de croisement pour les chromosomes 12 des parents

Spermatozoïdes du père / Ovules de la mère		

DÉMARRONS ENSEMBLE

1] Relis attentivement la fiche 4 sur les allèles.
Le texte du document 1 te permet de justifier quel allèle est dominant ou récessif.

3] Les cases vides de l'échiquier de croisement correspondent au contenu chromosomique et allélique d'une **cellule-œuf** : elles comportent donc deux chromosomes 12, un chromosome provenant de **chaque parent**.

CORRIGÉS

SE TESTER QUIZ

1 Localiser l'origine des caractères héréditaires

1) Réponses b et d. Un caryotype désigne l'ensemble des chromosomes d'une cellule, mais également le document (photographie, schéma, dessin…) qui présente les chromosomes visibles dans une cellule.
L'affirmation **a** est fausse : le noyau est le compartiment cellulaire qui contient les chromosomes.
L'affirmation **c** est fausse : un caryotype n'est pas une anomalie. En revanche, il permet de déceler une anomalie du nombre des chromosomes.

2) Réponse c. En l'absence d'anomalies chromosomiques, le caryotype d'une cellule humaine (excepté un gamète) comporte **23 paires** de chromosomes.

> **À NOTER**
> Une cellule humaine comporte 22 paires de chromosomes et une paire de chromosomes sexuels, soit **23 paires** : 23 chromosomes issus du spermatozoïde du père et 23 chromosomes issus de l'ovocyte de la mère.

2 Dégager la notion de gène

1) Réponse a. Un gène est un fragment de molécule d'ADN contrôlant l'apparition d'un caractère héréditaire.

2) Réponse b. En principe, chez un individu, un gène existe en deux exemplaires.
Remarque : l'un des exemplaires est issu du spermatozoïde du père, et l'autre est issu de l'ovocyte de la mère.

3 Conserver les informations héréditaires

Réponse a. La multiplication cellulaire ne modifie pas le nombre de chromosomes d'une cellule.

4 Expliquer les variations individuelles

1) Réponse c. Les allèles sont des versions différentes d'un même gène.

2) Réponse a. Un allèle qui ne détermine pas la réalisation d'un caractère est dit récessif.
Exemple : une personne qui possède un allèle A et un allèle O sera de groupe sanguin A car l'allèle O est récessif.

5 Expliquer la diversité génétique des gamètes

1) **Réponse a.** À l'issue de leur formation, les **gamètes** comportent moitié moins d'allèles que leur cellule mère.

À NOTER

La formation des **gamètes** à partir d'une cellule mère consiste en un partage très précis des chromosomes : chaque gamète ne reçoit que l'un ou l'autre des chromosomes de chaque paire. Ainsi, il ne reçoit que l'un des deux allèles de chacun des deux gènes : c'est-à-dire la moitié des allèles.

2) **Réponse a.** La formation des gamètes produit une extrême diversité de combinaisons d'allèles différents.

La formation des gamètes répartit **au hasard** les deux chromosomes de chaque paire dans deux gamètes différents.

Ainsi, chaque gamète hérite **au hasard** de l'un des deux allèles. Cette « loterie » se répétant pour chacune des 23 paires de chromosomes humains, un humain peut être à l'origine de 2^{23} (plus de 8 300 000) gamètes différents : une extrême diversité de combinaisons différentes !

6 Expliquer la diversité génétique des individus

Réponse a. Lors de la fécondation, chaque parent transmet, par l'intermédiaire d'un gamète, la moitié de ses allèles.

Chaque gamète ne contient que la moitié des chromosomes du parent qui l'a produit. Il contient donc moitié moins d'allèles qu'une autre cellule de ce parent.

LES EXOS

7 Étudier un arbre généalogique

1)

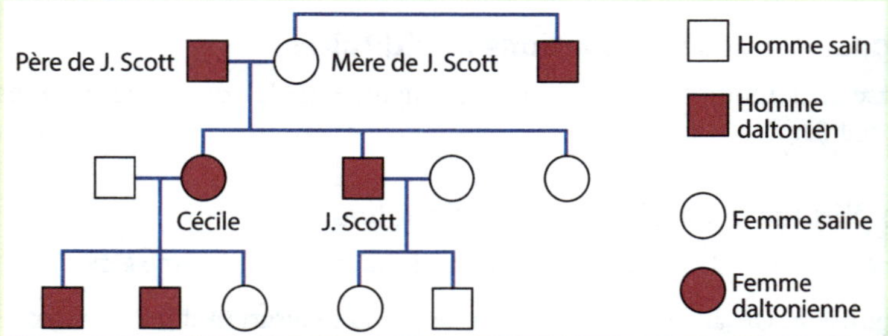

2) L'apparition répétée sur plusieurs générations du caractère « daltonien » montre que le caractère est transmissible. Ce qui laisse présager que **les fils de Cécile peuvent avoir des enfants daltoniens**.

3) Un caractère héréditaire peut être transmis par des parents à leur descendance.

8 Étudier une anomalie chromosomique

1 Le document s'appelle un **caryotype**. → FICHE 1

2 Il s'agit, dans ce cas, d'un **fœtus humain**, car son caryotype comporte 23 « paires » de chromosomes, et les humains possèdent **46 chromosomes** (23 × 2).

> **À NOTER**
> Le **nombre de chromosomes** est caractéristique d'une espèce.

3 Le fœtus est de **sexe masculin**, car on distingue un chromosome X et un chromosome Y. → FICHE 2

4 On distingue trois chromosomes au lieu de deux sur la « paire » n° 18.

5 On pourrait appeler cette anomalie chromosomique une **trisomie** (puisqu'il y a *trois* chromosomes) **18** (car c'est la « paire » *n° 18* qui est concernée). → FICHE 6

9 Découvrir une célèbre expérience de clonage

1 ① On extrait une cellule de mamelle de la brebis blanche A.
② On prélève un ovule de la brebis à tête noire B.
③ On retire le noyau de l'ovule de la brebis à tête noire B.
④ On met ensemble les deux cellules.
⑤ On produit une stimulation électrique.
⑥ Les deux cellules fusionnent en une cellule-œuf.
⑦ La cellule-œuf subit des multiplications : l'embryon est alors constitué de plusieurs cellules.
⑧ L'embryon est introduit dans l'utérus d'une brebis à tête noire.
⑨ Naissance de Dolly, au pelage blanc.

2 La majeure partie de la membrane et du cytoplasme proviennent de la **brebis à tête noire**, le noyau provient forcément de la **brebis au pelage blanc**.

3 Dolly a hérité ses caractères de la **brebis blanche**.

4 Le noyau provient de la brebis blanche. Dolly ayant le pelage blanc, on en déduit que le support de l'information héréditaire est le **noyau**.

5 Dolly est un clone de la brebis blanche, car toutes les cellules de **Dolly** comportent l'ensemble des informations héréditaires de la brebis blanche, pas uniquement le caractère « couleur du pelage ».

> **À NOTER**
> Depuis **Dolly**, de nombreux autres animaux ont été clonés. Malheureusement, ils ont une espérance de vie très courte…

10 Construire des gamètes différents

1 Le caryotype présente **23 chromosomes** : 22 + le chromosome Y.

2 On compte sur ce caryotype **un seul** chromosome sexuel.

3 Le chromosome sexuel observé est le **chromosome Y**.

> **À NOTER**
> Le **chromosome Y** est le plus petit chromosome d'une cellule humaine.

11 Étudier une maladie chromosomique

La fille atteinte du syndrome de Turner possède 45 chromosomes dont un seul chromosome X, alors qu'une fille non atteinte en compte 46 dont deux chromosomes X.

- On sait que chaque chromosome porte de nombreux gènes. D'autre part, chaque gène correspond à une information génétique.
- On peut en déduire que l'absence d'un chromosome implique l'absence de nombreuses informations génétiques, et donc l'apparition de nombreux symptômes.
- On peut supposer que l'absence du deuxième chromosome X est responsable des symptômes du syndrome de Turner : le **chromosome X** porte les informations génétiques relatives à la croissance et aux caractères sexuels secondaires.

À NOTER
Le **chromosome X** porte en fait plus de 200 gènes…

12 Compléter un schéma sur la multiplication cellulaire

- On commence par **schématiser** les chromosomes dans les deux cellules filles (schéma c), en gardant à l'esprit que chacune des deux cellules filles doit porter les mêmes chromosomes que la cellule mère. → FICHE 3
- On complète ensuite la cellule b, de telle manière que chaque chromosome puisse donner une copie aux deux cellules filles.

CONSEIL
Veille au soin de ton schéma et à sa rigueur (chromosomes de même dimension, même couleur…).

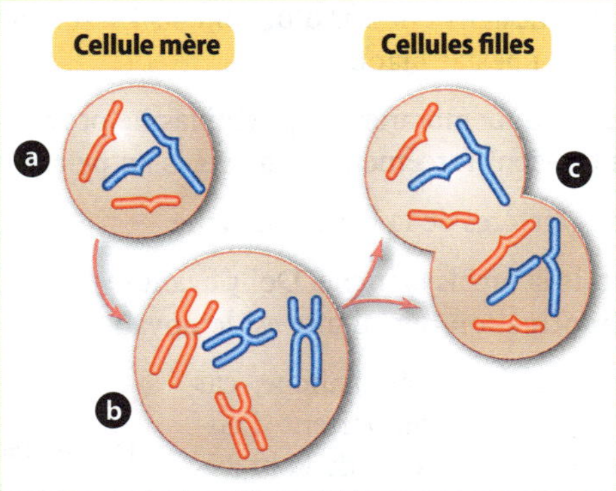

13 Construire un graphique montrant l'évolution de la quantité d'ADN dans une cellule

- L'axe des ordonnées (l'axe vertical) représente ce qu'on étudie (ici, la quantité d'ADN) et l'axe des abscisses (l'axe horizontal) représente la variable, c'est-à-dire la valeur que l'on connaît (ici, le temps en heures).
- Le tableau de données nous donne les valeurs maximales à prendre en compte pour la construction du graphique : à savoir ici, 6 unités arbitraires pour la quantité d'ADN et 24 heures pour le temps écoulé.

■ Ainsi, pour 2 heures = 1 cm, l'axe des abscisses doit mesurer 12 cm, et pour 1 unité arbitraire = 1 cm, l'axe des ordonnées doit mesurer 6 cm.

■ Ensuite on trace les deux axes perpendiculaires, avec les flèches aux extrémités, sans oublier les titres des axes et les unités des valeurs.

■ Pour chaque couple de valeurs du tableau, on trace des droites en **pointillés**, avec une croix marquant l'intersection des deux lignes.

CONSEIL
N'oublie pas d'effacer les **pointillés** tracés, ils ne sont à présent plus nécessaires. Et bien entendu, veille au soin de ton graphique…

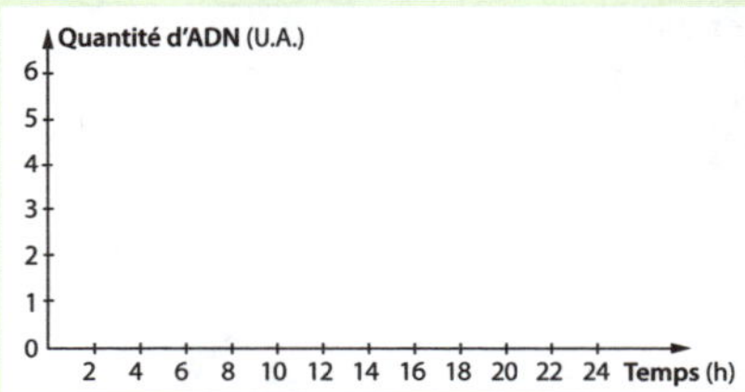

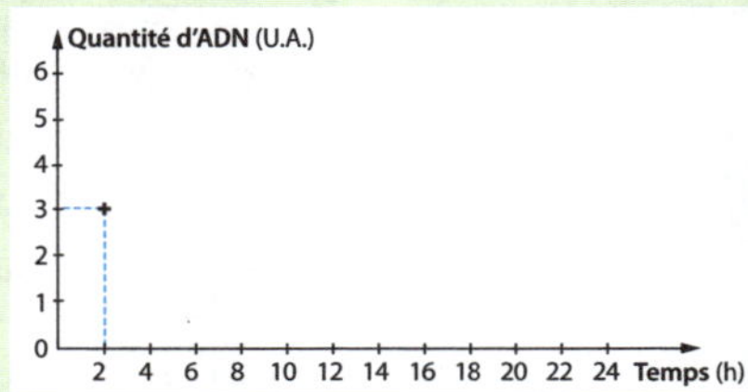

■ On place tous les **points** du tableau. On les relie et on précise le titre du graphique. → FICHE 4

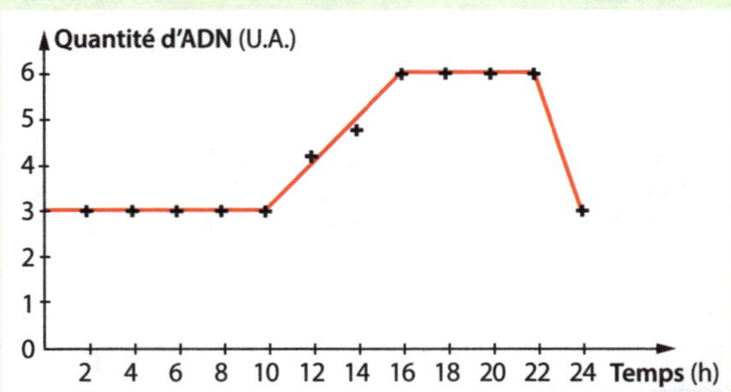

À NOTER
Lorsque des **points** sont **à peu près alignés**, trace une droite passant par le plus de points possible.

14 Construire des gamètes différents

1 Schéma d'une cellule avec sa composition chromosomique et allélique

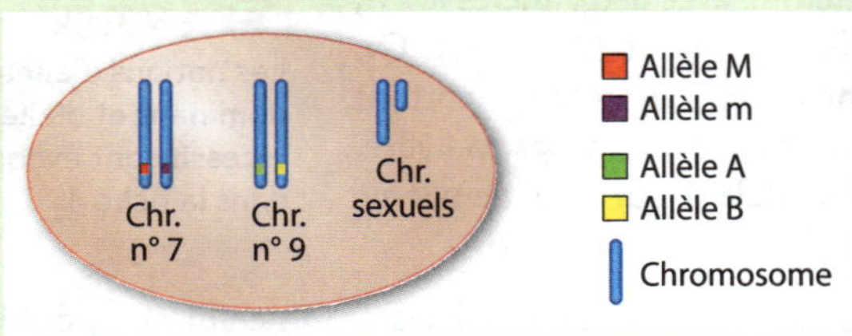

RAPPEL
Les mêmes gènes sont localisés au même emplacement sur les deux chromosomes d'une même paire.

2 Il y a 3 paires de chromosomes différents : c'est-à-dire 2^3 = 8 spermatozoïdes différents.

3 Schéma des différents gamètes possibles avec leur composition chromosomique et allélique

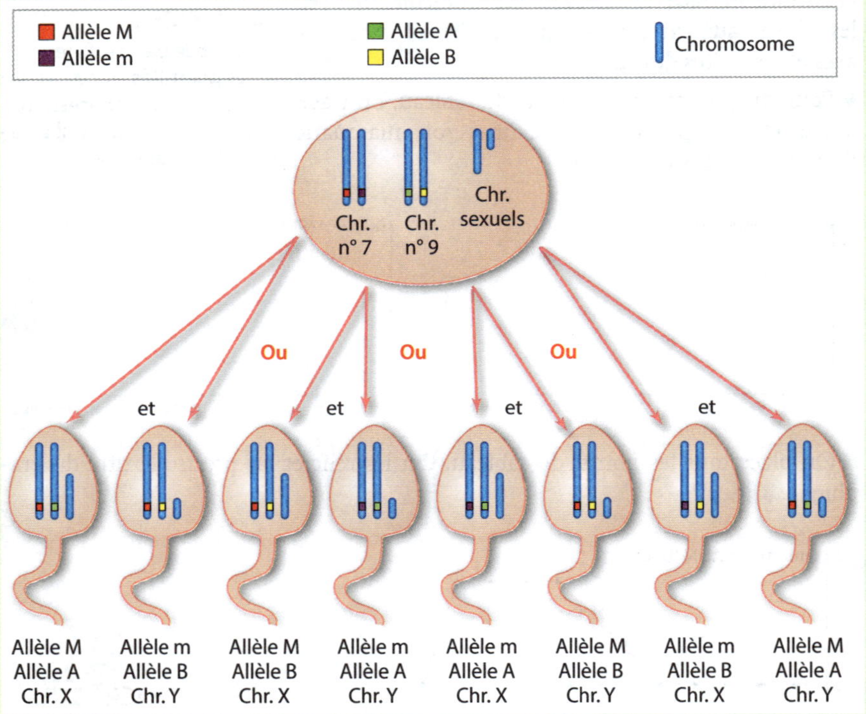

OBJECTIF BREVET

15 Comprendre l'origine génétique de l'albinisme

1 B_1 et C_3 étant atteints, ils ont l'**allèle a** en deux exemplaires.

2 A_1 et A_2 ont eu une fille B_1 atteinte, avec deux **allèles a**. Or, celle-ci a hérité chaque allèle de ses parents (A_1 et A_2). On en déduit que ceux-ci possèdent un chromosome 7 portant un **allèle a**. De plus, comme A_1 et A_2 ne sont pas malades, ils doivent forcément posséder l'**allèle A** sur leur deuxième chromosome 7.

> **À NOTER**
> Les notions d'**allèle dominant** et d'**allèle récessif** sont évoquées dans la fiche 4.

3 B_0 et B_1 ont eu un garçon C_3 atteint, avec deux **allèles a**. Or, celui-ci a hérité chaque allèle de ses parents (B_0 et B_1). On en déduit que ceux-ci possèdent un chromosome 7 portant un **allèle a**. Or, comme B_0 n'est pas malade, il doit forcément posséder l'**allèle A** sur son deuxième chromosome 7.

16 Étudier la forme du lobe de l'oreille

1) Les parents ont des oreilles avec les **lobes libres**, car parmi leurs deux gènes commandant le caractère « fixation du lobe de l'oreille » il y a un allèle « l^+ ». Une personne a les lobes d'oreilles adhérents seulement si elle possède deux fois l'allèle récessif « l^- ».

2) Un chromosome de chaque paire va au hasard dans un des deux gamètes. Ainsi, il peut y avoir **4 gamètes** différents pour le père et **2 gamètes** différents pour la mère.

> **CONSEIL**
> Relis la méthode de la fiche 5.

3) La formation des gamètes chez le père

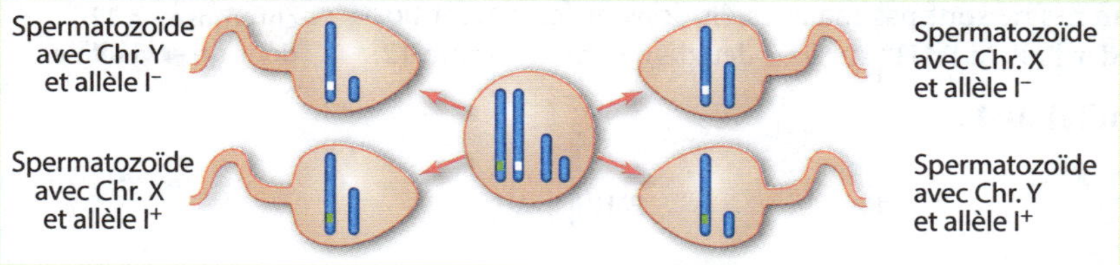

4)

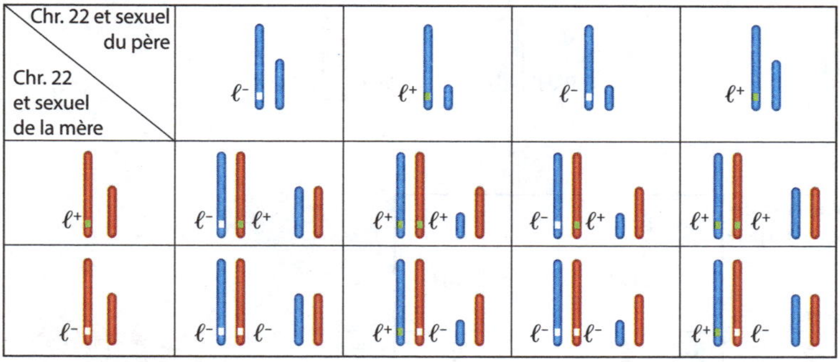

5) On relève sur l'échiquier le nombre de cases qui correspondent à ce qui est demandé : ici, une case (avec deux chromosomes X et deux allèles l^-). On divise ensuite ce nombre par le nombre total de cases.

> **À NOTER**
> Pour déterminer la probabilité qu'un descendant possède tels caractères héréditaires à partir d'un échiquier de croisement, utilise la formule suivante :
>
> $$\textbf{Probabilité} = \frac{\text{Nombre de cases qui correspondent aux caractères souhaités}}{\text{Nombre total de cases}}$$

D'après cet échiquier, les parents ont **1 chance sur 8** (12,5 %) d'avoir une fille ayant des lobes d'oreilles adhérents.

17 Étudier une maladie héréditaire : la phénylcétonurie

1 D'après le texte du document 1, l'allèle PAH^+ est fonctionnel et l'allèle PAH^- n'est pas fonctionnel. Il est indiqué que seuls les individus portant deux fois l'allèle PAH^- sont malades. On en déduit que **l'allèle PAH^- est récessif** et l'**allèle PAH^+ dominant**, et qu'un individu ayant un allèle PAH^+ et un allèle PAH^- ne serait pas malade.

2 L'individu 4 est une femme malade : elle possède forcément **deux allèles récessifs PAH^-**.
Or, celle-ci a hérité **chaque allèle** de ses parents (individus 1 et 2). On en déduit que ceux-ci possèdent un chromosome 12 portant **un allèle PAH^-**. De plus, comme les parents ne sont pas malades, ils doivent forcément posséder **l'allèle PAH^+** sur leur deuxième chromosome 12.

> **RAPPEL**
> Une cellule reproductrice ne comporte qu'un seul chromosome 12, donc **un seul allèle**.

Individu 4 :

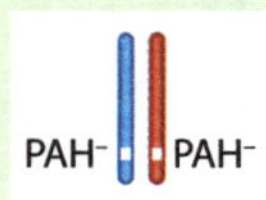

Parents (individus 1 et 2 sur l'arbre généalogique) :

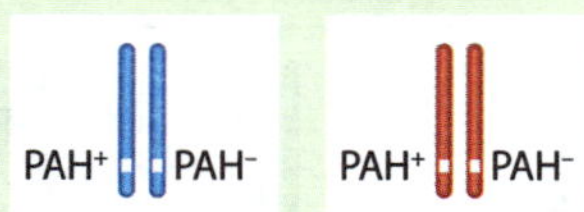

3 et **4**

Spermatozoïdes du père / Ovules de la mère	PAH^+	PAH^-
PAH^+	PAH^+ PAH^+	PAH^- PAH^+
PAH^-	PAH^+ PAH^-	PAH^- PAH^-

> **À NOTER**
> Les chromosomes d'une même paire ont la même taille.
> Les gènes et donc les allèles doivent être placés au même niveau.

5 Sur l'échiquier de croisement réalisé dans le 4, sur les 4 enfants possibles pour ce couple de parents, une seule cellule-œuf porte l'allèle PAH^- en deux exemplaires : les parents ont donc **1 risque sur 4** d'avoir un enfant atteint de phénylcétonurie.

> **À NOTER**
> Un parent qui aurait deux allèles récessifs transmettrait forcément un des deux allèles à son enfant. Dans ce cas précis, les parents auraient **1 risque sur 2** (50 %) d'avoir un enfant atteint…

2 L'évolution des êtres vivants

7 Déterminer une succession d'espèces

EN BREF ▸ *L'étude des roches qui abritent des fossiles permet de reconstituer la succession d'espèces au cours des temps géologiques. Elle permet également d'estimer la date de l'apparition et de l'éventuelle disparition d'êtres vivants.*

I Étude d'un exemple : le groupe des ammonites

■ Les ammonites, aujourd'hui disparues, appartiennent à un groupe d'animaux marins, les céphalopodes, dont les représentants actuels sont les pieuvres ou les seiches…

■ On trouve des fossiles d'ammonites dans de nombreuses roches. Ces roches constituent donc un outil privilégié du géologue. Les ammonites présentent sur leur coquille des ornementations ou enroulements distincts permettant de les séparer en espèces différentes.

■ L'observation de fossiles d'ammonites dans des **strates** successives montre que des espèces différentes d'ammonites sont apparues et se sont développées de façon échelonnée : elles se sont diversifiées (organisation progressivement plus complexe), ont régressé (moins de fossiles découverts) et ont fini par disparaître il y a près de 65 Ma.

Doc Ammonite du genre *Amaltheus*

MOT CLÉ
Strate : couche de roche.

II Extinction d'êtres vivants

■ L'histoire de la vie est marquée par plusieurs **crises biologiques** plus ou moins importantes ayant conduit à l'extinction de groupes entiers d'êtres vivants. Les ammonites ont donc subi une crise biologique il y a 65 Ma.

MOT CLÉ
Crise biologique : période d'extinction de groupes/espèces d'êtres vivants sur un temps relativement court à l'échelle des temps géologiques.

■ Une crise biologique est souvent suivie d'une période de diversification biologique importante, donc de l'apparition de nombreux groupes et espèces nouveaux.

Méthode

Interpréter la présence de fossiles

Lors de l'étude de roches, des géologues ont trouvé deux espèces d'ammonites fossilisées (représentées ci-contre), associées à des rostres de bélemnites.

À l'aide des documents, déterminer le milieu de vie des ammonites ainsi que l'ordre d'apparition des deux espèces.

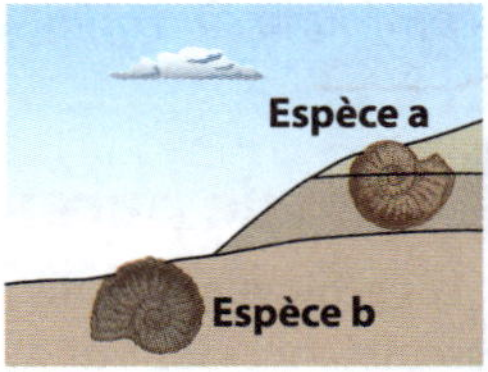

Doc 1 Comprendre le principe de la fossilisation

À la mort d'un être vivant, les tissus « mous » se décomposent sous l'action de micro-organismes ayant besoin de dioxygène, alors que les parties dures (os, coquille...) subsistent (a). Une ou plusieurs couches de sédiments viennent recouvrir les restes (b). Sous la masse croissante des sédiments, les couches plus profondes perdent de l'eau et les restes de l'organisme subissent une minéralisation. Au fil du temps, l'érosion et (ou) l'action de l'homme mettent au jour les fossiles (c).

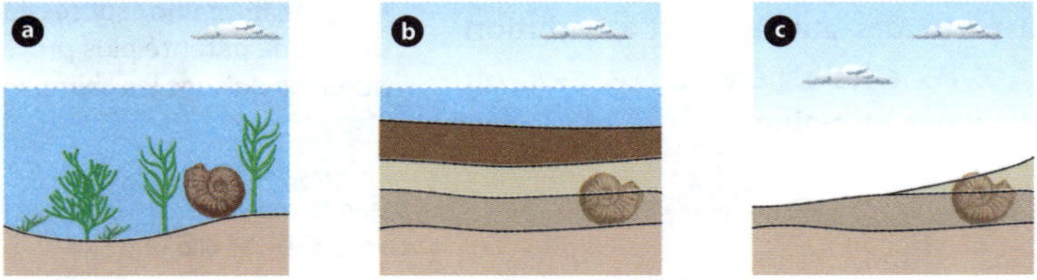

Doc 2 Reconstitution d'une bélemnite

Les bélemnites, aujourd'hui disparues, étaient des organismes proches des seiches actuelles. Elles possédaient un squelette interne, dont on retrouve parfois une partie : le rostre.

CONSEILS

Étape 1 Les fossiles découverts permettent de reconstituer les milieux de vie des organismes fossilisés.

Étape 2 La disposition des couches de roches indique l'ordre de dépôt des fossiles.

SOLUTION

Étape 1 La présence de fossiles d'organismes marins, comme les bélemnites, permet de déduire que le milieu de vie des ammonites était une mer ou un océan.

Étape 2 Les strates les plus profondes sont les plus anciennes, les plus superficielles sont les plus récentes. On en déduit que l'espèce b est apparu avant l'espèce a.

8 Établir un lien de parenté entre les êtres vivants

EN BREF ▸ *L'évolution des premiers êtres vivants apparus sur Terre a conduit à l'apparition d'espèces et de groupes d'espèces très variés. Cette origine commune se traduit par des liens de parenté entre tous les êtres vivants.*

I Lien de parenté au sein d'un même groupe

■ Les géologues ont découvert des fossiles de primates présentant de nombreuses ressemblances les uns avec les autres, en particulier un squelette permettant une certaine bipédie. Ces espèces de primates (l'Homme habile, l'Homme debout, l'Homme de Néandertal et l'Homme sage) sont apparues successivement et ont même pu, pour certaines espèces, coexister.

■ Des ressemblances entre espèces apparues successivement, au sein d'un même groupe, suggèrent un lien de parenté entre ces espèces. Elles se sont formées les unes à partir des autres : c'est l'**évolution** → FICHE 9. Pour les espèces d'hommes, on parle de **lignée humaine**.

MOTS CLÉS
- **Évolution** : transformation des espèces vivantes par des changements de leurs attributs au cours des générations.
- **Lignée humaine** : succession d'espèces ayant une parenté plus proche avec les humains qu'avec les chimpanzés.

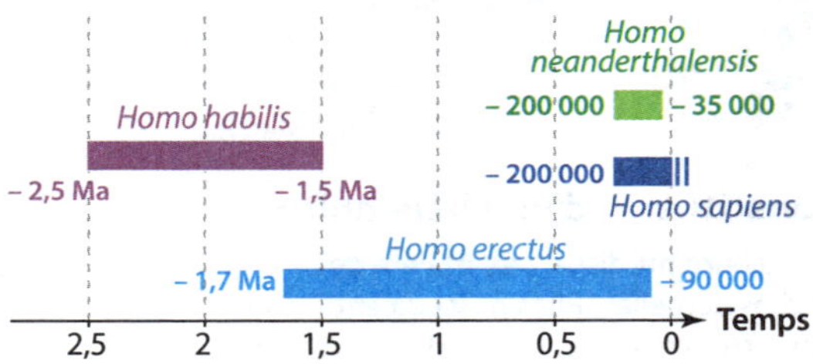

Doc Répartition dans le temps d'espèces de la lignée humaine
Homo habilis (Homme habile), *Homo erectus* (Homme debout), *Homo neanderthalensis* (Homme de Néandertal), *Homo sapiens* (Homme sage).

II Lien de parenté entre groupes différents

■ On observe également des ressemblances chez des êtres vivants appartenant à des groupes différents. Ceci atteste de l'existence d'un lien de parenté entre ces groupes différents.

■ L'archéoptéryx, par exemple, correspond à une forme intermédiaire entre deux groupes distincts : celui des dinosaures bipèdes, et celui des oiseaux. Il confirme l'existence d'une filiation entre ces deux groupes, et, par extension, d'une filiation entre tous les êtres vivants…

■ Les êtres vivants auraient tous une origine commune : des micro-organismes constitués d'une seule cellule.

Méthode

Classer des espèces sous forme de groupes emboîtés

Classer les quatre espèces de vertébrés suivantes sous forme de groupes emboîtés : crapaud (doigts), crocodile (doigts, amnios), pigeon (doigts, amnios, bréchet) et homme (doigts, amnios).

Les attributs des espèces étudiées sont indiqués entre parenthèses.

CONSEILS

Étape 1 Repère les attributs des êtres vivants.

Étape 2 Construis un tableau espèces/attributs et complète-le.

Étape 3 Détermine le nombre de boîtes à réaliser.

Étape 4 Construis les boîtes et place les êtres vivants dans les boîtes.

SOLUTION

Étape 1 Les attributs étudiés sont *doigts, amnios* et *bréchet*.

Étape 2 Toutes les espèces et tous les attributs doivent figurer dans le tableau. On ajoute une croix lorsque l'espèce possède l'attribut.

Espèces / Attributs	Crapaud	Crocodile	Pigeon	Homme
Doigts	×	×	×	×
Amnios		×	×	×
Bréchet			×	

Étape 3 Le nombre d'attributs distincts indique le nombre de boîtes (ici, 3 boîtes).

Étape 4 On repère l'attribut partagé par le plus grand nombre d'espèces et on construit la plus grande boîte (ici, la présence de doigts).

On repère le deuxième attribut partagé par le plus grand nombre d'espèces et on construit une nouvelle boîte, à l'intérieur de la précédente (ici, la présence d'amnios).

On fait de même pour les attributs suivants (ici, la présence d'un bréchet).

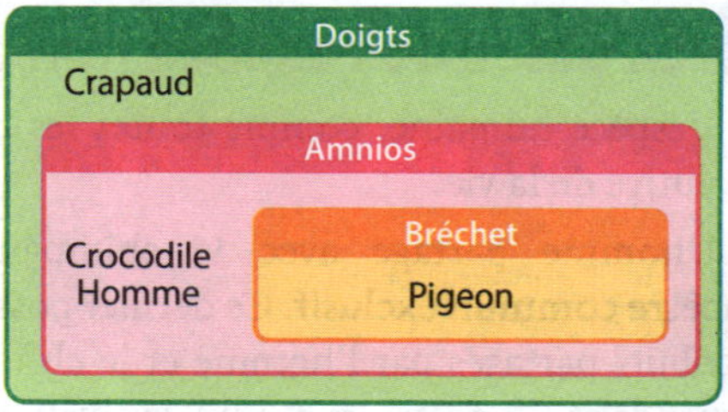

Enfin, on place les êtres vivants dans les boîtes.

9 Retracer les liens de parenté dans un arbre d'évolution

EN BREF ▸ *Les êtres vivants peuvent être classés en fonction des attributs qu'ils ont en commun. Le nombre d'attributs partagés traduit le degré de parenté. Les liens de parenté se schématisent par un arbre d'évolution.*

I Arbre d'évolution

■ L'étude des fossiles a permis de constater l'apparition dans le temps de certains attributs (innovations évolutives). Par la suite, des organismes ont hérité de ces innovations (d'ancêtres dont ils sont issus).

■ La classification des espèces sous forme de **groupes emboîtés** traduit un partage d'attributs de plus en plus nombreux : plus des êtres vivants partagent d'attributs, plus leurs relations de parenté sont étroites.

Un arbre d'évolution, ou arbre de parenté, est la représentation schématique, sous forme d'un arbre, des liens de parenté supposés entre des groupes ou des espèces.

> **MOT CLÉ**
> **Groupes emboîtés** : groupes d'êtres vivants partageant les mêmes attributs.

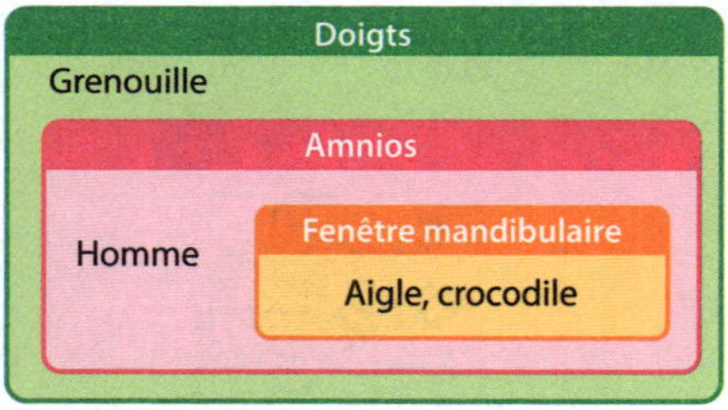

Doc 1 Groupes emboîtés chez des vertébrés

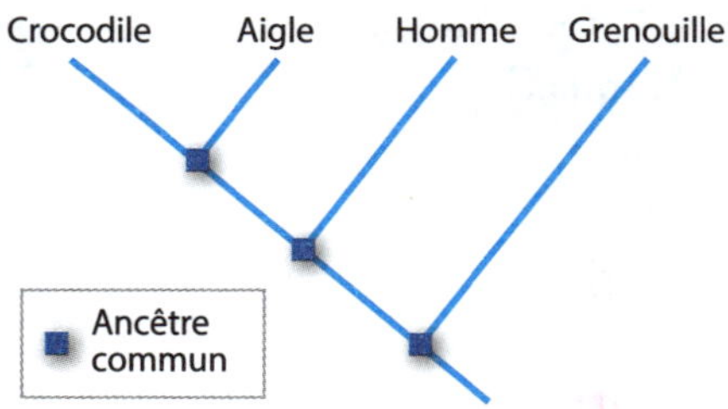

Doc 2 Arbre d'évolution chez des vertébrés

II La place de l'espèce humaine dans l'évolution

■ L'espèce humaine, comme toutes les autres espèces, s'inscrit dans l'histoire évolutive de la vie.

■ L'homme partage avec le chimpanzé un **ancêtre commun exclusif**. Ce dernier possède les attributs partagés par l'homme et le chimpanzé. Cependant, l'ancêtre commun exclusif ne présente ni les attributs propres à l'homme ni ceux propres au chimpanzé : ce n'est ni un homme ni un chimpanzé.

> **MOT CLÉ**
> **Ancêtre commun exclusif** : ancêtre commun que deux groupes/espèces ne partagent avec aucun autre groupe/espèce.

Méthode

Savoir construire et interpréter un arbre d'évolution

Étudier les règles de construction d'un arbre d'évolution, présentées dans le document, pour répondre aux questions suivantes.

1) Quels sont les attributs de l'autruche ?

2) Le saki est-il plus proche du crocodile ou de l'otarie ?

Doc Les règles de construction d'un arbre d'évolution

- Les groupes sont placés aux **extrémités des branches** de l'arbre. Exemple : tarsier, gorille, etc.
- Plus on s'éloigne de l'extrémité des branches, plus on remonte dans le temps.
- Chacun des **nœuds de l'arbre** (jonction entre deux branches) représente un **ancêtre commun**.
- L'apparition d'un nouvel attribut se fait **avant** le nœud. Exemple : l'attribut « placenta » est apparu avant l'ancêtre commun de l'oreillard et de l'otarie.

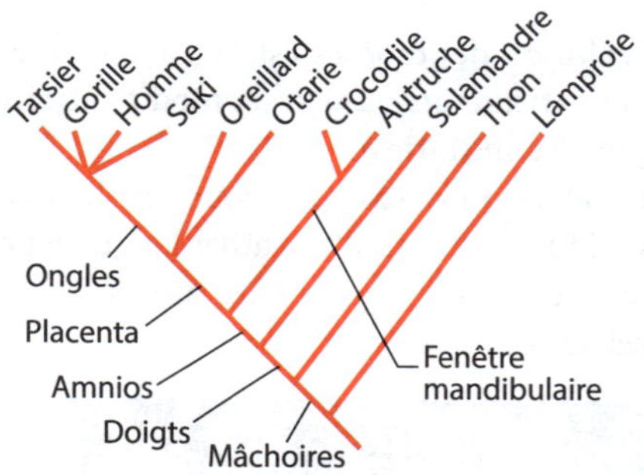

CONSEILS

1) Pour atteindre un groupe, suis le chemin sur l'arbre en passant par des nœuds.

2) Plus deux groupes sont proches d'un point de vue évolutif, moins il y a de nœuds de l'arbre qui les séparent.

SOLUTION

1) Pour atteindre l'autruche, on passe par les nœuds « mâchoires », « doigts », « amnios » et « fenêtre mandibulaire ». Ce sont les **attributs** de l'autruche.

À NOTER

Le crocodile possède également ces **attributs**. Néanmoins, crocodile et autruche ont aussi des attributs qui leur sont propres (non visibles sur cet arbre).

2) Sur la branche principale, deux nœuds séparent le saki de l'otarie, et trois nœuds séparent le saki du crocodile.
Le saki est donc, d'un point de vue évolutif, plus proche de l'otarie que du crocodile.

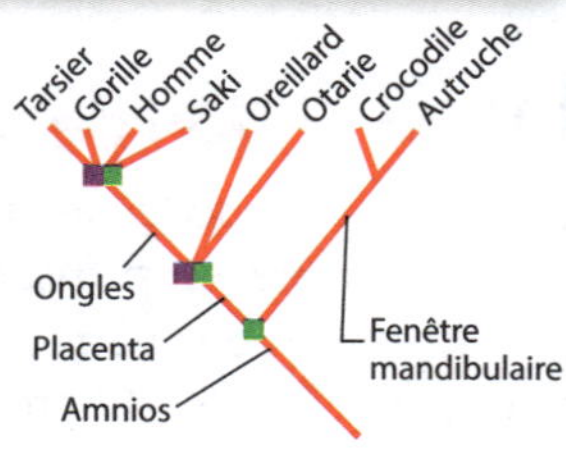

10 Expliquer l'apparition de nouvelles espèces

EN BREF ▸ *L'apparition de nouvelles espèces, à partir d'une population ancestrale commune, implique une divergence génétique, puis l'incapacité de se reproduire entre deux populations.*

I Les mécanismes de l'évolution

1 Les mutations et la sélection d'attributs

L'évolution des espèces est due à deux mécanismes :

– l'apparition au hasard de modifications du programme génétique : les **mutations** ;

– la sélection d'attributs sous l'influence du milieu de vie : les individus porteurs d'un attribut qui leur confère un avantage deviendront plus nombreux avec le temps. On dit qu'ils sont « sélectionnés ».

MOT CLÉ

Mutation : modification d'un gène, pouvant se traduire par une modification de caractère.

Une mutation intervenue au sein de la population de phalènes du bouleau a conféré une pigmentation plus prononcée aux individus porteurs de la mutation (phalènes noires). Cet attribut a représenté un avantage pour ces phalènes dans les régions très polluées, car lorsqu'elles se posaient sur des troncs d'arbres noircis par la pollution, elles étaient moins visibles pour les oiseaux prédateurs : ainsi, la mutation et la sélection naturelle contribuent à l'évolution.

Doc **Deux phalènes du bouleau posées sur un tronc d'arbre**

2 La divergence génétique

La divergence génétique correspond à l'accumulation, au cours du temps, de mutations différentes au sein de deux populations issues d'une même espèce. Les populations évoluent génétiquement indépendamment l'une de l'autre.

II L'apparition de nouvelles espèces

Lorsque la divergence génétique entre deux populations, appartenant à l'origine à une même espèce, est suffisamment importante pour que deux individus issus de ces deux populations ne puissent plus se reproduire, alors ces deux populations forment deux espèces différentes.

Méthode

Exploiter un arbre de parenté

Un arbre de parenté permet entre autres d'indiquer les liens de parenté entre espèces différentes, d'estimer les caractéristiques des ancêtres communs, ainsi que l'ordre d'apparition des innovations évolutives.

À partir de l'arbre de parenté ci-contre, répondre aux questions.

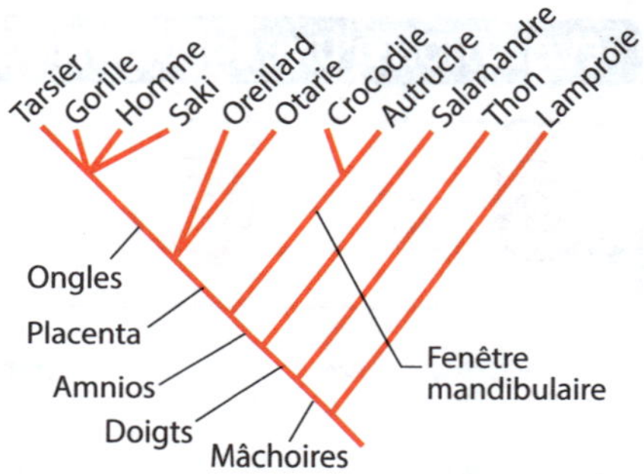

1 Préciser les plus proches parents du gorille, en le justifiant.

2 Placer sur l'arbre de parenté, sous forme de losanges rouges, les ancêtres communs des espèces.

3 Donner les caractéristiques du dernier ancêtre commun au saki et à la salamandre.

4 Placer sur l'arbre de parenté, sous forme de cercles, les innovations évolutives.

CONSEILS

1 Les plus proches parents d'une espèce sont ceux qui partagent avec elle le plus d'innovations évolutives.

3 Les caractéristiques du dernier ancêtre commun à deux groupes ou espèces sont les innovations évolutives apparues avant le nœud symbolisant cet ancêtre.

SOLUTION

1 Les plus proches parents du gorille sont le tarsier, l'homme et le saki.

2 Les losanges rouges sont placés aux nœuds des branches.

3 Le dernier ancêtre commun au saki et à la salamandre possédait des mâchoires et des doigts.

4 Les cercles sont placés avant les nœuds.

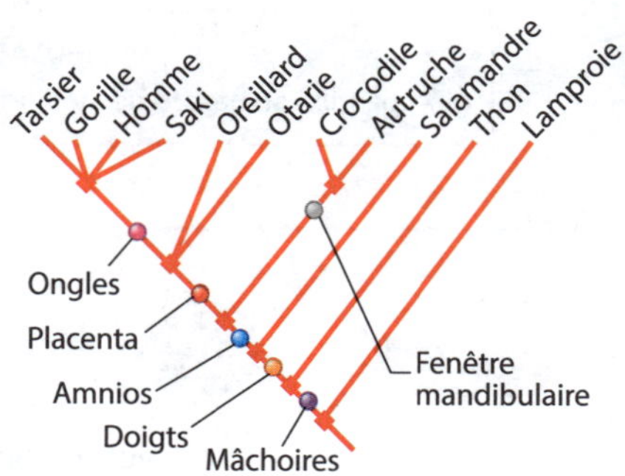

MÉMO VISUEL

L'évolution des populations au cours du temps

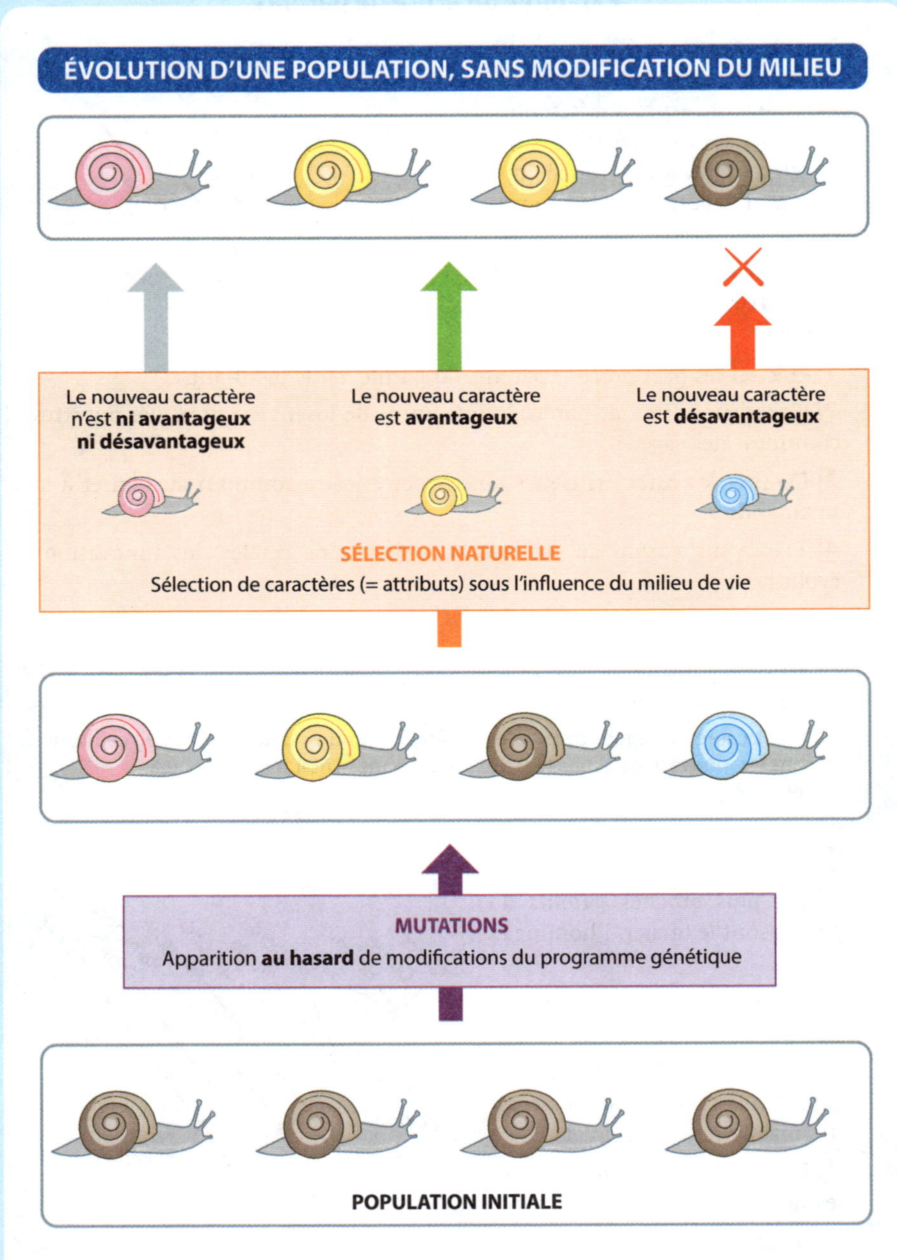

ÉVOLUTION D'UNE POPULATION SUITE À L'ÉVOLUTION DU MILIEU

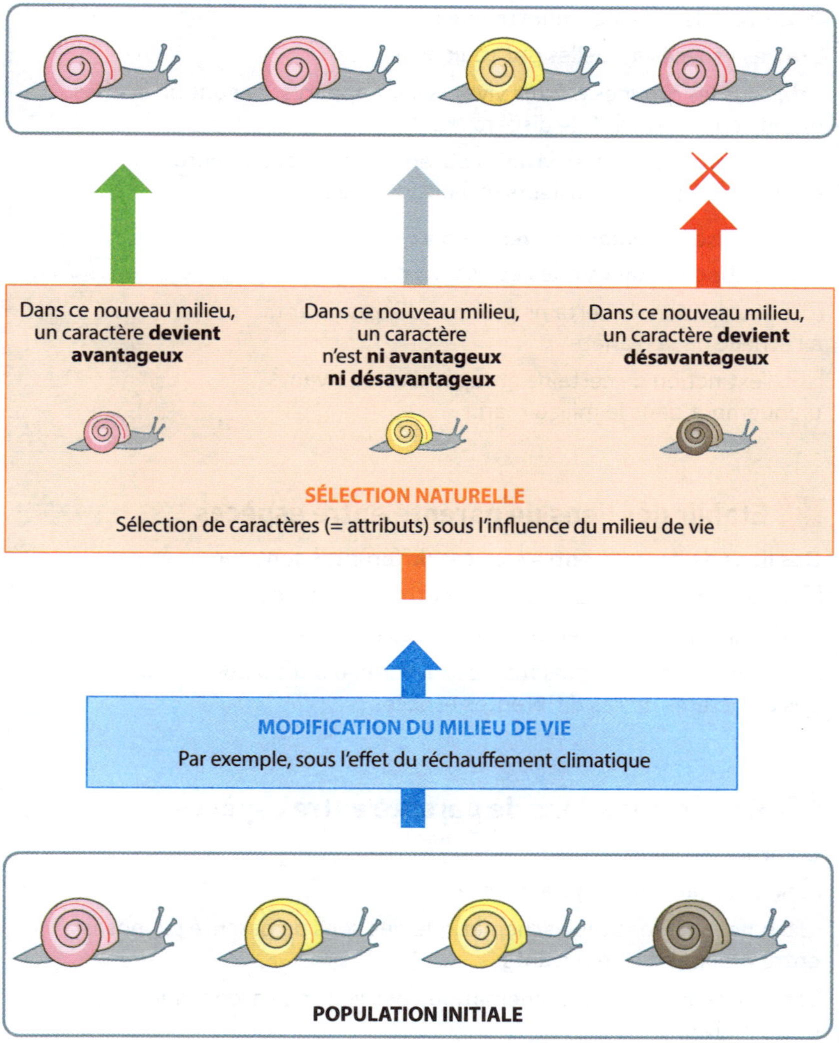

SE TESTER QUIZ

Vérifie que tu as compris les points clés

1 Déterminer les espèces au cours du temps

→ FICHE 7

1 L'étude des fossiles montre que :

☐ **a.** les espèces actuelles ont toujours existé

☐ **b.** tous les groupes d'êtres vivants sont apparus, se sont diversifiés et ont régressé avant de disparaître

☐ **c.** des groupes d'êtres vivants observables encore aujourd'hui existaient déjà il y a plusieurs millions d'années

2 Une crise biologique correspond à :

☐ **a.** l'extinction de tous les êtres vivants

☐ **b.** l'extinction de certains groupes d'êtres vivants à l'échelle de la planète

☐ **c.** l'extinction de certains groupes d'êtres vivants uniquement dans le milieu marin

.../2

2 Établir des liens de parenté entre espèces

→ FICHE 8

Des liens de parenté entre espèces différentes sont suggérés par :

☐ **a.** l'existence de ressemblances entre ces espèces

☐ **b.** l'existence de différences entre ces espèces

☐ **c.** l'existence de formes fossiles « intermédiaires » possédant des caractères de ces différentes espèces

.../1

3 Retracer les liens de parenté entre espèces

→ FICHE 9

Un arbre d'évolution est :

☐ **a.** un organisme végétal fossile

☐ **b.** une représentation schématique des liens de parenté supposés entre groupes d'êtres vivants

☐ **c.** une représentation schématique des liens de parenté supposés entre individus

.../1

4 Interpréter un arbre d'évolution

→ FICHE 9

Des scientifiques ont établi l'arbre d'évolution ci-dessous.

Document **Arbre d'évolution de vertébrés**

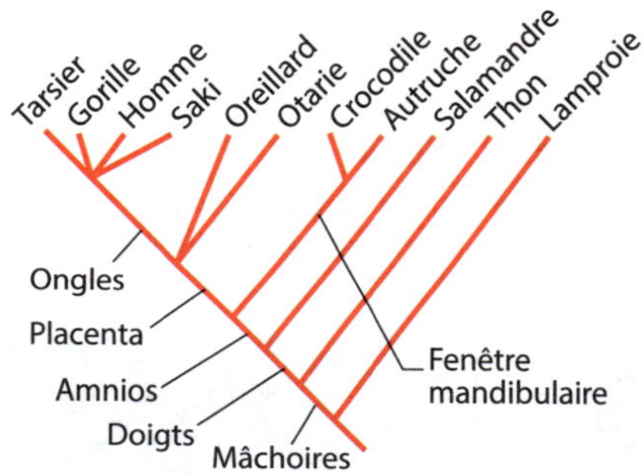

D'après cet arbre :

☐ **a.** La salamandre possède un placenta.

☐ **b.** La salamandre partage avec les autres espèces au moins un caractère commun.

☐ **c.** L'homme et l'otarie possèdent tous deux le caractère « Ongles ».

☐ **d.** L'homme et l'otarie possèdent tous deux le caractère « Placenta ».

.../1

5 Expliquer l'apparition de nouvelles espèces

→ FICHE 10

Une espèce nouvelle :

☐ **a.** présente uniquement des caractères ancestraux

☐ **b.** présente uniquement des caractères nouveaux

☐ **c.** présente des caractères nouveaux et ancestraux

☐ **d.** peut se reproduire avec l'espèce ancestrale dont elle est issue

.../1

ON FAIT LE BILAN !

score total .../6

- Des erreurs ? Entraîne-toi ! → **LES EXOS** P. 56
- Zéro faute ? Bravo ! → **OBJECTIF BREVET** P. 62

LES EXOS

Entraîne-toi !

6 Reconstituer un paysage ancien

→ FICHE 17

Les données paléontologiques sur les animaux et les végétaux fossiles découverts sur certains sites de fouilles ont permis de reconstituer le peuplement du milieu il y a 300 millions d'années.

Document 1 Une forêt marécageuse

Reconstitution d'une forêt marécageuse datant de 300 millions d'années, située dans la région actuelle de Montceau-les-Mines, en France. Le climat à cette époque était tropical (chaud et humide).

A à F : espèces qui peuplaient cette forêt marécageuse.
Les groupes auxquels appartiennent ces espèces sont indiqués entre parenthèses.

A. *Pecopteris* (fougères et apparentés)

B. *Stylocalamites* (fougères et apparentés)

C. *Etoblattina* (insectes)

D. *Branchiosaurus* adultes et larves (amphibiens et apparentés)

E. *Commentrya* (poissons à nageoires rayonnées)

F. *Xenacanthus* (poissons à squelette cartilagineux)

Document 2 **Frise chronologique**

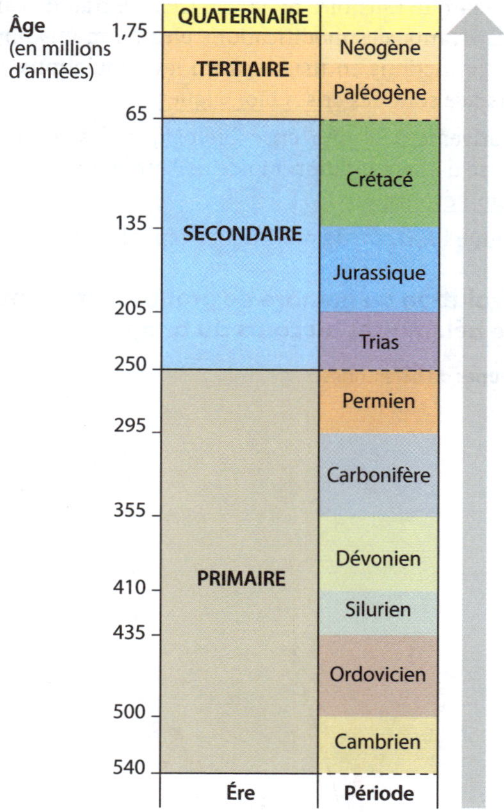

1) À partir des documents, dater l'âge et l'époque (ère et période) de ce paysage.

2) Indiquer le lieu actuel de la reconstitution.

3) Relever le type de paysage que les scientifiques ont pu reconstituer.

4) Nommer les espèces végétales et le groupe auquel elles appartiennent.

DÉMARRONS ENSEMBLE

→ Ce type de document fourmille d'informations très diverses. Il faut **faire le tri** entre ce qui est utile pour répondre aux questions et ce qui ne l'est pas.
Les **titres** des documents peuvent t'aider : par exemple le document 2 est une frise des temps, il peut te fournir des informations relatives au temps et aux âges géologiques.

→ La **légende** du document 1 te fournit des informations sur les animaux et végétaux de l'époque. Or, dans la question 4, on ne te demande que les végétaux, pas les animaux… Attention au hors sujet…

7 Résumer l'histoire évolutive des bélemnites

→ FICHE 7

Des à-coups ont marqué l'histoire de la vie. Cela se traduit par des apparitions de groupes d'êtres vivants, des modifications plus ou moins importantes de leur organisation, des extinctions en masse parmi les populations, voire l'extinction de groupes entiers : ce sont des crises biologiques.

Souvent, consécutivement à une crise biologique, les groupes qui survivent subissent une phase d'augmentation rapide de leur biodiversité : on appelle cette phase une explosion évolutive.

Le document résume l'histoire de mollusques céphalopodes : les bélemnites.

Document **Évolution du nombre de groupes différents de bélemnites au cours du temps**

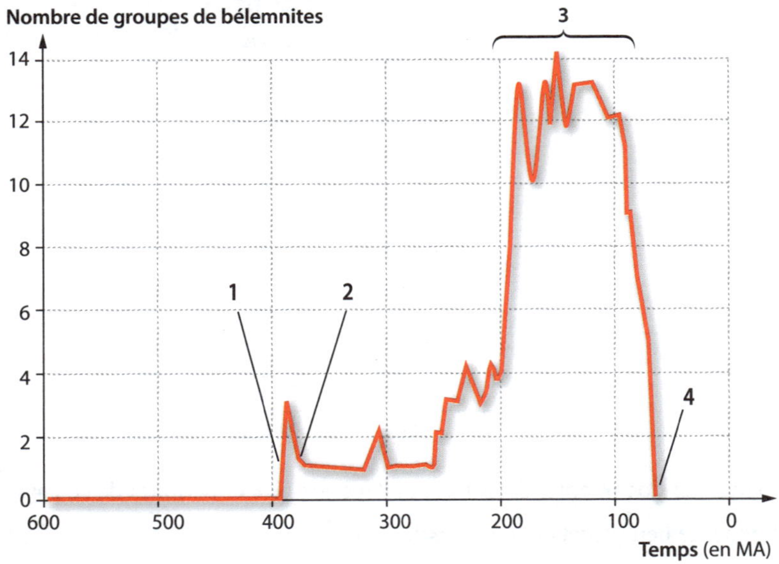

À l'aide des mots et expressions soulignés dans le texte ci-dessus, associer une légende à chacun des numéros (de 1 à 4).

DÉMARRONS ENSEMBLE

→ Relis la fiche 7.

→ Repère l'évolution du nombre de groupes de bélemnites (augmentation, diminution, disparition…) afin d'associer un numéro à un mot ou une expression soulignés.

8 Reconstituer l'histoire évolutive des ammonites à partir d'un tableau de données

→ FICHE 4 et ANNEXE 4

Construire le graphique de l'évolution du nombre de groupes d'ammonites au cours du temps à partir du tableau suivant.

Nombre de groupes d'ammonites	0	20	40	50	10	250	400	350	0
Âge (millions d'années)	445	380	350	300	250	220	140	80	60

DÉMARRONS ENSEMBLE

➜ Le sujet étudié (nombre de groupes d'ammonites) sera représenté sur l'axe des ordonnées (axe vertical) et le temps sur l'axe des abscisses (axe horizontal). Attention, ici **le temps est inversé** : l'extrémité de l'axe des abscisses correspond à l'actuel (an 0), et ton graphique peut commencer à – 500 millions d'années.

➜ N'oublie pas le titre et veille au soin…

9 Reconstituer l'histoire des trilobites dans un tableau de données

Les trilobites constituent un groupe d'arthropodes marins disparus depuis plus de 250 millions d'années. Ils vivaient au fond des mers.

À partir des informations fournies par le document, construire un tableau de données qui présente sur une ligne le temps en millions d'années (Ma) et sur une autre ligne le nombre de groupes de trilobites.

Document **Brève histoire des trilobites**

Les trilobites sont apparus il y a près de 520 millions d'années (Ma). On en comptait alors déjà 26 groupes. Ensuite, le nombre de trilobites s'est développé : 20 millions d'années plus tard, les scientifiques en découvrent 19 groupes de plus. Il y a 490 Ma, les trilobites connaissent leur apogée avec 63 groupes distincts. Puis vient la lente et inexorable extinction : en 30 Ma, on n'en compte plus que 46, puis 19 groupes 30 Ma plus tard, et plus que 5 il y a 360 Ma. Seuls deux groupes subsistent durant 100 Ma, avant d'avoir totalement disparu des océans il y a 250 Ma.

DÉMARRONS ENSEMBLE

➜ Attention : dans le texte, il est écrit « Les trilobites sont apparus il y a 520 Ma… ». Tu dois en déduire une information capitale sur le nombre de trilobites avant 520 Ma.

➜ N'oublie pas que **le temps est inversé** : 30 Ma plus tard que 490 Ma c'est 30 Ma plus proche de nos jours, donc 460 Ma.

10 Repérer les attributs d'animaux

→ FICHE 8

À partir des informations données dans le document ci-dessous, compléter le tableau en cochant les cases correspondant aux attributs que possède chaque espèce.

Document Attributs utiles aux scientifiques pour classer les animaux

Pigeon domestique (33 cm)	J'ai deux yeux, une bouche et quatre membres. Mes plumes m'aident à voler. Mon squelette est interne et constitué d'os.
Pyrrhocore (gendarme) (1 cm)	J'ai un squelette externe. Mes six pattes sont articulées. Je possède des yeux, une bouche et une paire d'antennes.
Homme (170 cm)	Mon squelette, constitué d'os, est interne. J'ai deux yeux, une bouche et quatre membres. J'allaite mes petits grâce à des mamelles. J'ai des poils.
Escargot petit-gris (4 cm)	J'ai des yeux, une bouche et une paire de tentacules sur la tête. Je me déplace sur mon pied plat. J'ai une coquille.
Coccinelle à sept points (5 à 8 mm)	Mon squelette est externe et mes six pattes sont articulées. J'ai des yeux, une bouche et une paire d'antennes.
Mouette rieuse (36 cm)	Mon squelette est interne et constitué d'os. J'ai deux yeux, une bouche et quatre membres. Mes plumes m'aident à voler.

	Présence d'une tête (yeux et/ou bouche)	Squelette interne	Squelette d'os	Squelette externe, pattes articulées	4 membres	1 ou 2 paires de tentacules	6 pattes et 2 antennes	Présence de poils et de mamelles	Plumes	Coquille
Pigeon										
Pyrrhocore										
Homme										
Escargot										
Coccinelle										
Mouette rieuse										

DÉMARRONS ENSEMBLE

➜ Tu peux **souligner** ou surligner les attributs dans le document.

➜ Commence par exemple par le pigeon. Relève quels **attributs** il possède, et mets une croix dans chaque **case correspondante**.

11 Construire les groupes emboîtés d'espèces animales

→ FICHE 8

Pour construire les groupes emboîtés d'espèces animales, la première étape consiste à faire la liste des attributs de chacune des espèces que l'on souhaite classer. La deuxième étape consiste à compléter un tableau montrant la présence ou l'absence de chaque attribut chez chaque espèce.

Le tableau suivant indique les attributs que possèdent neuf espèces d'animaux.

Construire les groupes emboîtés des neuf espèces animales étudiées.

	Yeux	Squelette interne, 4 membres	Squelette externe, pattes articulées	Présence de poils et de mamelles	Plumes
Hérisson	×	×		×	
Mulot gris	×	×		×	
Souris grise	×	×		×	
Pie bavarde	×	×			×
Rouge-gorge	×	×			×
Abeille domestique	×		×		
Fourmi rousse	×		×		
Opilion	×		×		
Tégénaire	×		×		

DÉMARRONS ENSEMBLE

➜ Commence par déterminer le **nombre de boîtes** à réaliser.

➜ Ensuite, observe bien la répartition des attributs pour savoir si certaines boîtes doivent être **emboîtées** ou **côte à côte**.

▶ OBJECTIF BREVET

Lance-toi dans des sujets !

12 Lire et exploiter un arbre d'évolution

20 min

→ FICHES 9 et 10

À partir de l'arbre d'évolution de quelques vertébrés, représenté ci-dessous, indiquer si les propositions suivantes sont vraies ou fausses.

a. Le cobaye possède les attributs suivants : mâchoires, doigts, amnios (poche des eaux), gésier.

b. La lamproie possède des mâchoires.

c. Le cobaye et le xénope sont les animaux qui possèdent la parenté la plus étroite.

d. L'attribut partagé exclusivement par le crocodile et le kiwi est le gésier.

e. Le dernier ancêtre commun au crocodile et au kiwi possède un placenta.

Document **Arbre d'évolution de quelques vertébrés**

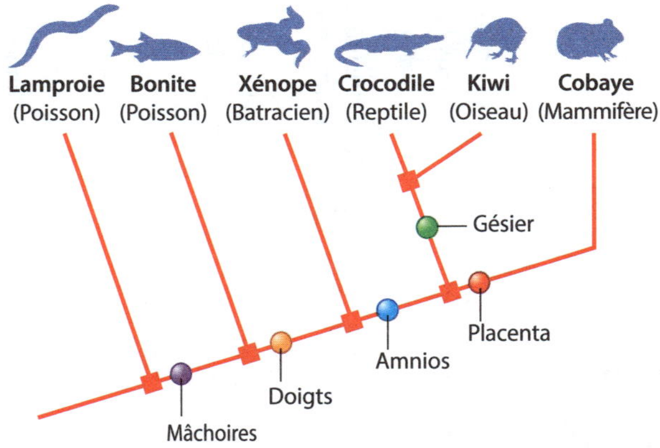

DÉMARRONS ENSEMBLE

➜ Les **innovations évolutives** apparaissent ici sous forme de cercles de couleurs différentes.

➜ Les **ancêtres communs** disposés entre les « branches » de l'arbre d'évolution apparaissent ici sous forme de carrés rouges.

13 Étudier un arbre de parenté

15 min

→ FICHES 9 et 10

La forme du bassin est un attribut qui permet de définir différents groupes : par exemple, les saurischiens possèdent un bassin à cavité acétabulaire (cavité où se loge la tête du fémur) perforée.

Les caractéristiques des orteils permettent également de définir des groupes : par exemple, les animaux appartenant au groupe des oiseaux possèdent tous un orteil inversé.

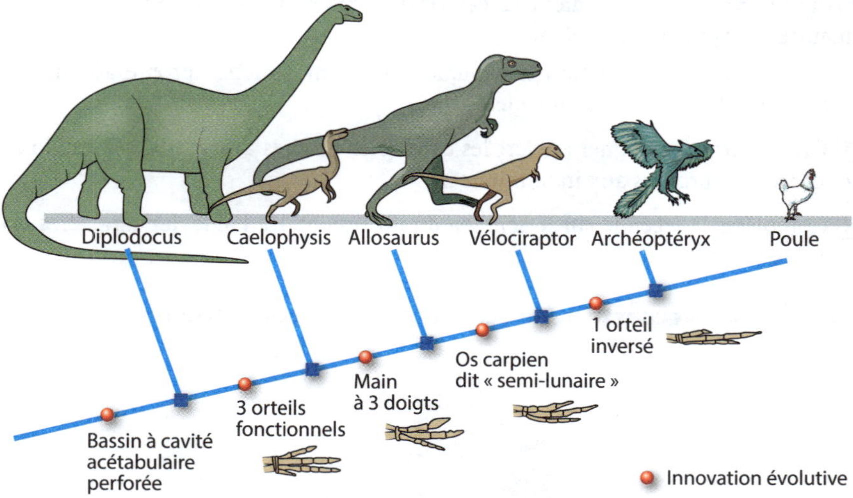

1) Citer le nom des animaux appartenant au groupe des saurischiens. Justifier.

2) Citer le nom des animaux appartenant au groupe des oiseaux. Justifier.

3) Le diplodocus avait-il trois orteils fonctionnels ? Justifier.

4) L'allosaurus avait-il trois orteils fonctionnels ? Justifier.

DÉMARRONS ENSEMBLE

→ Les groupes sont placés **aux extrémités** des branches de l'arbre de parenté.

→ Plus on s'éloigne de l'extrémité des branches, plus on remonte dans le temps.

→ Chacun des nœuds de l'arbre (jonction entre deux branches) représente l'**ancêtre commun**.

→ L'apparition d'un nouvel attribut se fait **avant le nœud**.

→ Pour atteindre un groupe, il faut suivre le chemin sur l'arbre en passant par des nœuds.
Ex. : allosaurus : bassin à cavité perforée → 3 orteils fonctionnels → main à 3 doigts.

14 Étudier un reptile ayant des attributs de mammifère

20 min

→ FICHES 9 et 10

Le dimétrodon est un reptile fossile de la fin de l'ère primaire (entre –280 et –265 Ma environ). Il possède des caractères morphologiques propres aux reptiles tels que des **membres disposés latéralement**, une **longue queue formée de 60 vertèbres** et une **peau recouverte d'écailles**. En revanche, d'autres caractères le rapprochent des mammifères, comme un crâne ayant un nombre réduit d'os, des **dents différenciées** (incisives, canines, molaires) et un **voile jouant probablement un rôle dans la régulation thermique**... Le dimétrodon est qualifié de reptile mammalien.

Remarque : c'est la régulation thermique qui est un caractère propre aux mammifères, pas la présence d'un voile.

1) Dans le texte, surligner en vert les caractères propres aux reptiles et en violet les caractères propres aux mammifères.

2) Compléter la légende sur le schéma du document 1 à l'aide des caractères en gras dans le texte.

Document 1 **Reconstitution schématique d'un dimétrodon**

3) Justifier la phrase : « Le dimétrodon appartient au groupe des reptiles mammaliens ».

4) Donner les raisons qui permettent de qualifier le dimétrodon de forme intermédiaire.

5) Compléter l'arbre d'évolution ci-dessous avec les mots suivants : mammifères, reptiles, premiers reptiles, reptiles mammaliens (dont le dimétrodon).

Document 2 **Arbre d'évolution à compléter**

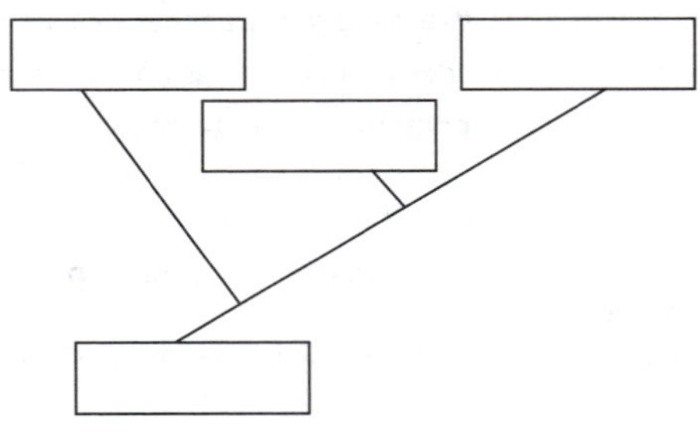

CORRIGÉS

SE TESTER QUIZ

1 Déterminer les espèces au cours du temps

1 **Réponse c.** L'étude des fossiles montre que certains groupes d'êtres vivants observables encore aujourd'hui existaient déjà il y a plusieurs millions d'années.
L'affirmation **b** est fausse : tous les groupes d'êtres vivants apparus n'ont pas disparu…

2 **Réponse b.** Une **crise biologique** correspond à l'extinction de certains groupes d'êtres vivants à l'échelle de la planète.

> **À NOTER**
> Une **crise biologique** est souvent suivie d'une période de diversification biologique importante.

2 Établir des liens de parenté entre espèces

Réponses a et c. L'existence de caractères communs (donc des ressemblances) entre espèces différentes attestent de liens de parenté.

3 Retracer les liens de parenté entre espèces

Réponse b. Un arbre d'évolution est une représentation schématique résumant les liens de parenté supposés entre groupes d'êtres vivants.
L'affirmation **c** est fausse : une représentation schématique des liens de parenté entre individus constitue un arbre généalogique.

4 Interpréter un arbre d'évolution

Réponses b et d. La salamandre partage avec les autres espèces au moins un caractère commun, car ces groupes sont sur un même arbre d'évolution.
L'homme et l'otarie partagent le caractère « Placenta ».
L'affirmation **c** est fausse : le caractère « Ongles » n'est partagé qu'entre l'homme, le tarsier, le gorille et le saki.

5 Expliquer l'apparition de nouvelles espèces

Réponse c. Une espèce nouvelle présente à la fois des caractères nouveaux (c'est ce qui permet de dire qu'il s'agit d'une espèce nouvelle), et des caractères ancestraux issus des populations initiales.
L'affirmation **d** est fausse : puisqu'ils constituent une nouvelle espèce, les individus ne peuvent plus se reproduire avec les individus de l'espèce ancestrale dont ils sont issus.

LES EXOS

6 Reconstituer un paysage ancien

1] Le document 1 nous indique que le paysage reconstitué date de **300 millions d'années.**
Le document 2 montre que cette époque correspond à l'ère primaire et à la période du **Carbonifère**.

2] La reconstitution correspond à une zone à proximité de la ville actuelle de **Montceau-les-Mines**, en France.

3] Les scientifiques ont reconstitué une **forêt marécageuse**.

4] Les espèces végétales découvertes dans ce paysage étaient ***Pecopteris*** et ***Stylocalamites***, des **fougères** et apparentés.

7 Résumer l'histoire évolutive des bélemnites

Il s'agit d'associer une expression tirée du texte avec la lecture du graphique. Par exemple l'extinction correspond à la disparition de tous les groupes de bélemnites.
① Apparition.
② Crise biologique.
③ Explosion évolutive.
④ Extinction.

8 Reconstituer l'histoire évolutive des ammonites à partir d'un tableau de données

- L'axe des ordonnées (l'axe vertical) représente ce qu'on étudie (ici, le nombre de groupes d'ammonites) et l'axe des abscisses (l'axe horizontal) représente la variable, c'est-à-dire la valeur que l'on connaît (ici, le temps en millions d'années).
- Le tableau de données nous donne les valeurs maximales à prendre en compte pour la construction du graphique : à savoir ici, 400 groupes d'ammonites et 445 millions d'années pour le temps écoulé.
- Ainsi, si l'on choisit la correspondance 40 millions d'années = 1 cm, par exemple, alors l'axe des abscisses devra mesurer au minimum 12 cm. Et pour la correspondance 40 groupes d'ammonites = 1 cm, l'axe des ordonnées devra mesurer au minimum 10 cm.
- Ensuite on trace les deux axes perpendiculaires, avec les flèches aux extrémités, sans oublier les titres des axes et les unités des valeurs.

Pour chaque couple de valeurs du tableau, on trace des droites en pointillés, avec une croix marquant l'intersection des deux lignes.

- On place tous les points du tableau et on les relie.
- On pense à préciser le titre du graphique.

Évolution du nombre de groupes d'ammonites au cours du temps

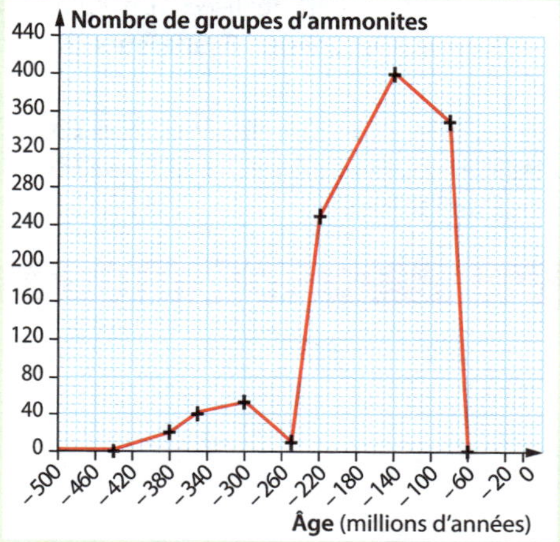

À NOTER
Tu peux effacer les pointillés tracés quand tu as terminé ton graphique.

9 Reconstituer l'histoire des trilobites dans un tableau de données

Il faut transformer les informations données dans le texte, les exprimer en temps (mesuré en Ma) et en nombre de groupes de trilobites.

Évolution du nombre de groupes de trilobites entre –530 Ma et –250 Ma

Âge (Ma)	530	520	500	490	460	430	360	260	250
Nombre de groupes de trilobites	0	26	45	63	46	19	5	2	0

10 Repérer les attributs d'animaux

Pour chaque animal, on place une croix dans la ou les cases correspondant aux attributs qu'il possède.

Tableau montrant la présence (ou non) d'attributs

	Présence d'une tête (yeux et/ou bouche)	Squelette interne	Squelette d'os	Squelette externe, pattes articulées	4 membres	1 ou 2 paires de tentacules	6 pattes et 2 antennes	Présence de poils et de mamelles	Plumes	Coquille
Pigeon	×	×	×		×				×	
Pyrrhocore	×			×			×			
Homme	×	×	×		×			×		
Escargot	×					×				×
Coccinelle	×			×			×			
Mouette rieuse	×	×	×		×				×	

11 Construire les groupes emboîtés d'espèces animales

■ Les deux premières étapes étant déjà réalisées, on commence par déterminer le nombre de boîtes à prévoir. On compte **5 attributs** distincts : il y aura donc **5 boîtes**.

■ L'attribut partagé par le plus grand nombre d'espèces est « **Présence d'yeux** » : tous les animaux du tableau possèdent des yeux. Donc la boîte la plus grande comportera tous les animaux du tableau.

■ Parmi les animaux étudiés avec des yeux, soit ils possèdent un « **squelette interne et 4 membres** », soit un « **squelette externe et des pattes articulées** » : la boîte « Yeux » contiendra deux boîtes côte à côte : une boîte intitulée « Squelette interne et 4 membres », et une boîte intitulée « Squelette externe et pattes articulées ».

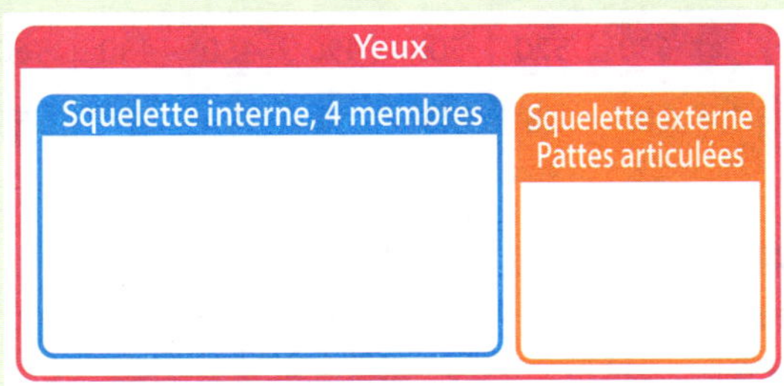

■ Parmi les animaux avec un squelette interne et 4 membres, certains ont des « **poils sur la peau et des mamelles** », d'autres n'ont ni poils ni mamelles mais possèdent des « **plumes** » : on crée donc deux boîtes côte à côte : une boîte intitulée « Poils sur la peau, Mamelles », et une boîte intitulée « Plumes ».

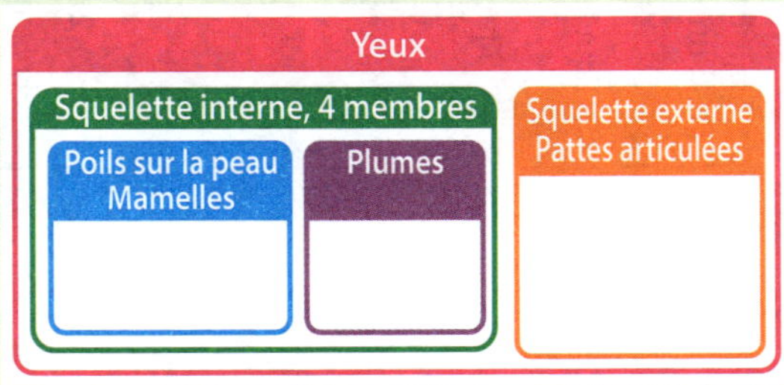

- Enfin, on ajoute le nom des espèces animales dans les bonnes boîtes.

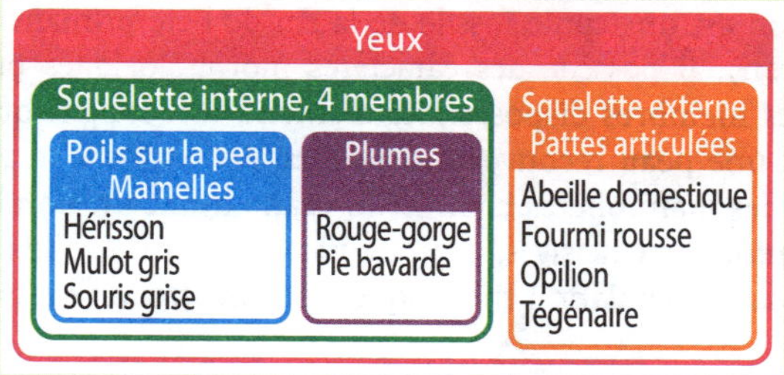

OBJECTIF BREVET

12 Lire et exploiter un arbre d'évolution

a. Faux. Le cobaye possède les attributs suivants : mâchoires, doigts, amnios, placenta.
b. Faux. La lamproie ne possède pas de mâchoires (l'attribut mâchoires apparaît après le dernier ancêtre commun à la lamproie et au reste des vertébrés).
c. Faux. Le crocodile et le kiwi sont les animaux qui possèdent la parenté la plus étroite : ce sont eux qui partagent le plus grand nombre d'attributs dans cet arbre.
d. Vrai. L'attribut partagé exclusivement par le crocodile et le kiwi est le gésier.
e. Faux. Le dernier ancêtre commun au crocodile et au kiwi possède un gésier.

Remarque : il possède également des mâchoires, des doigts et un amnios.

13 Étudier un arbre de parenté

1 Le diplodocus, le caelophysis, l'allosaurus, le vélociraptor, l'archéoptéryx et les autres oiseaux appartiennent au groupe des saurischiens, car ils possèdent tous un bassin à cavité acétabulaire perforée.

2 L'archéoptéryx et la poule appartiennent au groupe des oiseaux car ils possèdent un orteil inversé.

3 Le diplodocus n'avait pas trois orteils fonctionnels : sur l'arbre d'évolution, cet attribut apparaît plus tard.

4 L'allosaurus avait trois orteils fonctionnels : sur l'**arbre d'évolution**, cet attribut est apparu avant l'apparition d'un des ancêtres de l'allosaurus.

À NOTER
Tu peux retrouver un autre exemple d'**arbre d'évolution** dans la fiche 9.

14 Étudier un reptile ayant des attributs de mammifère

1 Le dimétrodon est un reptile fossile de la fin de l'ère primaire (entre – 280 et – 265 Ma environ). Il possède des caractères morphologiques propres aux reptiles tels que des **membres disposés latéralement**, une **longue queue formée de 60 vertèbres** et une **peau recouverte d'écailles**. En revanche, d'autres caractères le rapprochent des mammifères comme un **crâne ayant un nombre réduit d'os**, des **dents différenciées** (incisives, canines, molaires) et un voile jouant probablement un rôle dans la **régulation thermique**... Le dimétrodon est qualifié de reptile mammalien.

2 **Reconstitution schématique d'un dimétrodon**

3 Le dimétrodon possède des caractères propres aux **reptiles** et aux **mammifères**.

4 Le dimétrodon possède des caractères qui font le lien entre les deux groupes. Ceci confirme la parenté entre ces différents groupes, et permet de qualifier le dimétrodon de forme intermédiaire.

5 **Arbre d'évolution complété**

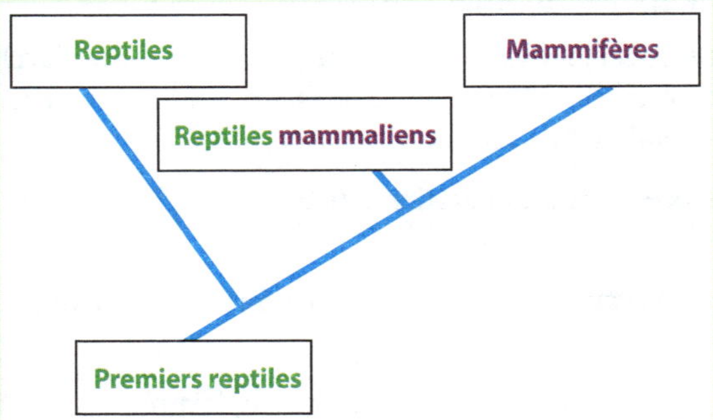

3 La nutrition cellulaire des organismes

11 La nutrition d'une cellule animale

EN BREF ▸ *Les cellules animales ont en permanence besoin de dioxygène et de nutriments. Certains nutriments jouent le rôle de matière première pour le renouvellement et la survie de la cellule ; d'autres nutriments permettent la production d'énergie.*

I Le milieu de vie des cellules animales

Dans les organes, une partie du sang quitte les vaisseaux sanguins : c'est la **lymphe** qui baigne ainsi toutes les cellules. Les cellules y prélèvent **en permanence** les **nutriments** et le **dioxygène** dont elles ont besoin. La lymphe sert d'intermédiaire entre le sang et les cellules.

MOT CLÉ
Nutriments : substances solubles, utilisables par la cellule pour sa survie et son fonctionnement.

II Le devenir des substances prélevées par les cellules animales

- Les cellules transforment les nutriments prélevés en nouvelles molécules. Ces molécules servent à l'entretien des cellules, et à préparer une éventuelle multiplication cellulaire. On appelle ces réactions chimiques l'**assimilation**.
- L'ordre d'assemblage des nutriments est déterminé par les **informations génétiques**. Cette synthèse nécessite de l'**énergie**.
- En présence de dioxygène, certains nutriments libèrent l'**énergie** indispensable aux activités cellulaires. On appelle ces réactions la **respiration cellulaire**.

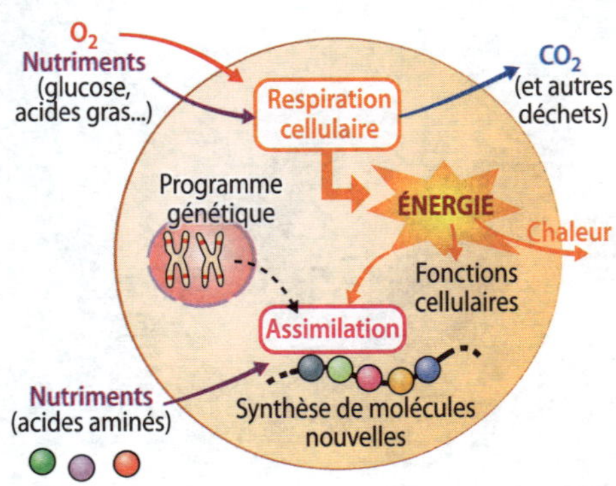

Doc **Fonctionnement d'une cellule animale**

MOT CLÉ
Respiration cellulaire : dégradation (= oxydation) de nutriments grâce au dioxygène.

Équation-bilan de la respiration cellulaire :

$C_6H_{12}O_6 + 6\ O_2 \rightarrow 6\ CO_2 + 6\ H_2O$ + énergie

$C_6H_{12}O_6$ = glucose ; O_2 = dioxygène ;

CO_2 = dioxyde de carbone ; H_2O = eau

- Les réactions chimiques qui se produisent dans les cellules produisent de l'eau, des déchets (dioxyde de carbone...) et de la chaleur.

Méthode

Étudier les échanges entre un muscle et le sang

On analyse le sang qui irrigue un muscle : on mesure les quantités de certaines substances, dans le sang qui entre dans le muscle, et dans le sang qui en sort. On note les mesures dans le tableau à double entrée ci-dessous.

	Sang entrant	Sang sortant
Dioxygène (ml)	20	16
Dioxyde de carbone (ml)	50	53
Glucose (mg)	90	86

1) Indiquer ce que représentent les lignes d'une part, et les colonnes d'autre part, de ce tableau. Ensuite, donner un titre au tableau.

2) Indiquer la quantité de dioxygène dans le sang sortant.

3) Préciser l'évolution de la teneur en dioxygène dans le sang.

CONSEILS

1) Un tableau à double entrée comporte un titre pour chaque colonne et pour chaque ligne. Étudie les titres des lignes d'une part et ceux des colonnes d'autre part. Repère les unités de mesures.

2) L'information se situe au croisement entre une ligne et une colonne.

3) Indique si une quantité « augmente », « diminue » ou « reste constante », en employant l'une de ces trois expressions.

SOLUTION

1) Les titres des lignes indiquent les substances dans le sang, ceux des colonnes indiquent la position de la mesure. Le nom des substances est suivi d'une unité de mesure (ml ou mg). On en déduit que les lignes représentent la quantité mesurée de différentes substances, et que les colonnes représentent la quantité mesurée avant ou après le muscle.

Titre du tableau : Quantité de substances présentes dans le sang avant d'irriguer un muscle et à la sortie du muscle.

2) Le sang quittant le muscle contient 16 ml de dioxygène.

3) La quantité de **dioxygène** a diminué dans le sang sortant par rapport à celle dans le sang entrant.

À NOTER

La question n'est pas posée, mais on peut déduire de ces informations que le muscle a consommé du **dioxygène** sanguin.

12 La nutrition d'une cellule chlorophyllienne

EN BREF ▸ *Les cellules chlorophylliennes, contrairement aux cellules animales, n'ont pas besoin de puiser dans leur milieu la matière organique nécessaire pour vivre et fonctionner. Elles produisent cette matière organique par photosynthèse.*

I Le milieu de vie des cellules chlorophylliennes

Les **cellules chlorophylliennes** baignent dans un liquide issu de la sève du végétal. Elles y prélèvent en permanence l'**eau**, les **minéraux**, le **dioxyde de carbone** et le **dioxygène** dont elles ont besoin. Elles sont capables d'utiliser l'énergie de la lumière du soleil pour produire leur matière organique lors de la **photosynthèse** : elles fixent le CO_2 dans des molécules organiques (glucose…).

MOTS CLÉS

- **Cellule chlorophyllienne** : cellule végétale possédant un pigment, la chlorophylle, qui lui permet de capter l'énergie lumineuse du soleil.
- **Photosynthèse** : suite de réactions chimiques permettant aux végétaux chlorophylliens de produire de la matière organique à partir du CO_2, grâce à l'énergie de la lumière du soleil.

II Les activités de la cellule chlorophyllienne

1 La photosynthèse

■ Équation-bilan de la photosynthèse :

$6\ CO_2 + 6\ H_2O + \text{lumière} \rightarrow C_6H_{12}O_6 + 6\ O_2$

Le dioxygène est un déchet de la photosynthèse…

■ Les cellules chlorophylliennes **produisent** leur propre matière organique, alors que les cellules animales **utilisent** de la matière organique **produite par d'autres organismes**.

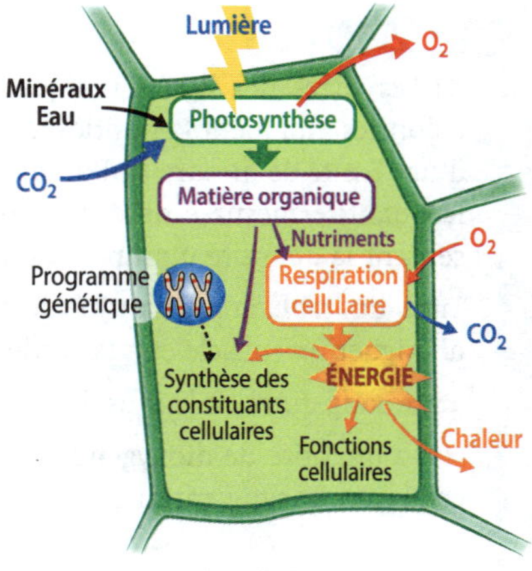

Doc **Fonctionnement d'une cellule chlorophyllienne**

2 La respiration cellulaire

Comme les cellules animales, les cellules chlorophylliennes sont capables de dégrader les substances produites par photosynthèse pour produire de l'énergie lors de la **respiration cellulaire**.

Méthode

Réaliser un schéma des échanges dans une cellule chlorophyllienne

Contrairement à un dessin, un schéma peut s'éloigner de la réalité afin de la simplifier. C'est la notion qui est importante. Tout n'est pas représenté. Ainsi, les proportions, les formes ne sont pas forcément respectées.

Réaliser un schéma complet des échanges décrits dans le texte ci-dessous.

Doc Les échanges dans les cellules chlorophylliennes

Les cellules chlorophylliennes prélèvent en permanence dans le liquide issu de la sève du végétal : de l'eau, des minéraux, du dioxyde de carbone et du dioxygène.

CONSEILS

Étape 1 Liste les éléments indispensables à représenter.

Étape 2 Choisis des symboles et des couleurs pour chaque élément.

Étape 3 Cherche les liens entre les éléments, traduis les causes, les conséquences, etc.

Étape 4 Dessine le schéma en plaçant les éléments de manière logique.

Étape 5 Ajoute une légende pour expliquer les symboles utilisés, et donne un titre précis à ton schéma.

SOLUTION

Étape 1 Ici, il faut représenter une cellule chlorophyllienne et les diverses substances impliquées dans les échanges.

Étape 2 On peut dessiner un rectangle pour la cellule chlorophyllienne et des flèches pour marquer les échanges. On choisit, par exemple, une flèche rouge pour l'O_2, bleue pour le CO_2 et verte pour l'eau et les minéraux.

Étape 3 Il s'agit ici de représenter le sens des échanges par le sens des flèches.

Étape 4 Il faut s'assurer qu'une personne non informée est capable de comprendre le schéma tel qu'il est dessiné.

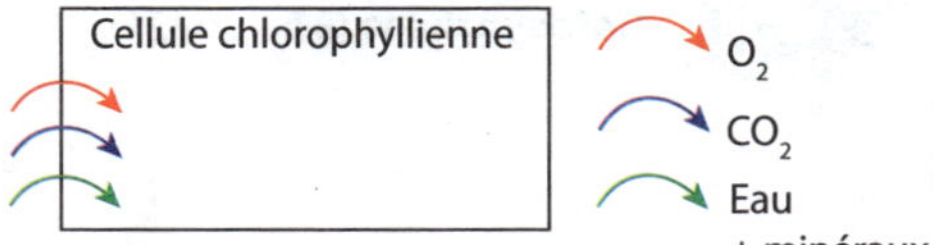

<u>**Substances prélevées par une cellule chlorophyllienne.**</u>

Étape 5 Dans un exercice, il ne faut pas oublier de souligner le titre.

Les besoins d'une cellule chlorophyllienne

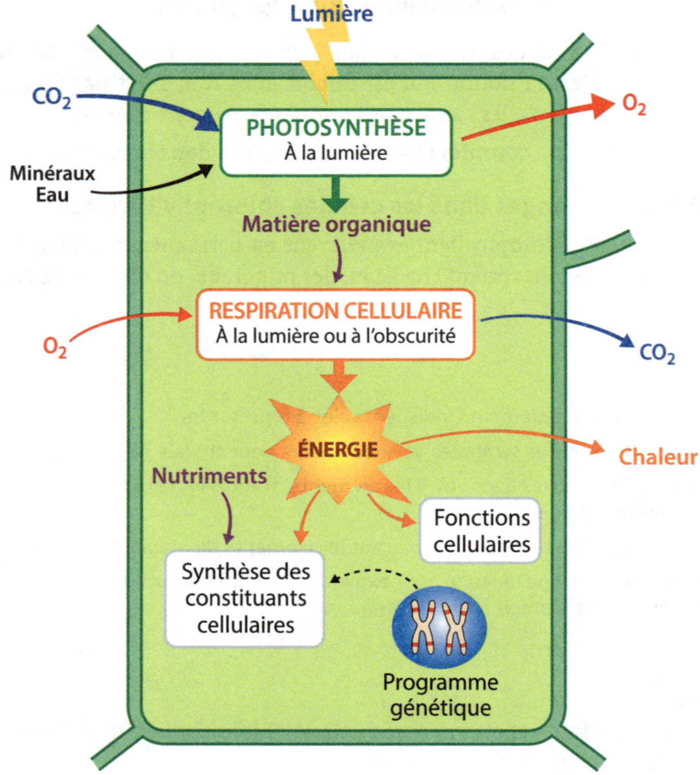

O_2 Dioxygène CO_2 Dioxyde de carbone

Lumière

Photosynthèse (à la lumière) = **Synthèse de matière organique**

Matière organique + **Respiration cellulaire** (à la lumière et à l'obscurité) = **Production d'énergie**

Les besoins d'une cellule animale

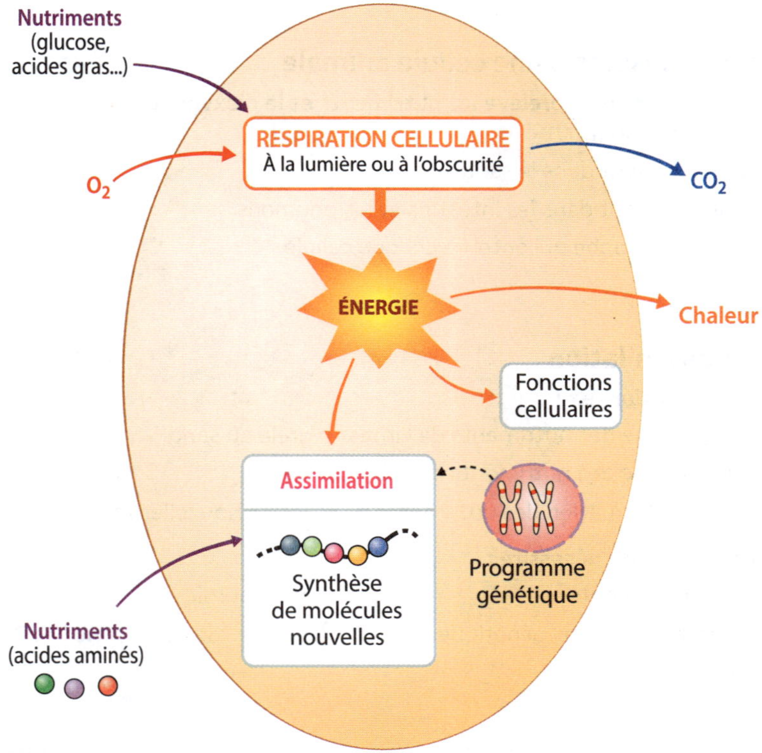

O_2 Dioxygène CO_2 Dioxyde de carbone

Prélèvement de matière organique dans le milieu

Matière organique + **Respiration cellulaire**
(à la lumière et à l'obscurité)
= **Production d'énergie**

SE TESTER QUIZ

Vérifie que tu as compris les points clés

1 Les besoins d'une cellule animale

→ FICHE 11

Une cellule animale prélève les nutriments et le dioxygène dont elle a besoin :

☐ **a.** directement dans le sang

☐ **b.** directement dans les intestins et les poumons

☐ **c.** dans la lymphe qui entoure chaque cellule

.../1

2 L'assimilation

→ FICHE 11

1) L'assimilation est :

☐ **a.** le passage des nutriments de l'intestin grêle au sang

☐ **b.** le passage des nutriments dans les cellules

☐ **c.** la transformation des nutriments prélevés en nouvelles molécules

2) L'assimilation nécessite :

☐ **a.** des nutriments

☐ **b.** de l'énergie

☐ **c.** des informations génétiques

☐ **d.** du dioxyde de carbone (= CO_2)

.../2

3 La respiration cellulaire

→ FICHE 11

1) Le dioxygène :

☐ **a.** est nécessaire et suffisant pour que les cellules produisent de l'énergie

☐ **b.** est nécessaire, associé à des nutriments, pour que les cellules produisent de l'énergie

☐ **c.** est un déchet de la respiration cellulaire

2) L'équation-bilan de la respiration cellulaire est :

☐ **a.** $6\ CO_2 + 6\ H_2O$ + lumière $\rightarrow C_6H_{12}O_6 + 6\ O_2$

☐ **b.** $C_6H_{12}O_6 + 6\ O_2$ + lumière $\rightarrow 6\ CO_2 + 6\ H_2O$

☐ **c.** $C_6H_{12}O_6 + 6\ O_2 \rightarrow 6\ CO_2 + 6\ H_2O$ + énergie

☐ **d.** $C_6H_{12}O_6 + O_2 \rightarrow CO_2 + H_2O$ + énergie

.../2

4 Les besoins d'une cellule chlorophyllienne

→ FICHE 12

1) Une cellule chlorophyllienne prélève ce dont elle a besoin pour réaliser la photosynthèse :

☐ **a.** directement dans la sève

☐ **b.** directement dans le sol

☐ **c.** dans le liquide qui entoure chaque cellule

☐ **d.** directement dans l'air

2) Une cellule chlorophyllienne :

☐ **a.** prélève de la matière organique pour renouveler ses constituants

☐ **b.** prélève de la matière organique pour produire de l'énergie

☐ **c.** produit de la matière organique pour renouveler ses constituants

☐ **d.** produit de la matière organique pour produire de l'énergie

…/2

5 La photosynthèse et la respiration

→ FICHE 12

1) Les cellules chlorophylliennes peuvent réaliser :

☐ **a.** la photosynthèse à la lumière et à l'obscurité

☐ **b.** la photosynthèse uniquement à la lumière

☐ **c.** la respiration à la lumière et à l'obscurité

☐ **d.** la respiration uniquement à la lumière

2) L'équation-bilan de la photosynthèse est :

☐ **a.** $6\ CO_2 + 6\ H_2O$ + lumière → $C_6H_{12}O_6 + 6\ O_2$

☐ **b.** $6\ CO_2$ + lumière → $C_6H_{12}O_6 + 6\ O_2$

☐ **c.** $C_6H_{12}O_6 + O_2$ + lumière → $CO_2 + H_2O$ + énergie

☐ **d.** $C_6H_{12}O_6 + 6\ O_2$ + lumière → $6\ CO_2 + 6\ H_2O$ + énergie

…/2

ON FAIT LE BILAN !

score total …/9

- Des erreurs ? Entraîne-toi ! → **LES EXOS** P. 80
- Zéro faute ? Bravo ! → **OBJECTIF BREVET** P. 83

LES EXOS

Entraîne-toi !

6 Compléter le schéma du fonctionnement d'une cellule animale

→ FICHE 12

Toutes les cellules animales ont des besoins similaires pour assurer leur survie et leur fonctionnement.

Document 1 Le fonctionnement d'une cellule animale

Les nutriments prélevés par une cellule animale peuvent :

- soit fournir de l'**énergie** en présence de dioxygène lors de la respiration cellulaire (glucose, acides gras...). Une partie de cette énergie quitte la cellule sous forme de chaleur, le reste sert au **fonctionnement de la cellule**, et en particulier à l'**assimilation**. Notons que, consécutivement à la respiration cellulaire, de l'eau et des déchets (dioxyde de carbone...) sont produits et évacués de la cellule ;
- soit être transformés en nouvelles molécules lors de l'**assimilation** (acides aminés...). L'ordre d'assemblage des nutriments dans les nouvelles molécules produites est déterminé par le programme génétique contenu dans le noyau.

À partir du texte du document 1, compléter le document 2 en y faisant figurer les mots et expressions en gras.

Document 2 Le fonctionnement d'une cellule animale

Schéma à compléter

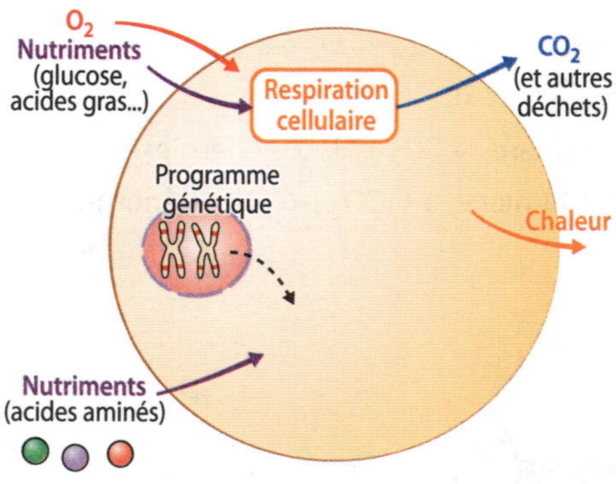

DÉMARRONS ENSEMBLE

Le texte fourmille d'informations très diverses. Ici, la tâche t'est facilitée, car seuls les mots et expressions en gras doivent apparaître dans le schéma.

7 Compléter le schéma du fonctionnement d'une cellule végétale

→ FICHE 12

À partir du document 1, compléter le document 2 en faisant figurer chaque mot ou expression en gras dans la case adéquate.

Document 1 Le fonctionnement d'une cellule végétale

Les cellules végétales peuvent réaliser la **photosynthèse** en présence de lumière : elles font la synthèse de leur propre **matière organique** à partir de dioxyde de carbone et de minéraux.

Une partie de cette matière organique sert à la **synthèse de constituants cellulaires** sous le contrôle du programme génétique, le reste de cette matière organique permet de produire de l'**énergie** lors de la **respiration cellulaire**.

Document 2 Le fonctionnement d'une cellule végétale

Schéma à compléter

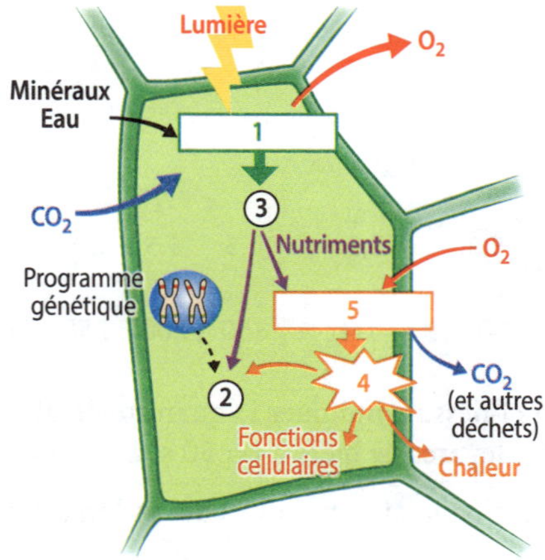

DÉMARRONS ENSEMBLE

→ Tu peux partir des étapes qui figurent sur le schéma.
Par exemple, pour le cadre 1 : « Qu'est-ce qui, sous l'action de la lumière, de CO_2 et de minéraux, produit de l'O_2 ? »
ou encore, pour le point 2 : « Qu'est-ce qui est contrôlé par le programme génétique ? ».

→ Tu peux également partir du texte, et compléter la figure au fur et à mesure de ta lecture.

8 Étudier l'évolution de la quantité de dioxygène utilisée par des levures

→ FICHE 11

Les levures de bière sont des champignons unicellulaires utilisés par l'homme pour fermenter la bière. Les levures peuvent survivre en absence de dioxygène (O_2), elles réalisent alors la **fermentation** pour peu qu'elles aient des nutriments à disposition. Les levures sont capables d'absorber le glucose ajouté dans leur milieu : en présence de glucose, les levures se multiplient.

> **MOT CLÉ**
> **Fermentation** : ensemble de réactions chimiques permettant de produire de faibles quantités d'énergie en absence de dioxygène.

On se propose, dans une expérience, de mesurer la quantité de dioxygène dans un milieu hermétiquement fermé contenant des levures de bière ayant été privées de glucose durant 24 heures.

À $t = 100$ s, on injecte dans le milieu contenant les levures 0,2 ml d'une solution de glucose, et on continue de suivre la teneur en dioxygène.

Les résultats sont consignés dans le tableau suivant.

Document Évolution de la quantité d'O_2 dans le milieu de culture

Les levures de bière cultivées dans ce milieu ont été privées de glucose durant 24 heures avant le début des mesures.

			Injection de glucose ↓							
Quantité d'O_2 dissous (mg/L)	5,3	5,3	5,3	4,5	4,5	2,5	1,5	0,7	0,4	0,2
Temps (s)	0	50	100	150	200	250	300	350	400	450

1) À partir du tableau ci-dessus, indiquer la quantité de dioxygène présente dans le milieu de culture des levures de bière à $t = 50$ s, à $t = 100$ s et à $t = 300$ s.

2) Préciser comment évolue la quantité d'O_2 avant l'injection de glucose dans le milieu de culture, puis après l'injection de glucose.

3) Déduire de l'expérience l'utilisation de l'O_2 par les levures de bière en absence ou en présence de glucose.

DÉMARRONS ENSEMBLE

2) Relis la méthode de la fiche 11.

3) Fais preuve de logique. Associe chaque évolution de la teneur en O_2 avec la présence ou non de glucose dans le milieu de culture.

OBJECTIF BREVET

Lance-toi dans des sujets !

9 Étudier la production de protéines différentes

20 min

→ ANNEXE 7

Document 1 Les protéines : des molécules très différentes, produites à partir d'un petit nombre de composés

L'organisme humain fabrique près de 100 000 protéines différentes, réparties dans plus de 200 types de cellules différents. Toutes les protéines sont fabriquées par ces cellules, selon leur programme génétique uniquement, à partir de 20 molécules d'acides aminés différents.

Les acides aminés proviennent de la dégradation des protéines contenues dans les aliments. La fabrication des protéines cellulaires nécessite des nutriments (acides aminés) et de l'énergie.

Document 2 Des protéines différentes

Le lait contient une protéine appelée caséine, dont une petite partie est schématisée ci-dessous. Romain et son chat boivent du lait et utilisent cette caséine pour construire les protéines de leurs propres cellules.

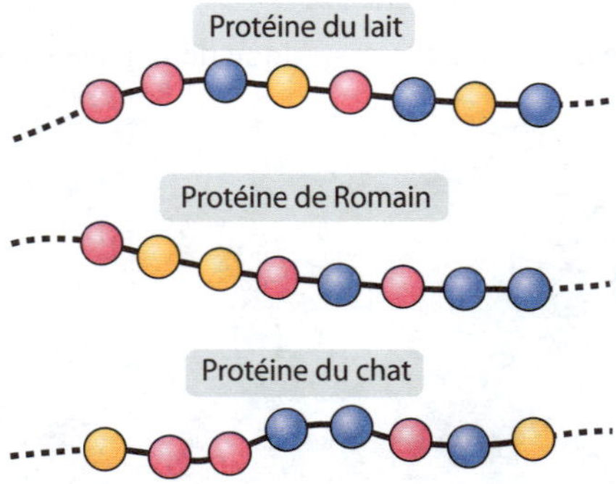

1) Préciser ce que représente chaque « cercle » dans les schémas d'une protéine.

2) Indiquer comment les schémas ci-dessus illustrent que les protéines sont différentes.

3) Formuler le devenir de la caséine dans le tube digestif de Romain.

4) Expliquer pourquoi la protéine fabriquée par le chat est différente de celle fabriquée par Romain.

DÉMARRONS ENSEMBLE

1) Si l'on compare une protéine à un collier de perles, chaque « perle » est un constituant de la protéine. Le nom de ces constituants apparaît dans un des documents de l'exercice.

2) Compare les schémas des différentes protéines.

3) Relis la fiche sur la digestion. → FICHE 20

4) Cherche ce qui détermine l'ordre dans lequel les acides aminés sont fixés les uns aux autres.

10 Étudier l'évolution de la quantité de dioxygène utilisée par des algues

25 min

→ FICHE 15

Les chlorelles (au centre de la photo ci-dessous) sont des algues chlorophylliennes unicellulaires d'eau douce. Elles ont une remarquable concentration en chlorophylle.

Lors d'une expérience, on mesure la quantité de dioxygène dans un milieu aqueux, hermétiquement fermé, contenant des chlorelles en présence de nutriments et d'hydrogénocarbonate de sodium (source de carbone).

On effectue une séquence « obscurité (environ 3 min)/lumière (env. 3 min 30)/ obscurité jusqu'à la fin de l'expérience ».

Les résultats sont consignés dans le graphique de la page suivante.

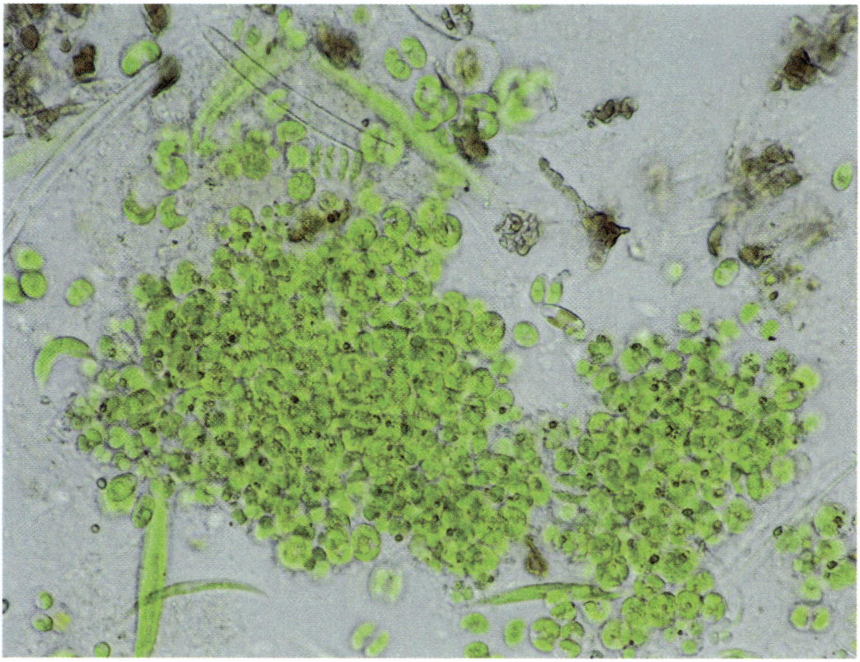

Document **Évolution de la quantité d'O_2 dans le milieu de culture des chlorelles à l'obscurité ou à la lumière**

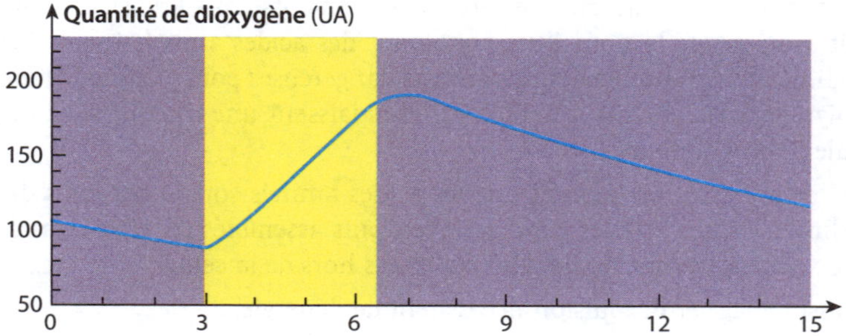

*UA : unités arbitraires

1) À partir du graphique ci-dessus, indiquer la quantité de dioxygène présent dans le milieu de culture des chlorelles à $t = 0$ et à $t = 7$ min.

2) Décrire l'évolution de la teneur en O_2 dans le milieu de vie des chlorelles.

3) Déduire de l'expérience l'utilisation de l'O_2 par les chlorelles en absence ou en présence de lumière.

4) Sachant que les chlorelles continuent de respirer en absence ou en présence de lumière, quelle précision peut-on apporter à propos du rejet d'O_2 à la lumière ?

DÉMARRONS ENSEMBLE

1) À la règle, repère sur le graphique la quantité de dioxygène à la 7e minute.

2) Découpe la courbe en différentes phases, cela t'aidera pour ton analyse du graphique.
Pense à n'utiliser que les expressions suivantes :
« augmente/augmentation », « diminue/diminution »
ou « stagne/reste constante ».

11 Étudier le devenir de certains nutriments dans une cellule du pancréas

20 min

→ FICHE 1

1) À partir du document 1, rechercher le nom donné à la réaction consistant à fabriquer de nouvelles protéines à partir d'acides aminés (nutriments) provenant de l'alimentation.

2) À partir du document 2, préciser le devenir des acides aminés radioactifs dans la cellule pancréatique.

3) Expliquer le rôle des acides aminés incorporés dans les cellules pancréatiques.

Document 1 L'utilisation des nutriments par les cellules pancréatiques

Pour connaître le devenir de certains nutriments dans les cellules, on fournit à un rat de la nourriture contenant des acides aminés très faiblement radioactifs. Ces molécules ne sont pas dangereuses pour l'animal, et on peut suivre leur trajet dans la cellule car elles laissent une marque sur une pellicule photographique.

De cette façon, on montre que les acides aminés sont incorporés dans les cellules, ici des cellules pancréatiques, puis assemblés en grosses molécules d'enzymes qui sont finalement expulsées hors de la cellule.

L'assemblage et l'expulsion nécessitent de l'énergie.

Une telle fabrication de molécules dans les cellules, à partir de nutriments, est appelée assimilation. Elle fournit les molécules nécessaires au renouvellement cellulaire et à l'activité des cellules. Les nutriments « bâtisseurs » sont essentiellement les acides aminés et les acides gras.

Document 2 Localisation des acides aminés radioactifs

Localisation : **a.** à $t = 0$, **b.** à $t = 20$ minutes, **c.** à $t = 120$ minutes.

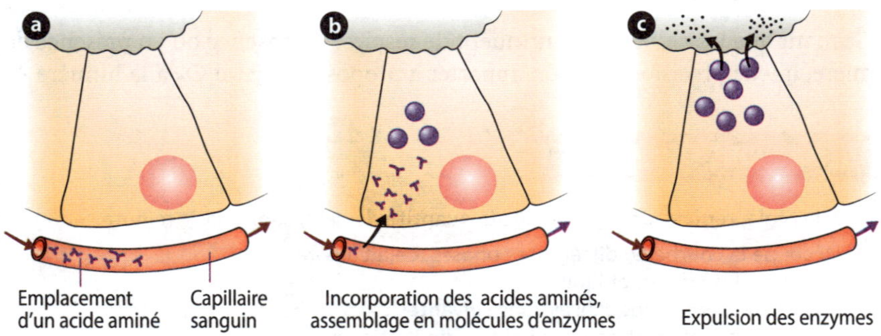

DÉMARRONS ENSEMBLE

1 Relis la méthode de la fiche 1 pour t'aider à faire le tri dans les informations fournies par le document 1.

2 À partir du document 2, décris **l'évolution de la localisation** des acides aminés radioactifs.

3 Utilise les réponses aux questions précédentes.

CORRIGÉS

SE TESTER QUIZ

1 Les besoins d'une cellule animale

Réponse c. Une cellule animale prélève les substances dont elle a besoin dans la lymphe qui l'entoure, et elle y rejette ses déchets.
La réponse **a** est fausse : la lymphe sert d'intermédiaire entre le sang et les cellules.
La réponse **b** est fausse : avant d'arriver jusqu'à une cellule animale, les nutriments passent de l'intestin au sang, puis du sang à la lymphe. De même, le dioxygène passe des poumons au sang, puis du sang à la lymphe.

2 L'assimilation

1) **Réponse c.** L'assimilation correspond à l'ensemble des réactions biochimiques qui transforment les nutriments prélevés en nouvelles molécules qui seront utilisées par la cellule pour son fonctionnement et son renouvellement.

2) **Réponses a, b et c.** L'assimilation nécessite des éléments de base (les nutriments issus de l'alimentation), et de l'énergie pour transformer ou assembler ces molécules en nouvelles molécules. L'ordre d'assemblage des nutriments (acides aminés par exemple) est déterminé par les informations génétiques.
La réponse **d** est fausse : c'est la photosynthèse qui nécessite du dioxyde de carbone (CO_2), et non l'assimilation.

3 La respiration cellulaire

1) **Réponse b.** Le **dioxygène** doit être associé à des nutriments pour produire de l'énergie.

À NOTER
Une cellule peut produire de l'énergie en **absence de dioxygène**, mais en très faible quantité : il s'agit de fermentation.

2) **Réponse c.** $C_6H_{12}O_6 + 6\ O_2 \rightarrow 6\ CO_2 + 6\ H_2O$ + énergie

CONSEIL
Pour reconnaître la bonne équation-bilan :
→ vérifie la position de la molécule qui fournit l'énergie ($C_6H_{12}O_6$) et la position du déchet (CO_2) ;
→ élimine les équations-bilans des réactions qui ne produisent pas d'énergie ;
→ vérifie les coefficients placés devant les formules des molécules.

4 Les besoins d'une cellule chlorophyllienne

1) Réponse c. Les cellules chlorophylliennes prélèvent ce dont elles ont besoin pour réaliser la photosynthèse dans le liquide qui les entoure.

2) Réponses c et d. Une cellule chlorophyllienne produit de la **matière organique** par photosynthèse à la fois pour renouveler ses constituants, mais également pour produire de l'énergie.

> **À NOTER**
> La plupart des cellules chlorophylliennes sont capables de stocker la **matière organique** produite, mais cette matière organique peut également être transportée jusqu'à des cellules d'organes spécialisés (ex. : cellules de tubercule de pomme de terre...).

5 La photosynthèse et la respiration

1) Réponses b et c. La lumière est indispensable à la photosynthèse. En revanche, la respiration se produit avec ou sans lumière.

2) Réponse a. $6\ CO_2 + 6\ H_2O + \text{lumière} \rightarrow C_6H_{12}O_6 + 6\ O_2$

LES EXOS

6 Compléter le schéma du fonctionnement d'une cellule animale

Le fonctionnement d'une cellule animale

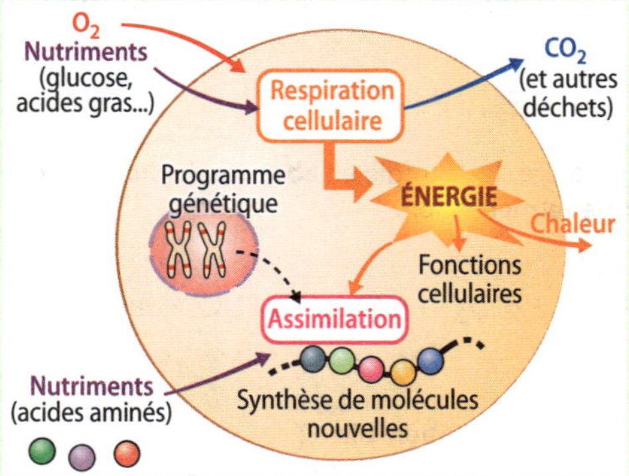

■ La respiration cellulaire produit de l'énergie et des déchets. Dans l'exercice, seule l'énergie est à placer. Comme elle est issue de la respiration cellulaire, on place une flèche pour matérialiser le lien entre cause et conséquence : la flèche part du cadre « Respiration cellulaire » et va jusqu'à « Énergie ».

■ De la même manière, afin de traduire qu'une partie de cette énergie assure des fonctions cellulaires, on schématise une flèche qui « reste » dans la cellule, alors que le reste de l'énergie s'évacue de la cellule sous forme de chaleur... Donc l'énergie doit être placée entre le cadre « Respiration cellulaire » et le début de la flèche orange qui matérialise l'évacuation de la chaleur.

■ L'assimilation est au carrefour entre le programme génétique (car c'est lui qui contrôle l'ordre d'assemblage) et la flèche violette d'entrée des nutriments (acides aminés...) dans la cellule.
Étant donné que l'assimilation nécessite également de l'énergie, on ajoute une flèche qui part de « Énergie » et va jusqu'à « Assimilation ».

À NOTER
Le **schéma** « synthèse de molécules nouvelles » n'était aucunement obligatoire...

7 Compléter le schéma du fonctionnement d'une cellule végétale

■ La photosynthèse est à placer entre les flèches figurant la lumière, les minéraux et le CO_2 pénétrant dans la cellule végétale : la photosynthèse est donc à placer dans le cadre 1.

■ La matière organique est produite grâce à la photosynthèse : elle est donc à placer après la photosynthèse, c'est-à-dire au niveau du point 3.

■ Ensuite, une partie de cette matière organique sert de nutriments à la cellule lors de la respiration cellulaire (cadre 5) qui fournit l'énergie de la cellule (cadre 4). Le reste de cette matière organique permet la synthèse des constituants cellulaires (point 2), sous le contrôle du programme génétique.

Le fonctionnement d'une cellule végétale

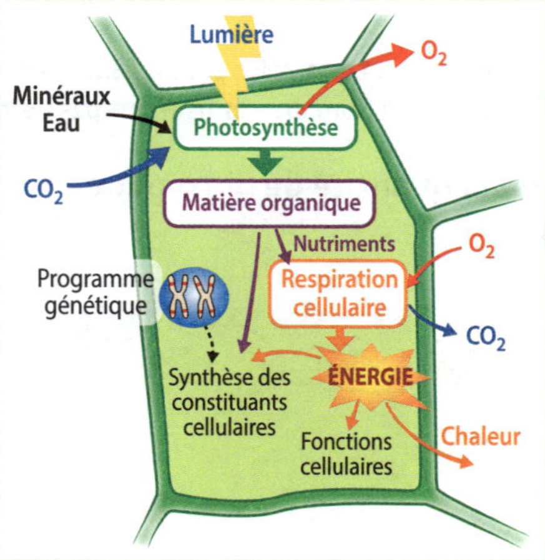

À NOTER
La **flèche** partant du noyau est aussi une indication pour légender le point 2.

8 Étudier l'évolution de la quantité de dioxygène utilisée par des levures

1 Sur le tableau, on lit qu'à $t = 50$ s, il y a 5,3 mg d'O_2/L dans le milieu de culture. On mesure également 5,3 mg d'O_2/L à $t = 100$ s.
À $t = 300$ s, on lit 1,5 mg d'O_2/L.

2 Avant l'injection de glucose (de $t = 0$ à $t = 100$ s) : la quantité d'O_2 dissous dans le milieu de culture reste constante (5,3 mg d'O_2/L). Après l'injection de glucose (à partir de $t = 100$ s) : la quantité d'O_2 dissous dans le milieu de culture diminue.

3 En absence de glucose, la teneur en O_2 reste constante : donc la levure n'utilise pas le dioxygène. Le texte nous indique que ce champignon unicellulaire n'a pas besoin de dioxygène pour survivre.
S'il y a du glucose, la teneur en O_2 diminue : donc la levure **utilise le dioxygène** en présence de glucose.

> **À NOTER**
> En fait, la levure réalise la **respiration cellulaire** quand elle le peut (présence de glucose et O_2) !

OBJECTIF BREVET

9 Étudier la production de protéines différentes

1 Les cercles des schémas représentent des acides aminés différents.

2 Les protéines sont différentes, car les acides aminés (les cercles) ne sont pas placés au même endroit dans les protéines.

3 Dans le tube digestif de Romain, la caséine du lait est digérée : elle est dégradée en **acides aminés** (nutriments).

> **À NOTER**
> Si la protéine était un collier de perles, les **acides aminés** en seraient les perles : la digestion correspondrait à casser le collier, les perles seraient libérées…

4 La construction d'un type de protéine est contrôlée par un gène. La protéine du chat est différente de la protéine fabriquée par Romain, car ils n'ont pas les mêmes gènes.

10 Étudier l'évolution de la quantité de dioxygène utilisée par des algues

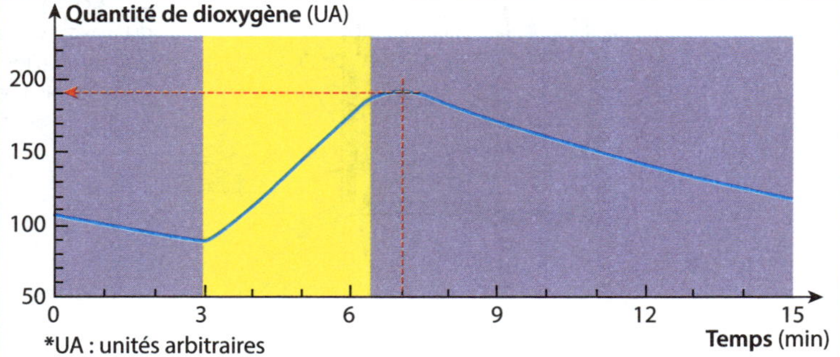

1 Sur le **graphique**, on lit qu'à $t = 0$, il y a 105 unités arbitraires (UA) d'O_2 dans le milieu de culture.
À $t = 7$ min, on lit 190 UA d'O_2.

CONSEIL
Relis la méthode sur l'analyse d'un **graphique** en SVT. → FICHE 15

2 **À l'obscurité** (de $t = 0$ à $t = 3$ min) : la quantité d'O_2 dissous dans le milieu de culture **diminue lentement**, on passe de 105 à environ 90 UA d'O_2 en 3 minutes.
À la lumière (de $t = 3$ min à $t = 6$ min 30) : la quantité d'O_2 dissous dans le milieu de culture **augmente rapidement**, on passe de 90 à environ 185 UA d'O_2 en 3 minutes 30.
À l'obscurité (de $t = 6$ min 30 à la fin de l'expérience) : la quantité d'O_2 dissous dans le milieu de culture **diminue lentement**, on passe de 185 à environ 120 UA d'O_2 en 8 minutes 30.

3 En absence de lumière, la teneur en O_2 diminue : donc les chlorelles utilisent le dioxygène. **Elles respirent**.
En présence de lumière, la teneur en O_2 augmente : donc les chlorelles produisent du dioxygène qu'elles libèrent dans le milieu de vie. **Elles réalisent la photosynthèse.**

4 Même en présence de lumière, les chlorelles utilisent de l'O_2. On en déduit que la forte augmentation de la teneur en O_2 observée sur le graphique se fait en dépit de la consommation d'O_2 qui se déroule simultanément... En d'autres termes, la courbe observée est le résultat de la différence entre l'O_2 produit par la photosynthèse et l'O_2 consommé par la **respiration**.

À NOTER
Quand les chlorelles **respirent**, elles puisent de l'O_2 dans l'eau.

11 Étudier le devenir de certains nutriments dans une cellule du pancréas

1 La réaction consistant à fabriquer de nouvelles protéines à partir d'acides aminés (nutriments) provenant de l'alimentation s'appelle l'**assimilation**.

2 Chez le rat à qui l'on a injecté des **acides aminés** radioactifs : à $t = 0$, les acides aminés sont localisés dans le sang ; à $t = 20$ min, ils ont pénétré dans la cellule pancréatique, ils sont alors incorporés et assemblés en molécules d'enzymes ; à $t = 120$ min, les enzymes ayant incorporé les acides aminés radioactifs sont expulsées de la cellule.

À NOTER
2 Le document 2 te montre le cheminement des **acides aminés** depuis le sang jusqu'à l'expulsion des enzymes, en passant par l'incorporation des acides aminés dans les enzymes.

3 Les acides aminés incorporés dans les cellules pancréatiques vont servir à **fabriquer de nouvelles protéines**, ici des enzymes pancréatiques qui vont intervenir dans la digestion d'aliments.

4 La lutte contre les micro-organismes pathogènes

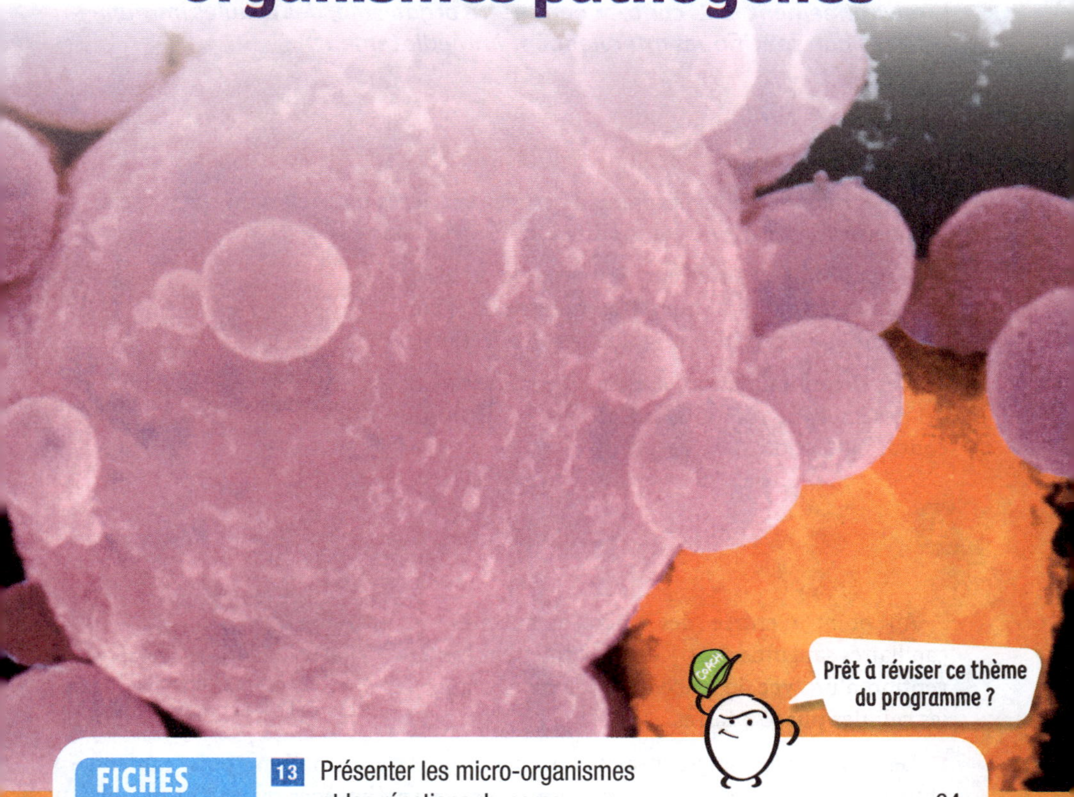

13 Présenter les micro-organismes et les réactions du corps

EN BREF ▸ *Les micro-organismes sont extrêmement petits (du nm au µm), très divers (bactéries, virus...), et présents partout dans notre environnement. S'ils contaminent notre organisme, des cellules immunitaires non spécifiques interviennent immédiatement.*

I La contamination par les micro-organismes

- Si des micro-organismes franchissent les **barrières naturelles** du corps (peau, muqueuses) on parle de **contamination**.
- Dans le **milieu intérieur**, les conditions de vie leur étant favorables (humidité, nutriments, température...), ils prolifèrent rapidement (infection).
- Dès la contamination, l'organisme met en place un ensemble de réactions lui permettant de lutter contre l'**infection**.

> **MOT CLÉ**
> **Milieu intérieur** : liquide (sang, lymphe...) entourant les cellules des organismes constitués de plusieurs cellules.

II L'intervention de cellules immunitaires non spécifiques

- Au point d'entrée des micro-organismes, les capillaires sanguins sous-jacents permettent l'intervention d'un type de **leucocytes** (globules blancs) : les **cellules phagocytaires**.
- Les phagocytes migrent alors au point de contamination, puis captent, absorbent et digèrent tous les micro-organismes (pathogènes ou non) sans distinction (réaction immunitaire non spécifique) : il s'agit de la **phagocytose**.

> **MOT CLÉ**
> **Cellules phagocytaires** (ou phagocytes) : catégorie de leucocytes capables de réaliser la phagocytose.

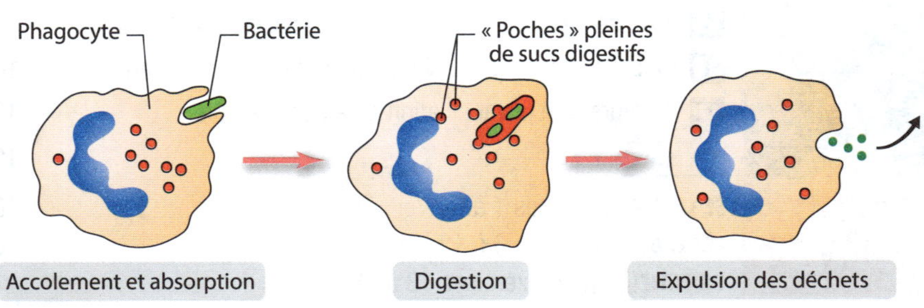

Doc **Les étapes de la phagocytose**

Méthode

Évaluer les dimensions de micro-organismes

Il est important d'avoir une idée des dimensions de quelques objets en biologie, en particulier concernant les micro-organismes.

À partir du document, répondre aux questions suivantes.

1) Les bactéries observées ont une taille de l'ordre :

☐ **a.** du millimètre ☐ **b.** de la dizaine de micromètres

☐ **c.** du micromètre

2) Les virus observés ont une taille de l'ordre :

☐ **a.** du dixième de micromètre ☐ **b.** de la dizaine de micromètres

☐ **c.** du micromètre

Doc Photographies de bactéries

a. Au microscope électronique à balayage : les bactéries ont été « colorisées » en orange. **b.** Au microscope électronique à transmission : des bactériophages λ (virus ; tâches noires sur la photographie) infectent une bactérie.

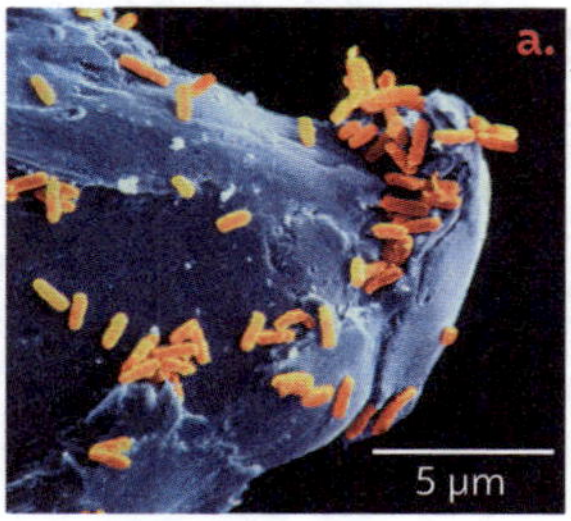

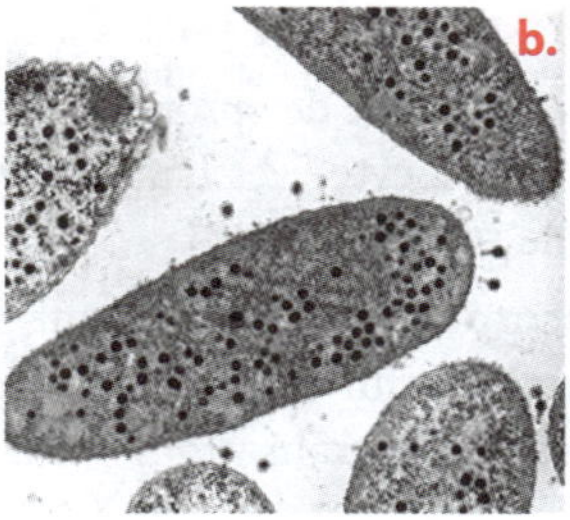

CONSEILS

1) Pas besoin de calculs ici. Observe bien la photographie a, et procède par élimination des tailles qui ne peuvent pas correspondre.

2) Utilise la réponse à la question 1 pour répondre à la question 2.

SOLUTION

1) On utilise l'échelle présente en bas à droite de la photographie a : le trait blanc représente 5 µm sur la photographie, et les petits « bâtonnets » orange sont des bactéries. On en déduit que les bactéries observées ont une taille de l'ordre du micromètre (réponse c).

2) La photographie b montre une bactérie (de l'ordre du micromètre) infectée par des virus. Les virus, qui sont à l'intérieur de la bactérie, ont donc une taille de l'ordre du dixième de micromètre (réponse a).

14 Expliquer la production des anticorps

EN BREF ▸ *Si la phagocytose ne suffit pas à stopper une infection, une seconde ligne de défense immunitaire intervient : la production d'anticorps.*

I La reconnaissance de substances anormales dans l'organisme

- Tous les micro-organismes portent à leur surface des molécules que l'organisme reconnaît comme différentes des siennes : ce sont des **antigènes**. Certains micro-organismes sécrètent des toxines, qui elles aussi sont reconnues comme étrangères.

MOT CLÉ
Antigène : substance que l'organisme reconnaît comme étrangère et qui déclenche une réaction immunitaire.

- La **reconnaissance d'un antigène** est une **étape primordiale des défenses immunitaires**. Sans elle, les réactions immunitaires ne peuvent pas se produire !

II La production des anticorps

- Les anticorps sont des protéines sécrétées par une catégorie de leucocytes, les **lymphocytes B**, fabriqués par la moelle rouge des os.
- Les anticorps produits **se fixent spécifiquement sur les antigènes** qui ont provoqué leur synthèse, et permettent leur neutralisation.

MOT CLÉ
Lymphocytes B : catégorie de leucocytes sanguins, capables de se multiplier et de produire des anticorps en réponse à la présence d'un antigène.

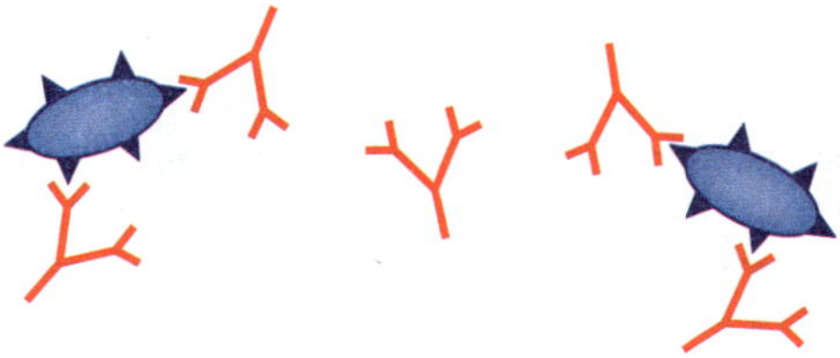

Doc La neutralisation d'antigènes

Les anticorps, en rouge, se fixent spécifiquement sur les antigènes (triangles bleus) de bactéries. Il s'agit des antigènes qui ont été reconnus et ont provoqué la synthèse des anticorps.

- Lorsqu'on détecte la présence anormalement importante d'un anticorps spécifique, on estime que l'individu a été en contact avec l'antigène propre à cet anticorps : on dit alors que l'individu est **séropositif**.

Méthode

Calculer la taille réelle du noyau d'une cellule

Calculer la taille réelle du noyau de la cellule visible sur le document.

Doc Épiderme d'oignon observé au microscope photonique

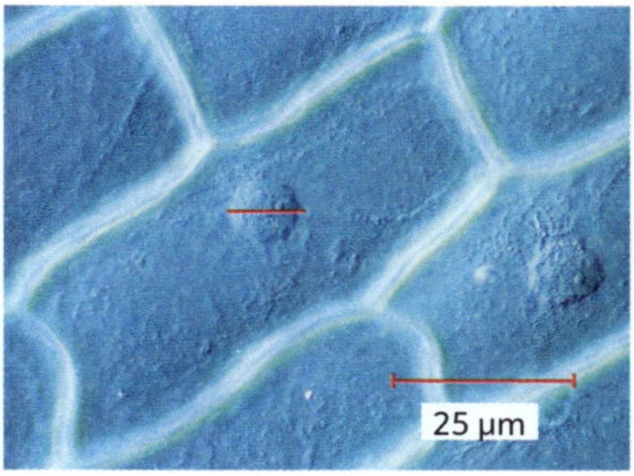

CONSEILS

Étape 1 Mesure, à la règle, l'échelle sur la photographie (trait rouge en bas à droite).

Étape 2 Mesure, à la règle, l'objet dont tu cherches la taille réelle.

Étape 3 Construis un tableau de proportionnalité.

Étape 4 Applique la règle du produit en croix.

SOLUTION

Étape 1 Sur la photographie, l'échelle mesure 1,5 cm. Elle représente 25 µm dans la réalité.

Étape 2 Sur la photographie, le trait rouge figurant le diamètre du noyau de la cellule, mesure approximativement 0,6 cm.

Étape 3

	Taille mesurée (cm)	Taille réelle (µm)
Sur l'échelle	1,5	25
Sur le trait rouge = diamètre du noyau	0,6	Inconnue : X

À NOTER

Les valeurs d'une même colonne doivent être exprimées dans la même unité. Les flèches rouges matérialisent les produits égaux (à effectuer en diagonale), c'est-à-dire le produit en croix.

Étape 4 On pose : $1{,}5\ \text{cm} \times X = 0{,}6\ \text{cm} \times 25\ \mu\text{m}$
C'est-à-dire : $X = (0{,}6 \times 25)/1{,}5 = 10\ \mu\text{m}$
La taille réelle du noyau de la cellule est d'environ 10 µm.

15 Exposer le mode d'action des lymphocytes B et T

EN BREF ▸ *Les lymphocytes B luttent contre une infection en produisant des anticorps qui circulent dans le milieu intérieur. Les lymphocytes T agissent en détruisant directement les cellules infectées, par contact.*

I Mode d'action des lymphocytes B

■ Dès que des lymphocytes B détectent la présence d'un antigène, ils déclenchent une réaction immunitaire spécifique. Ces lymphocytes sont stockés dans les ganglions et la rate.

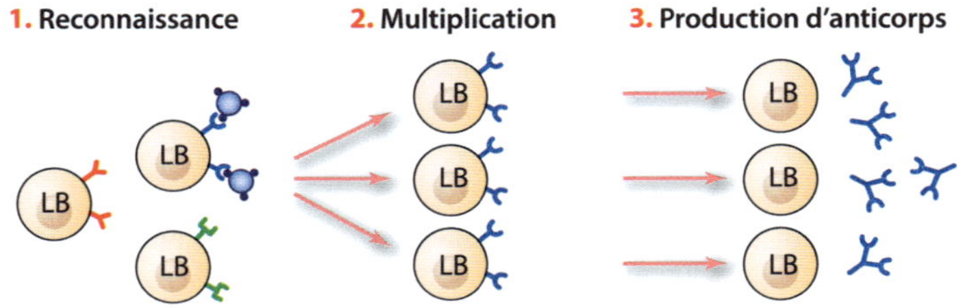

Doc Mode d'action des lymphocytes B

Lorsque des lymphocytes B (LB) **reconnaissent** un antigène (1), ils **se multiplient** dès la phase de reconnaissance (2), et, plusieurs jours plus tard, **fabriquent des anticorps** qui seront libérés dans le milieu intérieur (3).

■ Certains lymphocytes B permettent une réaction plus rapide lors d'un second contact avec le même antigène : on parle de mémoire immunitaire.

II Mode d'action des lymphocytes T

■ D'autres leucocytes, les **lymphocytes T**, détruisent par contact les cellules qui portent sur leur membrane des antigènes. Ces cellules sont principalement des cellules infectées par un virus, ou des cellules cancéreuses.

■ Là encore, il existe une mémoire immunitaire.

> **MOT CLÉ**
> **Lymphocytes T** : catégorie de leucocytes capables d'éliminer des cellules infectées par simple contact.

II Une réponse immunitaire en deux temps

■ Dans un premier temps, la phagocytose constitue le premier rempart contre l'infection : très rapide, mais peu précise (non spécifique).

■ Dans un deuxième temps, l'action des lymphocytes B et T est extrêmement efficace (spécifique à un type d'antigène), mais plus lente que la phagocytose… C'est le second rempart contre l'infection.

Méthode

Analyser un graphique en SVT

Le graphique ci-dessous indique l'évolution de la quantité d'anticorps dans le sang suite à une première injection de globules rouges de mouton (GRM), puis à une deuxième injection du même antigène.

1) Donner un titre au graphique.

2) Décrire l'évolution de la teneur en anticorps anti-GRM durant les 20 premiers jours.

3) Préciser la quantité maximale d'anticorps anti-GRM mesurée, ainsi que le moment où cette quantité est observée.

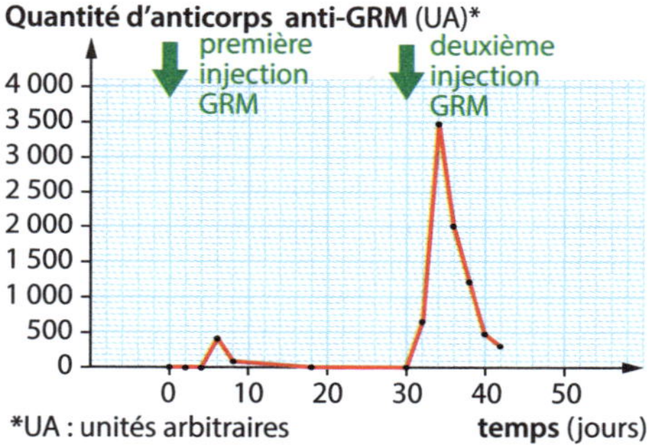

CONSEILS

1) Regarde à quoi correspond chacun des axes. Le titre d'un graphique reprend souvent ceux des axes.

2) Décompose en phases.

3) Mets en relation une valeur de l'axe vertical et une valeur de l'axe horizontal en utilisant une règle et en traçant des pointillés.

SOLUTION

1) L'axe vertical indique la quantité d'anticorps anti-GRM produite, l'axe horizontal indique le temps écoulé. Titre du graphique : Évolution de la quantité d'anticorps anti-GRM en fonction du temps selon l'injection de GRM.

2) Durant les 20 premiers jours, l'évolution de la quantité d'anticorps anti-GRM en fonction du temps se décompose en 4 phases :

- Phase I : les 4 premiers jours, la quantité d'anticorps n'augmente pas.
- Phase II : du 4ᵉ au 6ᵉ jour, la quantité augmente jusqu'à 400 UA.
- Phase III : du 6ᵉ au 8ᵉ jour, la quantité diminue jusqu'à environ 100 UA.
- Phase IV : au-delà du 8ᵉ jour, la quantité diminue lentement jusqu'à atteindre 0 UA au 18ᵉ jour.

3) La quantité maximale mesurée est 3 500 UA, au 34ᵉ jour.

16 Décrire et expliquer la lutte contre la contamination

EN BREF ▸ *Les mesures d'hygiène personnelle, l'asepsie, l'usage d'antiseptiques et de dispositifs de protection (masques, gants, préservatif...) limitent la contamination. En cas d'infection, les antibiotiques ne sont utiles que pour lutter contre les bactéries.*

I La lutte contre la contamination

- Dans certains milieux (industrie alimentaire par exemple), la désinfection d'une pièce et des objets qui s'y trouvent, l'**asepsie**, est un moyen de limiter la contamination.

> **MOT CLÉ**
> **Asepsie** : élimination des micro-organismes d'un milieu (grâce à l'eau de Javel, à la chaleur...).

Doc **Quelques mesures d'hygiène préventives en milieu hospitalier**

- Chacun d'entre nous peut également limiter les risques de contamination en respectant certaines règles d'hygiène élémentaires (lavage des mains...).
- L'utilisation d'un préservatif lors d'un rapport sexuel permet d'éviter la transmission de micro-organismes responsables d'**IST**.
- En cas de blessure, la désinfection de la plaie par un produit **antiseptique** (alcool à 70°...) détruit les micro-organismes et limite la contamination.

> **MOTS CLÉS**
> • **IST** : infection sexuellement transmissible.
> • **Antiseptique** : produit détruisant les micro-organismes au niveau d'une plaie.

II La lutte contre l'infection

- Quand la contamination n'a pu être évitée, il faut lutter contre l'infection.
- L'utilisation d'**antibiotiques** appropriés permet d'éliminer les bactéries pathogènes responsables de l'infection ou d'en limiter la prolifération.
- Les antibiotiques sont inefficaces contre les virus : hormis des antiviraux qui ne font que ralentir leur développement, il n'existe aucun médicament pouvant détruire des virus...

> **MOT CLÉ**
> **Antibiotique** : substance pouvant éliminer un type de bactérie.

Méthode

Réaliser un dessin correct en SVT

Un dessin d'observation en SVT est une représentation la plus précise possible de « l'objet réel », et qui doit respecter des conventions très strictes.

Un professeur demande à ses élèves de réaliser le dessin d'une bactérie (staphylocoque doré) qui explose sous l'action d'un antibiotique approprié. Un élève particulièrement étourdi a réalisé le dessin ci-dessous. Il a commis 6 erreurs, signalées par des numéros.

Préciser les erreurs commises.

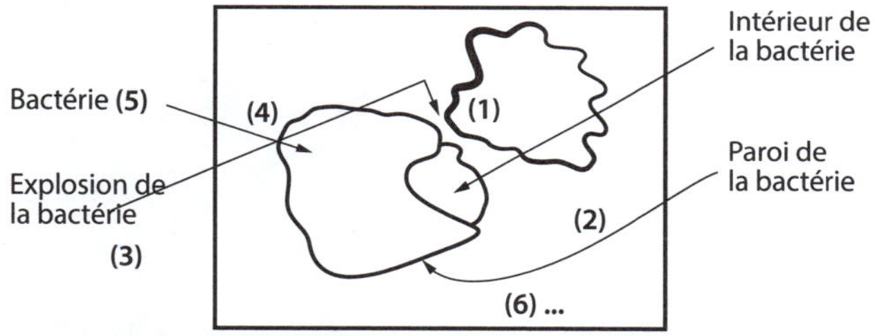

<u>Dessin d'une bactérie qui explose sous l'action d'un antibiotique approprié</u>

CONSEILS

Vérifie que les conventions suivantes ont été respectées.

- Tracer un cartouche à la règle, et dessiner dans le cartouche.
- Tracer les traits de la légende et ajouter la légende, proprement.
- Indiquer le grossissement.
- Donner un titre précis, souligné et centré. → ANNEXE 2

SOLUTION

(1) Le trait de crayon est trop épais (il doit être net, fin et précis).

(2) Le trait de la légende a été tracé à la main (il doit être tracé à la règle).

À NOTER
Tout doit être fait au **crayon** de papier taillé : dessin, légende, titre...

(3) La légende est écrite sur le trait (elle doit être placée à côté).

(4) Les traits de la légende se croisent (ils ne doivent jamais se croiser).

(5) Les légendes ne sont pas écrites au même niveau. Elles auraient dû être positionnées comme sur le modèle ci-contre.

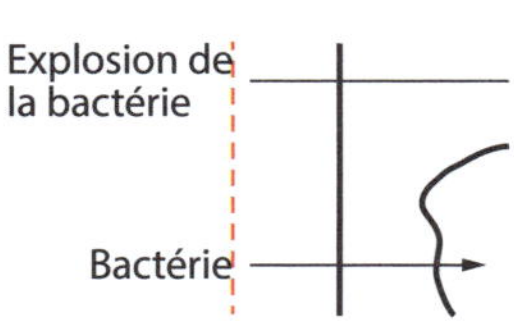

(6) Le grossissement n'a pas été indiqué (ne pas oublier cette indication).

17 Comprendre la vaccination et la sérothérapie

EN BREF ▸ *La vaccination est une méthode préventive : elle permet d'éviter une infection. La sérothérapie est une méthode curative : elle soigne une infection.*

I La vaccination

■ La **vaccination** consiste à **introduire dans l'organisme un antigène** caractéristique d'un micro-organisme pathogène déterminé. La vaccination repose sur la **mémoire immunitaire** : on provoque artificiellement un premier contact avec l'antigène, de manière à ce qu'un éventuel nouveau contact avec le même antigène génère une réaction immunitaire plus rapide.

■ La **vaccination** permet à l'organisme d'acquérir **préventivement** et **durablement** une mémoire immunitaire contre un micro-organisme pathogène donné, grâce au maintien dans l'organisme de nombreux leucocytes spécifiques. Des **rappels** sont nécessaires pour réactiver la mémoire immunitaire.

Doc Le docteur Jenner inoculant la vaccine (détail)

Edward Jenner (médecin britannique, 1749-1823) réalise la première vaccination en 1796.

MOTS CLÉS

- **Vaccination** : injection d'un antigène dans l'organisme afin d'activer préventivement le système immunitaire.
- **Rappels** : injections répétées de l'antigène afin d'accroître l'efficacité du vaccin.

II Autres traitements médicaux aidant à lutter contre l'infection

■ Si la vaccination n'a pas été faite suffisamment tôt, les médecins peuvent inoculer directement des anticorps spécifiques de l'antigène : on parle de **sérothérapie**.

■ Lorsque le système immunitaire d'une personne est très affaibli, les médecins peuvent utiliser d'autres thérapies qui améliorent son efficacité, voire envisager une greffe de moelle osseuse.

MOT CLÉ

Sérothérapie : injection d'anticorps spécifiques d'un antigène.

Méthode

Exploiter plusieurs documents pour étudier le sida

À partir des documents suivants, expliquer comment un individu atteint du sida tombe souvent malade.

Doc 1 L'origine du sida

Le sida est dû à un virus, le VIH (virus de l'immunodéficience humaine). Les cellules cibles du virus du sida sont les lymphocytes T. Le virus pénètre dans le lymphocyte T et fabrique dans son cytoplasme de nouveaux virus. Les virus sont ensuite libérés en grand nombre dans le sang. Le lymphocyte T infecté est alors détruit.

Doc 2 Les phases de l'infection du VIH

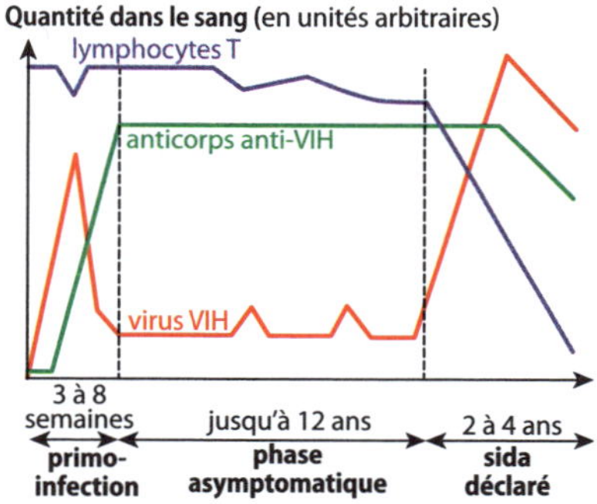

CONSEILS

Étape 1 Identifie le problème posé.

Étape 2 Présente chaque document en dégageant l'essentiel des informations qu'il apporte.

Étape 3 Relie entre elles les informations tirées des documents.

Étape 4 Réponds à la question posée.

SOLUTION

Étape 1 Comment expliquer qu'un individu atteint du VIH tombe davantage malade ?

Étape 2 D'après le document 1, les cellules cibles du VIH sont les lymphocytes T (LT). Ces cellules sont détruites après avoir été infectées.
Le document 2 montre les phases de l'infection par le VIH et l'évolution des quantités de LT, VIH et anticorps anti-VIH dans le sang : après une période sans symptômes de 12 ans maximum, les LT sont détruits en 2 à 4 ans.

Étape 3 Le VIH, en infectant les LT, provoque leur destruction (doc. 1) et donc l'effondrement des défenses immunitaires (doc. 2).

Étape 4 Une personne atteinte du VIH ne peut plus lutter contre aucune infection, c'est ainsi qu'elle finit par tomber davantage malade.

Les réactions immunitaires

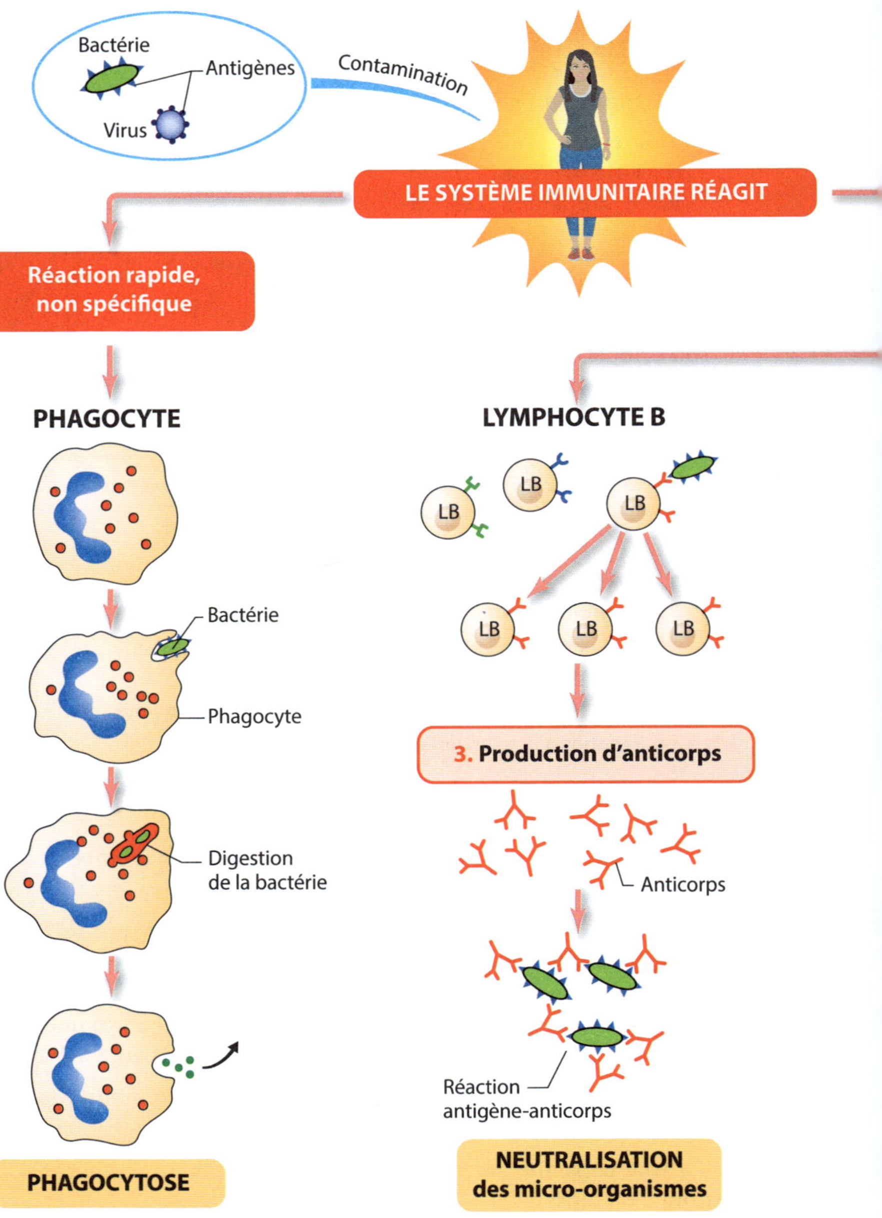

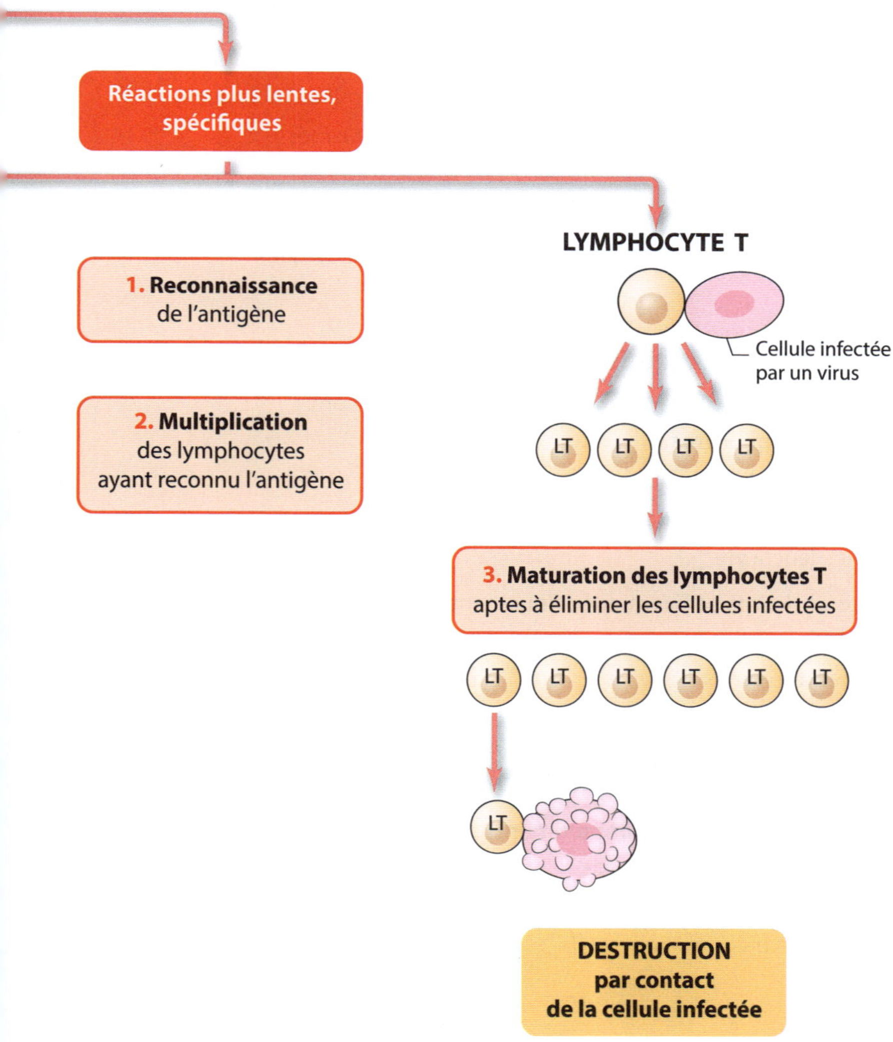
Réactions plus lentes, spécifiques
1. Reconnaissance de l'antigène
2. Multiplication des lymphocytes ayant reconnu l'antigène
LYMPHOCYTE T
Cellule infectée par un virus
LT
3. Maturation des lymphocytes T aptes à éliminer les cellules infectées
DESTRUCTION par contact de la cellule infectée

SE TESTER QUIZ

Vérifie que tu as compris les points clés

1 L'infection et les réactions du corps

→ FICHE 13

1) L'infection est :

☐ **a.** le franchissement par des micro-organismes des barrières naturelles du corps (muqueuses, peau)

☐ **b.** la pénétration de micro-organismes dans le milieu intérieur de l'organisme

☐ **c.** la prolifération des micro-organismes dans le milieu intérieur

☐ **d.** la lutte contre la prolifération des micro-organismes

2) La phagocytose est :

☐ **a.** lente ☐ **b.** rapide

☐ **c.** spécifique ☐ **d.** non spécifique

.../2

2 La production et l'action des anticorps

→ FICHE 14

1) Les cellules capables de produire des anticorps sont :

☐ **a.** des lymphocytes B

☐ **b.** des lymphocytes T

☐ **c.** des cellules phagocytaires

☐ **d.** les leucocytes

2) Des anticorps se fixent spécifiquement sur :

☐ **a.** des bactéries ☐ **b.** des virus

☐ **c.** des antigènes ☐ **d.** le sang

.../2

3 Le mode d'action des leucocytes

→ FICHES 13 et 15

Parmi les trois réactions immunitaires suivantes, la plus rapide est :

☐ **a.** la production d'anticorps

☐ **b.** la phagocytose

☐ **c.** l'action des lymphocytes T

.../1

4 Le mode d'action des lymphocytes T

→ FICHE 15

L'action des lymphocytes T est, dans l'ordre :

☐ **a.** destruction des cellules – reconnaissance de l'antigène – multiplication de lymphocytes

☐ **b.** reconnaissance de l'antigène – multiplication de lymphocytes – destruction des cellules

☐ **c.** multiplication de lymphocytes – destruction des cellules – reconnaissance de l'antigène

.../1

5 Lutter contre les infections

→ FICHES 16 et 17

1) Des moyens d'asepsie sont :

☐ **a.** se laver les mains avant de passer à table

☐ **b.** nettoyer une plaie

☐ **c.** stériliser des instruments chirurgicaux avant une opération

☐ **d.** donner un antibiotique

2) Des moyens préventifs de lutte contre les maladies sont :

☐ **a.** porter un masque lors d'une épidémie

☐ **b.** se faire vacciner

☐ **c.** prendre un antibiotique

3) La vaccination consiste à :

☐ **a.** introduire dans l'organisme une maladie

☐ **b.** introduire dans l'organisme un micro-organisme pathogène vivant

☐ **c.** introduire dans l'organisme un antigène spécifique d'un micro-organisme pathogène

.../3

ON FAIT LE BILAN !

score total .../9

- Des erreurs ? Entraîne-toi ! → **LES EXOS** P. 108
- Zéro faute ? Bravo ! → **OBJECTIF BREVET** P. 113

LES EXOS

6 Étudier deux réactions immunitaires

→ FICHES 13 et 14

1) Indiquer quels sont les deux moyens de défense représentés dans les schémas ci-dessous.

Document 1 Réaction immunitaire 1

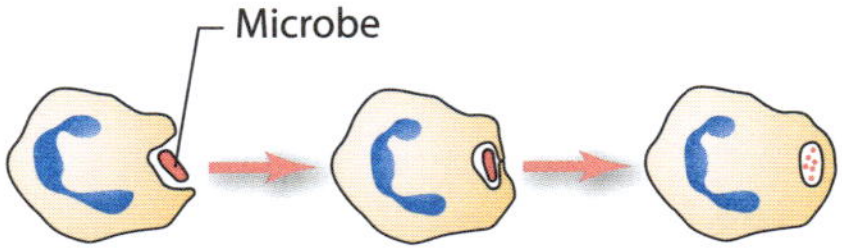

Document 2 Réaction immunitaire 2

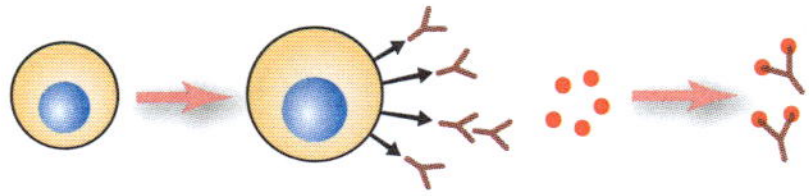

2) Citer les cellules responsables de ces moyens de défense.

3) Expliquer ce qui se passe dans chaque cas.

4) Parmi ces deux moyens de défense :

a. préciser celui qui constitue la première ligne de défense de l'organisme ;

b. préciser celui pour lequel il existe une mémoire immunitaire ;

c. préciser celui qui est considéré comme « spécifique ». Dire pourquoi.

7 Déterminer, par le calcul, la taille réelle d'éléments observés au microscope

→ FICHE 14 et ANNEXE 8

1) À partir des photographies a, b et c, calculer le diamètre réel de chaque élément.

2) Classer ces éléments par ordre de taille croissante.

3) Indiquer le rapport de taille entre le staphylocoque et le virus de la varicelle. Préciser le calcul.

Document **Photographies à étudier**

Photographies au microscope électronique à transmission : **a.** staphylocoque (bacté… × 60 000 ; **b.** virus de la varicelle, × 300 000 ; **c.** lymphocyte, × 2 000.

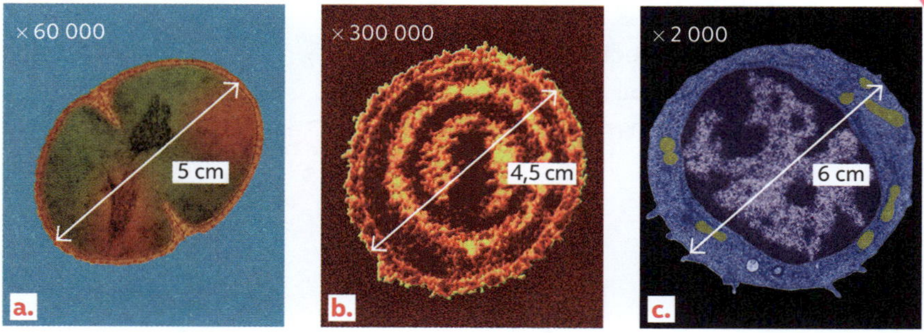

8 Mesurer l'évolution du nombre de bactéries dans le yaourt en fonction de la température

→ FICHE 11

1) À partir du document ci-dessous, indiquer le nombre de lactobacilles dans le yaourt à 30 °C.

2) Indiquer le nombre de streptocoques dans le yaourt à 40 °C.

3) Indiquer à quelle température on peut trouver 604 millions de streptocoques par gramme de yaourt.

4) Indiquer la température à laquelle on trouve le nombre le plus élevé de streptocoques.

5) Préciser la bactérie qui est la plus présente dans le yaourt.

Document **Nombre de bactéries présentes par gramme de yaourt pour une température donnée**

Température (en °C)	Lactobacilles (en millions)	Streptocoques (en millions)
30	834	66
35	1 042	97
40	1 105	221
42	1 363	604
45	906	636
50	221	275

9 Calculer la dimension réelle d'un virus grâce à un produit en croix

→ FICHE 14 et ANNEXE 7

Déterminer, en précisant les calculs, la dimension réelle du virus.

Document **Virus infectant une cellule**

Le virus est représenté en rouge et vert, et une portion de cellule est visible en orange.

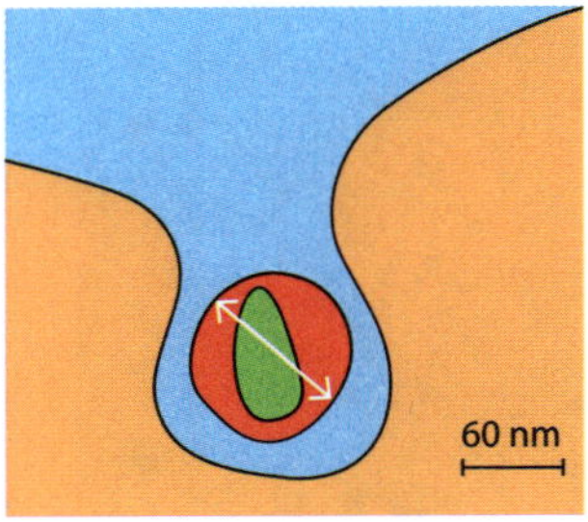

DÉMARRONS ENSEMBLE

Il s'agit ici d'utiliser le **produit en croix**. Pour ne pas commettre d'erreur, construis un tableau de proportionnalité.

10 Comprendre l'utilisation d'antibiotiques appropriés

→ FICHE 15

On mesure la quantité de bactéries dans leur milieu de culture, avec ou sans l'antibiotique approprié, et on reporte les résultats de ces deux expériences sur un graphique.

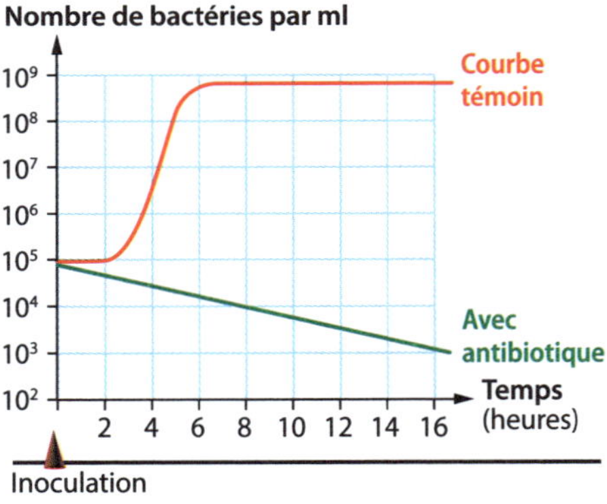

1) Nommer les deux valeurs mesurées portées par l'axe des ordonnées.

2) Donner un titre à ce graphique.

3) Indiquer le nombre de bactéries présentes dans le milieu de culture au début des deux expériences, puis au bout de 14 h.

4) Décrire l'évolution de la courbe verte, puis celle de la courbe rouge.

DÉMARRONS ENSEMBLE

4) À la règle, repère sur le graphique la quantité de bactéries à la **14e heure**. Découpe la courbe rouge en **différentes phases**, cela t'aidera pour ton analyse de graphique.

11 Dessiner des bactéries lactiques d'après une observation au microscope

→ FICHE 16 et ANNEXE 2

Nous sommes en contact permanent avec une très grande variété de micro-organismes vivant dans notre environnement (bactéries, virus, champignons...). Certains sont dangereux (**pathogènes**) car ils peuvent être responsables de maladies, d'autres sont sans danger, voire sont très utiles. C'est le cas par exemple de certaines bactéries responsables de la transformation du lait en yaourt. Ces bactéries non pathogènes sont de deux types facilement identifiables : les streptocoques, de forme arrondie, et les lactobacilles, en forme de bâtonnet.

Document **Photographie de bactéries lactiques colorées au bleu de méthylène observées au microscope optique (× 1 400)**

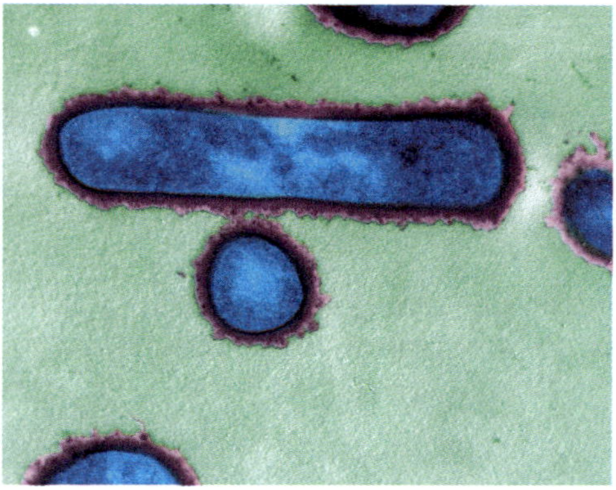

1) Réaliser, sur une feuille de dessin, le dessin d'observation de la photographie ci-dessus.

2) Légender le dessin en précisant le nom de chaque type de bactérie grâce à leur forme.

3) Donner un titre au dessin.

4) Préciser le grossissement.

DÉMARRONS ENSEMBLE

1) Pense à tracer à la règle un cartouche centré. Si ce n'est pas une obligation, cela te facilitera la tâche pour réaliser ton dessin.

2) Les traits de flèches doivent être précis et tracés à la règle.

3) Le titre indique « ce qui est observé » et « comment cela est observé ».

4) Indique le grossissement en bas du cartouche.

12 Antibiotiques et lutte contre l'infection

→ FICHE 17

À partir des informations extraites des quatre documents ci-dessous, répondre au problème suivant : « Comment l'utilisation d'antibiotiques permet-elle de lutter contre une infection bactérienne ? »

Document 1 Alexander Fleming

En 1928, Alexander Fleming, un médecin anglais, cultive des bactéries pathogènes.

En étudiant les bactéries cultivées, il constate que certaines cultures ont été contaminées par un champignon microscopique (*Penicillium notatum*), et que les bactéries à proximité du champignon ont disparu. Il émet alors l'hypothèse que le champignon produit une substance qui empêche le développement de la bactérie : c'est la découverte du premier antibiotique, la pénicilline.

Document 2 Effets des antibiotiques sur les angines

Maladie	Effet des antibiotiques
Angine d'origine virale	Aucun
Angine d'origine bactérienne	Guérison du malade

Document 3 Évolution du nombre de bactéries au cours du temps avec deux antibiotiques différents, ou en l'absence d'antibiotique

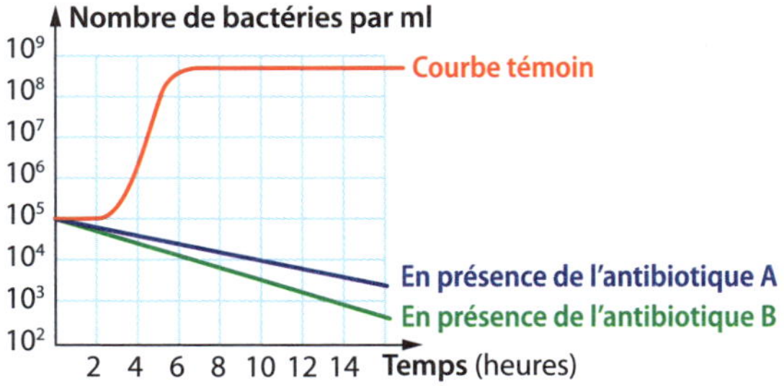

Document 4 Antibiogramme testant l'efficacité de quatre antibiotiques

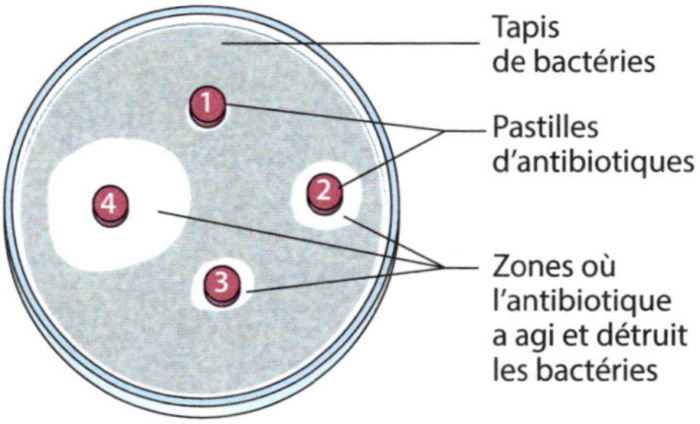

OBJECTIF BREVET

Lance-toi dans des sujets

13 Étudier une maladie, le botulisme
20 min

→ FICHE 17

Le botulisme est une maladie qui atteint le système nerveux. Elle est due à une bactérie souvent présente dans le sol, et qui peut se trouver dans certaines boîtes de conserve.

1) Préciser si la bactérie du botulisme est pathogène. Justifier la réponse.

2) À partir des connaissances acquises sur les modes d'action des bactéries pathogènes, formuler deux hypothèses pour expliquer comment les bactéries du botulisme rendent malade.

3) Lorsque l'on met des légumes verts en conserve, on doit faire chauffer les légumes. Préciser l'intérêt d'une telle manipulation.

4) Si le chauffage n'a pas été suffisant, les légumes mis en conserve peuvent rendre malade du botulisme (bien que toutes les bactéries responsables du botulisme aient été détruites...).

Quelle hypothèse émise à la question 2 est validée par cette nouvelle donnée ? Expliquer pourquoi.

DÉMARRONS ENSEMBLE

1) Cherche si la bactérie peut rendre malade.

4) Reprends les deux hypothèses formulées à la question 2, et réfléchis à l'action de la **chaleur** dans les deux cas.

14 Série d'expériences pour comprendre l'action des lymphocytes B
20 min

→ FICHE 17

Des souris ont été traitées aux rayons X (irradiation) de manière à détruire leurs lymphocytes. Elles ont été réparties en trois lots (lots 1, 2 et 3). Des souris non irradiées constituent un lot témoin (lot 4).

Les souris des lots 2 et 3 ont également reçu une injection de leurs propres lymphocytes, qui avaient été prélevés avant l'irradiation.

Enfin, on a injecté une culture de bactéries à ces 4 lots de souris. Le tableau ci-après donne, pour chaque lot, la production d'anticorps, qui traduit la réaction immunitaire.

Document Étapes et résultats de l'expérience

Numéro des lots	Traitements préalables	Injection de culture bactérienne	Résultats Recherche des anticorps quelques jours après
1	Rayons X		**Pas d'anticorps sécrétés**
2	Rayons X puis injection des lymphocytes B et T		**Anticorps sécrétés**
3	Rayons X puis injection des lymphocytes T		**Pas d'anticorps sécrétés**
4 (témoin)	Aucun traitement		**Anticorps sécrétés**

1 Comparer les lots 1 et 4, et indiquer l'effet du traitement aux rayons X.

2 Comparer les lots 2 et 3 :

a. Préciser quelle est l'expérience témoin, et quelle est l'expérience test.

b. Préciser le seul facteur différent entre ces deux expériences.

c. Conclure : proposer une hypothèse sur la production des anticorps.

3 Proposer une expérience complémentaire pour vérifier l'hypothèse.

DÉMARRONS ENSEMBLE

1 Décris chaque lot, en précisant l'effet du traitement aux rayons X.

2 **a.** L'expérience test correspond à celle où l'on a introduit un **nouveau facteur**.
b. Compare méthodiquement les lots 2 et 3 afin d'identifier **la seule différence**.
c. L'hypothèse proposée te permet d'expliquer la production d'anticorps par le lot 2.

15 La production d'anticorps dans la lutte antimicrobienne

20 min

→ FICHE 14

Le tétanos et la diphtérie sont des maladies provoquées par des bactéries. Les bactéries libèrent dans le milieu intérieur des toxines, antigènes responsables de la réaction immunitaire de l'organisme. Ces maladies peuvent être mortelles en l'absence de traitement adéquat.

Des chercheurs effectuent une série d'expériences résumées dans les documents ci-contre.

Document 1 Série d'expériences pratiquées sur des lots de souris

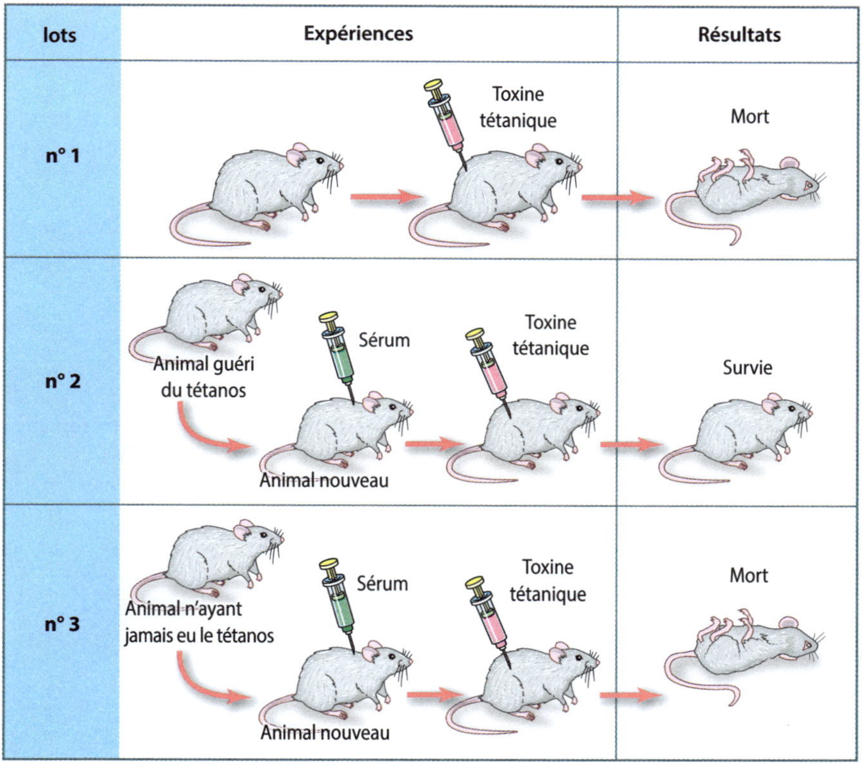

Document 2 Expérience complémentaire sur un quatrième lot de souris

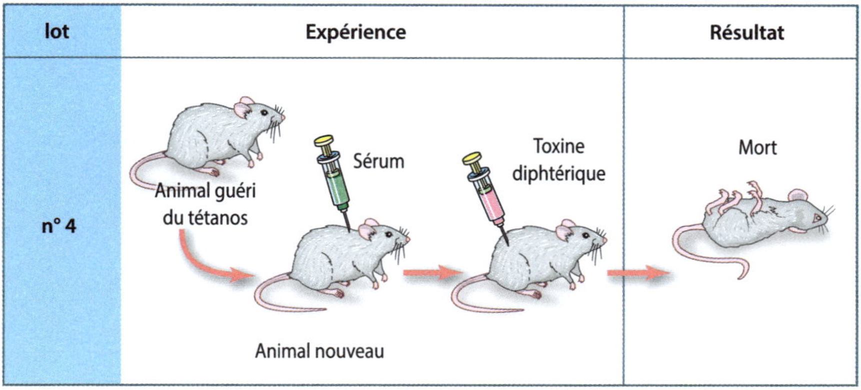

1) Comparer les expériences réalisées sur les lots n° 1 et 2 afin d'en déduire le rôle du **sérum** issu de l'animal guéri du tétanos.

2) Préciser quelle expérience (lot 2 ou 3) permet de vérifier l'intérêt du sérum issu d'un animal guéri du tétanos.

MOT CLÉ
Sérum : liquide sanguin débarrassé de ses cellules.

3) À partir de vos connaissances, indiquer le nom de la substance issue du sérum de l'animal guéri du tétanos permettant de protéger des souris n'ayant jamais eu le tétanos.

4) À partir des expériences présentées dans les documents 1 et 2, justifier que les substances nommées à la question 3 ont une action spécifique sur un antigène donné.

DÉMARRONS ENSEMBLE

1) et 2) Repère **le seul facteur différent** entre les deux expériences : c'est forcément ce facteur qui est responsable des différences constatées dans les résultats des expériences.

CORRIGÉS

SE TESTER QUIZ

1 L'infection et les réactions du corps

1) Réponse c. L'infection correspond à la prolifération des micro-organismes dans le milieu intérieur, car ils y trouvent des conditions de vie qui leur sont favorables (présence d'eau, de nutriments, température idéale…).
Les affirmations **a** et **b** sont fausses : le franchissement des barrières naturelles et la pénétration des micro-organismes dans le milieu intérieur correspondent à la contamination.

2) Réponses b et d. La phagocytose est :
- rapide, elle se met en place quasi dès l'entrée des micro-organismes dans le milieu intérieur ;
- non spécifique, c'est-à-dire sans distinction de micro-organisme.

2 La production et l'action des anticorps

1) Réponse a. Les cellules capables de produire des anticorps sont les lymphocytes B.
Remarque : les lymphocytes B sont des leucocytes, mais l'affirmation **d** est trop floue pour être sélectionnée.

2) Réponse c. Les anticorps produits se fixent spécifiquement sur l'antigène détecté lors de la phase de reconnaissance lymphocyte B-antigène.

3 Le mode d'action des leucocytes

Réponse b. La réaction immunitaire la plus rapide à se mettre en place est la phagocytose.

4 Le mode d'action des lymphocytes T

Réponse b. L'action des lymphocytes T est, chronologiquement : reconnaissance de l'antigène – multiplication de lymphocytes – destruction des cellules.

5 Lutter contre les infections

1) Réponses a et c. L'asepsie consiste à désinfecter un lieu, des personnes ou des objets afin de limiter les risques de contamination. Se laver les mains ou désinfecter un bloc opératoire en sont deux exemples.
L'affirmation **b** est fausse : nettoyer une plaie est de l'antisepsie.

2 **Réponses a et b.** Le port du masque et la vaccination sont des exemples de **moyens préventifs** de lutte contre les maladies.
La réponse c est fausse : la prise d'antibiotiques se fait (sur prescription d'un médecin) *après* contamination par des bactéries, lorsqu'il y a infection.

> **À NOTER**
> Les **moyens préventifs** sont ceux que l'on utilise *avant* l'infection.

3 **Réponse c.** La **vaccination** consiste à introduire dans l'organisme un antigène spécifique d'un micro-organisme pathogène.

> **À NOTER**
> Certaines **vaccinations** consistent à injecter le micro-organisme pathogène dans l'organisme, mais on le rend d'abord moins dangereux, en l'inactivant, de manière à ce que le vaccin ne rende pas malade…

LES EXOS

6 Étudier deux réactions immunitaires

1 On distingue la phagocytose (doc. 1) et la production d'anticorps (doc. 2).

2 Les cellules responsables de ces moyens de défense sont : des cellules phagocytaires (doc. 1) et des lymphocytes B (doc. 2).

3 Phagocytose : la cellule phagocytaire s'accole au microbe, l'absorbe et le digère.
Production d'anticorps : un lymphocyte B particulier reconnaît un antigène, il est « activé ». Il sécrète alors de grandes quantités d'anticorps spécifiques de l'antigène qui l'a activé.

4 **a.** C'est la phagocytose qui constitue la première ligne de défense.
b. Il existe une mémoire immunitaire pour la production d'anticorps.
c. Le moyen de défense considéré comme spécifique est la production d'anticorps, car les anticorps produits se fixent exclusivement (spécifiquement) sur l'antigène qui a conduit à leur production.

7 Déterminer, par le calcul, la taille réelle d'éléments observés au microscope

1 Pour calculer le diamètre réel de chaque élément, il faut mesurer sa taille sur le document puis effectuer le calcul : taille mesurée/grossissement indiqué.
Diamètre réel de la bactérie staphylocoque : 5 cm/60 000 = 0,8 µm.
Diamètre réel du virus de la varicelle :
4,5 cm/300 000 = 0,15 µm = 150 nm.
Diamètre réel du lymphocyte : 6 cm/2 000 = 30 µm.

> **À NOTER**
> Sur la photographie 1, on t'indique que tout a été grossi 60 000 fois. Pour connaître la **taille réelle** de ce que tu observes, tu peux diviser ce que tu mesures par 60 000…

2 Du plus petit au plus grand, on a : virus, puis bactérie et enfin lymphocyte.

3) Le **rapport de taille** entre cette bactérie et ce virus est de : Taille de la bactérie/taille du virus = 0,8 µm/0,15 µm = **5,3**.
C'est-à-dire que cette bactérie est **5,3 fois plus grosse** que ce virus.

> **À NOTER**
> Tu peux **évaluer les dimensions** des organismes étudiés dans cet exercice grâce à la méthode de la fiche 13.

8 Mesurer l'évolution du nombre de bactéries dans le yaourt en fonction de la température

1) Sur le tableau fourni, on constate qu'à 30 °C, il y a **834 millions de lactobacilles/g de yaourt**.

Température en °C	Lactobacilles (en millions)	Streptocoques (en millions)
30	834	66
35	1 042	97
40	1 105	221
42	1 363	604
45	906	636
50	221	275

2) On compte **221 millions de streptocoques** par gramme de yaourt à 40 °C.

3) On trouve 604 millions de streptocoques par gramme de yaourt quand il est porté à **42 °C**.

4) On trouve le nombre le plus élevé de streptocoques à 45 °C : **636 millions de streptocoques/g de yaourt**.

5) Les **lactobacilles** sont toujours plus nombreux que les streptocoques, **sauf à 50 °C**.

9 Calculer la dimension réelle d'un virus grâce à un produit en croix

Pour effectuer un **produit en croix** et ne pas commettre d'erreur, on construit un **tableau de proportionnalité**.

	Taille mesurée (mm)	Taille réelle (nm)
Sur l'échelle	7	60
Diamètre du virus	10	Inconnue : X

Les valeurs d'une même colonne sont exprimées dans la même unité.
Les flèches noires symbolisent les correspondances, les flèches rouges matérialisent les produits égaux (à effectuer en diagonale), c'est-à-dire le produit en croix.
On applique le produit en croix :
On écrit : 7 mm × X = 10 mm × 60 nm.
C'est-à-dire : X = (10 × 60)/7 = **85,7 nm**.
La taille réelle du virus est d'environ **86 nm**.

> **CONSEIL**
> • Revois la **méthode** de la fiche 14.
> • 1 nm = 1/1 000 µm : revois l'annexe 7, « Se repérer sur l'échelle du vivant ».

10 Comprendre l'utilisation d'antibiotiques appropriés

1 L'axe des ordonnées (axe vertical) indique la **quantité de bactéries** dans **leur milieu de culture** sans antibiotique (courbe rouge) ou avec antibiotique approprié (courbe verte).

2 Titre du graphique :
« Évolution de la quantité de bactéries dans un milieu de culture avec ou sans antibiotique approprié en fonction du temps. »

3 Au début des expériences, on compte environ **10^5 bactéries par ml** dans les deux cas.

Au bout de 14 heures, on en compte environ **10^9/ml** pour l'expérience sans antibiotique, et **10^3/ml** avec l'antibiotique.

Remarque : pour trouver ces valeurs, on trace à la règle une droite verticale en pointillés en partant de la 14ᵉ heure jusqu'à ce que celle-ci atteigne la courbe, puis on projette cette valeur de la courbe sur l'axe des ordonnées en traçant une droite horizontale en pointillés, et on lit la valeur désignée sur l'axe des ordonnées.

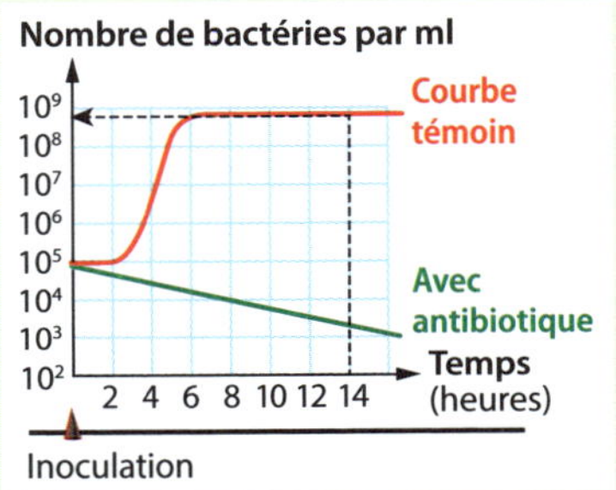

4 **Évolution de la quantité de bactéries en présence de l'antibiotique approprié**
La quantité de bactéries diminue régulièrement, jusqu'à atteindre environ 10^3 bactéries par ml au bout de 14 h.

Évolution de la quantité de bactéries sans l'antibiotique
On distingue trois phases :
- **phase 1 :** la quantité de bactéries reste constante à 10^5/ml pendant presque 2 h ;
- **phase 2 :** la quantité de bactéries augmente, de 10^5/ml à environ 10^9/ml, durant environ 4 h.
- **phase 3 :** la quantité de bactéries stagne à environ 10^9 bactéries/ml de la 6ᵉ à la 14ᵉ h.

11 Dessiner des bactéries lactiques d'après une observation au microscope

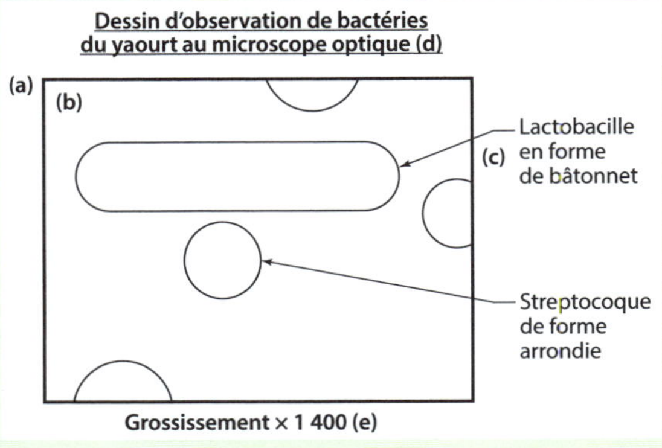

1) Le cartouche est centré, tracé à la règle (a) : cela laisse de la place à droite et à gauche pour la légende, le dessin est par conséquent parfaitement disposé…
Le dessin est ressemblant, les proportions entre les différentes bactéries et l'espace qui les sépare sont respectés (b).

2) Les flèches sont tracées à la règle, elles indiquent avec précision les bactéries. Elles portent toutes une pointe correctement tracée (c).
La légende est correctement disposée : à droite ou à gauche du cartouche, aux extrémités des flèches (et pas dessus).
Elle est écrite horizontalement, sans faute d'orthographe.
Elle qualifie les bactéries selon leur forme et permet donc de les identifier.

3) Le titre est centré et souligné (d).
Il comporte son sujet (ici, un dessin d'observation), ce qui est observé (des bactéries lactiques) et le moyen d'observation (ici un microscope photonique, ou optique).

4) Le grossissement (e) est indiqué dans le texte : × **1 400**.

12 Antibiotiques et lutte contre l'infection

Le problème à résoudre est : Comment l'utilisation d'antibiotiques permet-elle de lutter contre une infection bactérienne ?

Présentation/exploitation des documents

■ **Document 1** : le texte raconte la découverte historique du premier antibiotique, et précise qu'il s'agit d'une substance produite par un champignon microscopique qui empêche le développement de la bactérie.

■ **Document 2** : le tableau indique que les antibiotiques n'ont aucun effet sur une angine virale. On peut généraliser : les antibiotiques n'ont aucun effet sur les virus (« Les antibiotiques, c'est pas automatique »).

■ **Document 3** : le graphique montre que sous l'action de l'antibiotique A la quantité de bactéries par ml diminue de 10^5 à environ 5×10^3. Sous l'action de l'antibiotique B, la quantité de bactéries par ml diminue à environ 5×10^2. En l'absence d'antibiotique, la quantité de bactéries augmente. On en déduit que sous l'action de l'antibiotique A, le développement des bactéries diminue (par rapport au témoin), mais également que l'antibiotique B est encore plus efficace contre ces bactéries.

On relie ces informations au problème : les antibiotiques empêchent le développement des bactéries, et ont une action spécifique contre certaines bactéries.

■ **Document 4** : l'antibiogramme montre que, parmi les 4 antibiotiques testés (les 4 pastilles numérotées), tous n'ont pas la même action sur les bactéries. Plus la zone claire est importante (grand nombre de bactéries détruites), plus l'antibiotique est efficace contre ce type de bactéries. (ici, l'antibiotique 4 semble le plus efficace, l'antibiotique 1 le moins efficace).
On relie ces informations au problème : les antibiotiques empêchent le développement des bactéries en les détruisant. D'autre part, ce document confirme l'action spécifique d'un antibiotique donné contre certaines bactéries.

Conclusion

Les antibiotiques permettent de lutter contre une infection bactérienne soit en empêchant le développement des bactéries (doc. 1), soit en les détruisant (doc. 3 et 4). Les antibiotiques agissent spécifiquement sur certaines bactéries (doc. 3 et 4) et n'ont aucune action sur les virus (doc. 2).

OBJECTIF BREVET

13 Étudier une maladie, le botulisme

1) La bactérie du botulisme est pathogène car elle peut provoquer une maladie en atteignant le système nerveux : le botulisme.

2) Une bactérie peut rendre malade soit en produisant une toxine, soit en proliférant de manière dangereuse dans le milieu intérieur.

3) On chauffe les légumes verts de manière à détruire les bactéries présentes.

4) On peut valider la première hypothèse (production d'une toxine) car les bactéries botuliques sont censées être détruites... Elles rendent malade en produisant une toxine dangereuse. La chaleur a détruit les bactéries, mais pas la toxine.

14 Série d'expériences pour comprendre l'action des lymphocytes B

1) **Comparaison des lots 1 et 4**

- Le lot 1 montre que suite à l'irradiation aux rayons X et à l'injection d'une culture bactérienne, quelques jours plus tard, les souris ne sécrètent pas d'anticorps.
- Le lot 4 montre que suite à l'injection d'une culture bactérienne, quelques jours plus tard, les souris sécrètent des anticorps.

2) **Comparaison des lots 2 et 3**

- Le lot 2 montre que suite à l'irradiation aux rayons X, l'injection des lymphocytes B et T, et l'injection d'une culture bactérienne, quelques jours plus tard, les souris sécrètent des anticorps.
- Le lot 3 montre que suite à l'irradiation aux rayons X, l'injection des lymphocytes T, et l'injection d'une culture bactérienne, quelques jours plus tard, les souris ne sécrètent pas d'anticorps.

a. Le lot 2 est l'expérience test. Le lot 3 est l'expérience témoin.
b. Le seul facteur différent entre ces deux expériences est l'injection de lymphocytes B après l'irradiation des souris.
c. Le seul facteur différent étant la présence des lymphocytes B, on peut penser que les lymphocytes B sont responsables des différences constatées au bout de quelques jours. On peut poser l'hypothèse suivante : les lymphocytes B produisent des anticorps suite à l'injection de la culture de bactéries.

3) Pour vérifier l'hypothèse, on pourrait faire l'expérience suivante : irradiation aux rayons X, injection des lymphocytes B des souris, puis injection de la culture bactérienne. Si l'hypothèse est vraie, alors quelques jours plus tard, on devrait observer une sécrétion d'anticorps.

15 La production d'anticorps dans la lutte antimicrobienne

1) Expérience 1 : les souris meurent ; expérience 2 : les souris survivent. La seule différence entre ces deux expériences est qu'on a injecté du sérum d'un animal guéri du tétanos aux souris du lot n° 2 avant de leur inoculer la toxine tétanique. C'est donc ce sérum particulier qui permet d'expliquer la survie des souris du lot n° 2 : on en déduit que le sérum issu d'une souris ayant survécu au tétanos contient une substance qui protège du tétanos.

2) Pour vérifier l'intérêt du sérum issu d'un animal guéri du tétanos, on doit réaliser une expérience où l'on injecte du sérum d'un animal qui n'a jamais été en contact avec la toxine du tétanos à un nouveau lot de souris. C'est le **lot n° 3** qui permet de vérifier cela : le sérum « protecteur » doit provenir d'un animal **guéri du tétanos**.

3) La substance issue du sérum de l'animal guéri du tétanos et qui permet de protéger des souris n'ayant jamais eu le tétanos s'appelle des **anticorps**.

CONSEIL
3) Relis la **fiche 14**.

4) Expérience 4 : les anticorps antitétaniques ne protègent pas de la diphtérie. Ils offrent une **protection spécifique** contre la toxine du tétanos, pas contre la toxine diphtérique.

À NOTER
Une **action spécifique** sur un antigène donné signifie que la substance agit exclusivement sur cet antigène (ici, la toxine tétanique) et non sur un autre (ici, la toxine diphtérique).

5 Le fonctionnement du système nerveux

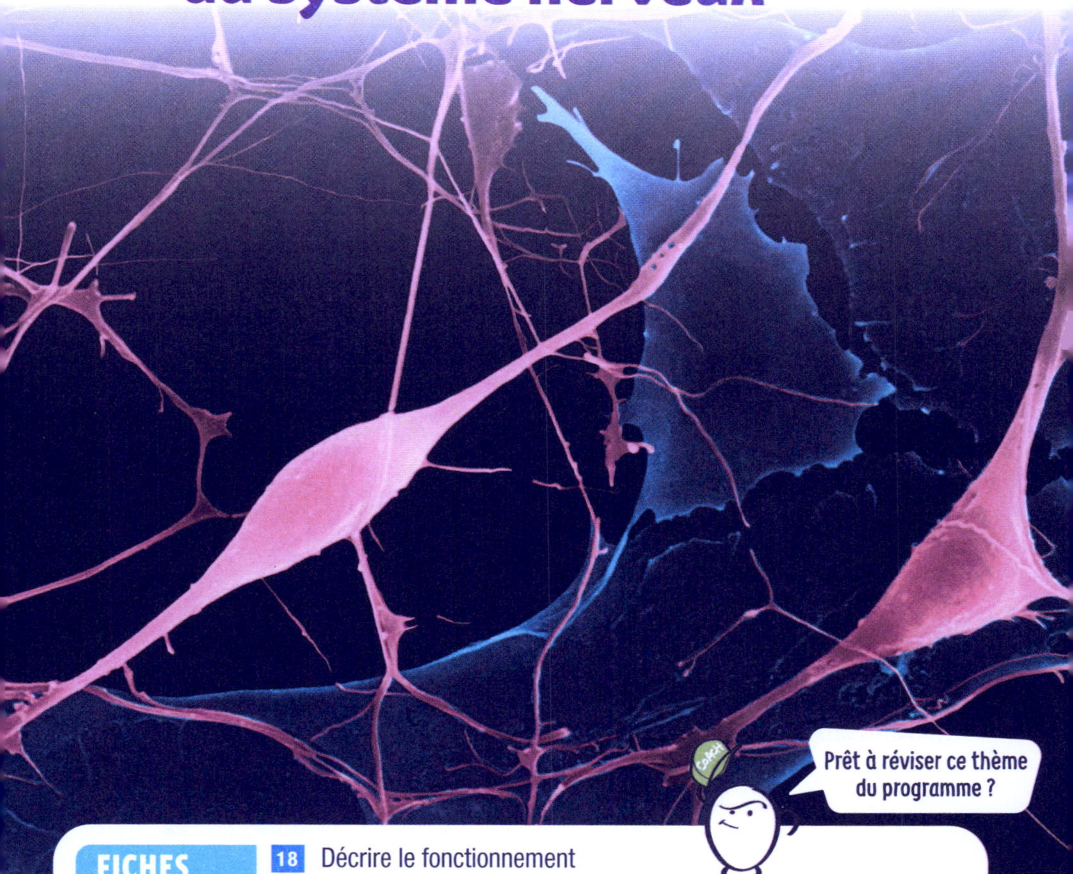

18 Décrire le fonctionnement du système nerveux

EN BREF ▸ *La perception de l'environnement et la commande des mouvements du corps reposent sur le fonctionnement du système nerveux. Le cerveau est l'organe central de ce système.*

I Le système nerveux

- Un joueur de rugby, à qui on envoie un ballon, le perçoit et déplace ses mains et ses membres afin de le saisir.
- La commande du mouvement est assurée par le système nerveux qui met en relation les organes sensoriels et les muscles.
- La contraction d'un muscle est conditionnée par les interventions successives d'un organe des sens, des nerfs sensitifs, du cerveau, puis de la moelle épinière et enfin du nerf moteur qui stimule le muscle.
- Les **nerfs** sont les structures de base du système nerveux qui relient les organes les uns aux autres, *via* les centres nerveux.
- La stimulation du récepteur sensoriel donne naissance à un **message nerveux** transmis aux centres nerveux.

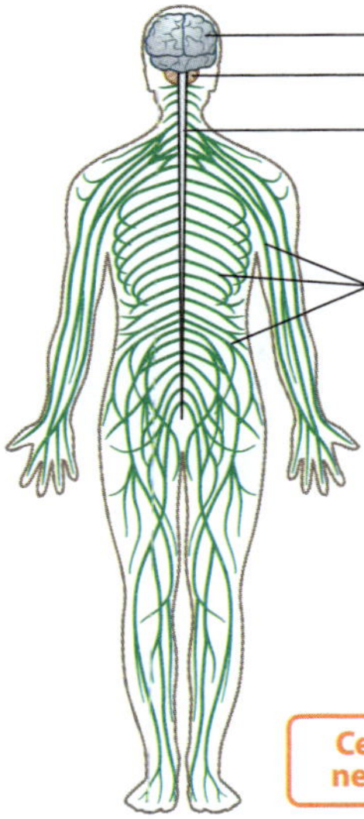

Doc Le système nerveux humain

> **MOTS CLÉS**
> - **Nerf** : cordon blanchâtre, formé par des faisceaux de fibres nerveuses, qui relie un centre nerveux et un organe.
> - **Message nerveux** : message qui circule d'un organe à un autre.

II Le cerveau, l'organe central du système nerveux

- Les points d'arrivée des messages nerveux sensitifs et de départ des messages nerveux moteurs sont situés au niveau du **cortex cérébral**.
- Le cortex cérébral est une mosaïque de plusieurs zones spécialisées dans la perception de l'environnement et dans la commande du fonctionnement d'organes précis. Ces aires corticales communiquent entre elles et font intervenir la mémoire.

> **MOT CLÉ**
> **Cortex cérébral** : partie superficielle du cerveau (2 à 4 mm d'épaisseur).

Méthode

Calculer le grossissement d'un objet observé au microscope, et la taille réelle de cet objet

Des cellules d'épiderme d'oignon sont observées au microscope. Les caractéristiques du microscope utilisé sont les suivantes :
- grossissement de l'oculaire : × 10 ;
- grossissement de l'objectif choisi : × 25.

1 Calculer le grossissement des cellules observées à partir des caractéristiques du microscope.

2 Calculer la longueur réelle d'une cellule d'épiderme d'oignon.

Doc Photographie de cellules d'épiderme d'oignon rouge

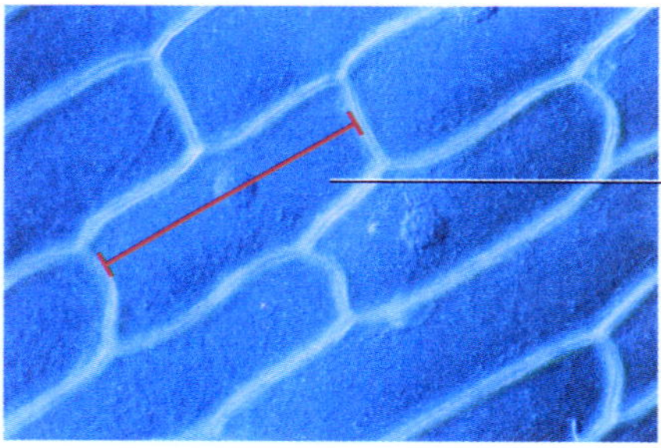

Cellule dont on souhaite déterminer la longueur

La photographie est à la même échelle que l'image produite au microscope

CONSEILS

1 Retiens que le grossissement d'un objet observé au microscope est le produit : Grossissement de l'oculaire × Grossissement de l'objectif utilisé

2 La taille réelle d'un objet est la taille mesurée divisée par le grossissement.

SOLUTION

1 Le grossissement de l'oculaire est de 10. Le grossissement de l'objectif choisi est de 25. Le grossissement des cellules observées est donc de 10 × 25 = 250.

2 Sur la photographie, la longueur de la cellule d'épiderme d'oignon est approximativement de 2,5 cm. Or, d'après le calcul précédent, le grossissement est de 250. Donc en réalité la cellule est 250 fois plus petite.

La longueur réelle de la cellule est donc de 2,5/250 = 0,01 cm.

1 cm = 10 000 µm. Ainsi, si l'on souhaite calculer la longueur réelle de la cellule en micromètres, on pose : Longueur = 0,01 × 10 000, ce qui nous donne une longueur réelle de 100 µm.

19 Comprendre la communication entre les neurones

EN BREF ▸ *Le système nerveux est un réseau de neurones. Les messages nerveux circulent le long des neurones, toujours dans le même sens. Ils sont transmis d'un neurone à l'autre par l'intermédiaire de messagers chimiques libérés dans les synapses.*

I Les cellules nerveuses

- Les **neurones** sont les cellules nerveuses impliquées dans la communication nerveuse.
- Les messages nerveux sont transmis le long des neurones, toujours dans le même sens : le message nerveux naît au niveau du corps cellulaire, **il transite le long de l'axone** et aboutit au niveau des boutons synaptiques.

MOTS CLÉS
- **Neurone** : cellule spécialisée du système nerveux.
- **Axone** : long prolongement cytoplasmique du neurone, fibre nerveuse contenue dans les nerfs.

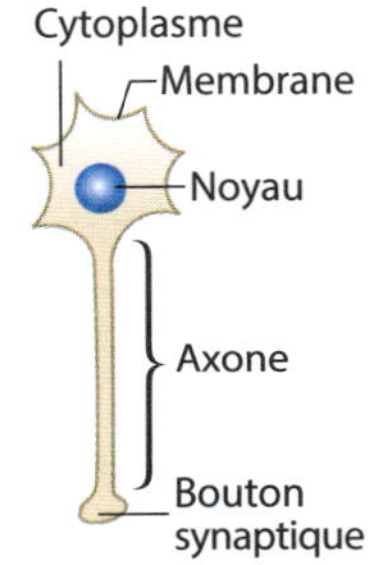

Doc 1 Un neurone

II La communication de neurone à neurone

- Les neurones sont organisés en réseau. Ils communiquent entre eux au niveau de dispositifs spécialisés : les **synapses**. La transmission du message nerveux d'un neurone à l'autre se fait par l'intermédiaire de **messagers chimiques** libérés par le neurone 1 et déclenchant un second message nerveux dans le neurone 2. Les messagers chimiques sont stockés dans des vésicules au niveau des boutons synaptiques.

MOT CLÉ
Synapse : zone de jonction entre deux neurones, au niveau de laquelle se fait la transmission du message nerveux par substances chimiques.

- Les drogues et certains médicaments (antidépresseurs...) modifient le fonctionnement des synapses en perturbant la transmission des messages nerveux. À l'inverse, l'entraînement optimise le fonctionnement synaptique et permet une transmission plus rapide des messages nerveux.
- Les neurones sont des cellules extrêmement fragiles qui ne sont pas remplacées lorsqu'elles sont endommagées, c'est pourquoi il convient d'en prendre soin...

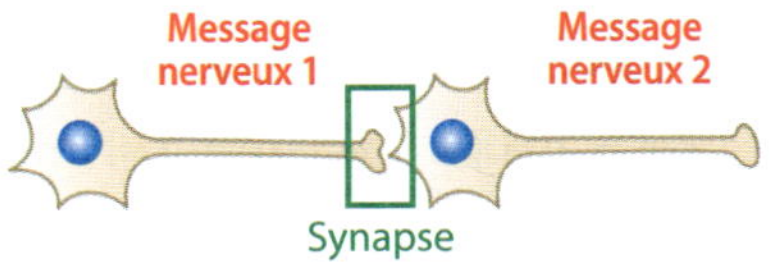

Doc 2 Réseau de deux neurones

Méthode

Identifier le type de microscope utilisé en fonction de l'objet observé

Les trois photographies ci-dessous ont été prises à partir de trois microscopes différents.

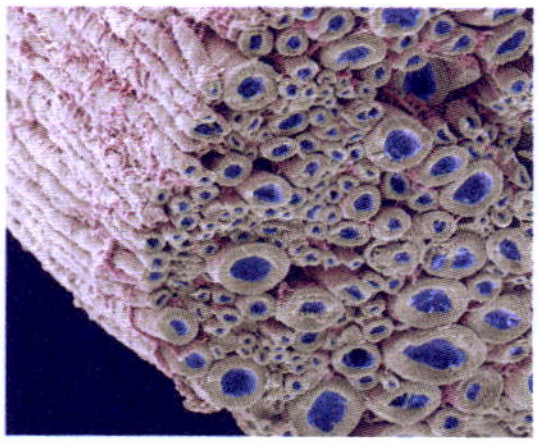

a. Section de nerf

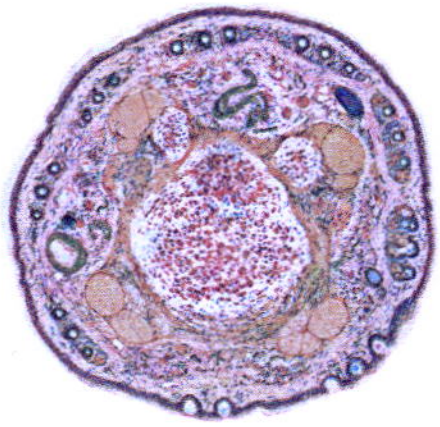

b. Section de nerf

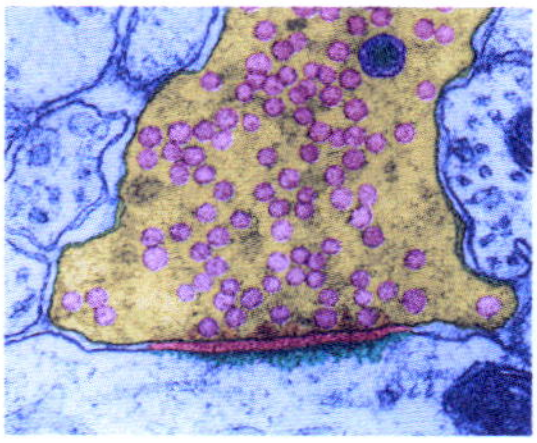

c. Synapse entre deux neurones

À l'aide du document ci-dessous, indiquer quel microscope a été utilisé dans les trois cas.

Doc Caractéristiques de trois microscopes

Microscope optique	Microscope électronique à balayage	Microscope électronique à transmission
Grossissement max. : × 2 500	Grossissement max. : × 40 000 Fournit des images en 3D	Grossissement max. : × 150 000

CONSEILS

Étape 1 Utilise une des caractéristiques du microscope électronique à balayage pour identifier immédiatement la photographie qui lui correspond.

Étape 2 Tiens compte des légendes et du grossissement des différents microscopes.

SOLUTION

Étape 1 Un microscope électronique à balayage produit des images en relief (3D). Ainsi, on repère immédiatement la photographie prise avec cet appareil : photographie a.

Étape 2 La photographie c montre une synapse entre deux neurones. Les vésicules contenant les messagers chimiques pour la communication entre les neurones sont visibles. Seul le microscope électronique à transmission a le grossissement suffisant pour l'observation de détails si petits. On en déduit que la photographie b a été prise avec le microscope optique.

MÉMO VISUEL

La commande d'un mouvement

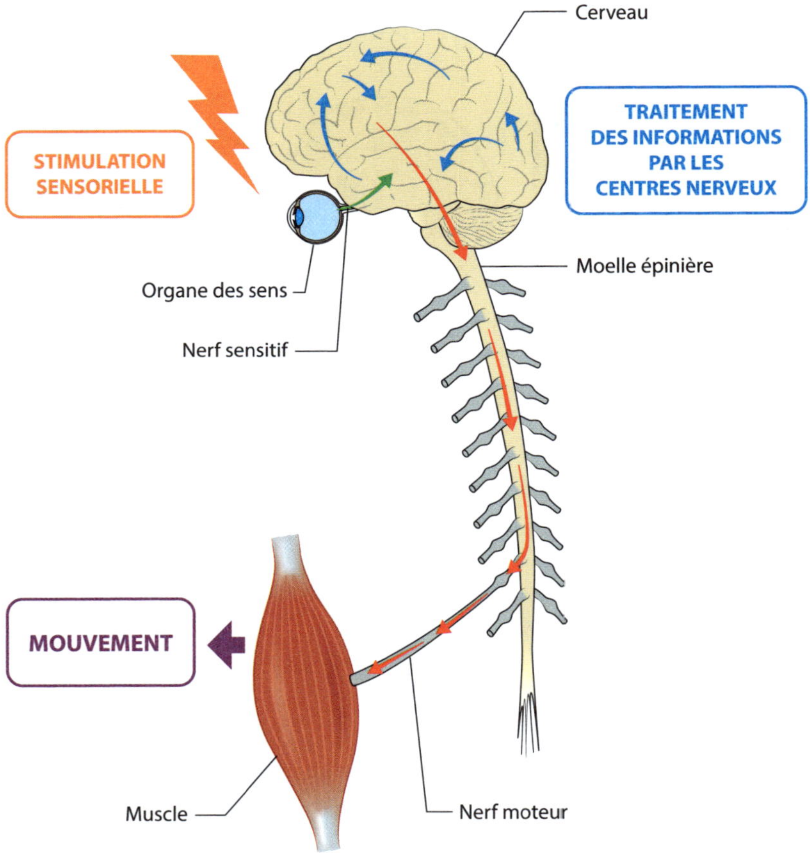

Centres nerveux — Nerfs

1. Trajet des **messages nerveux sensitifs**

2. Trajet des **messages nerveux** entre différentes zones du cortex cérébral

3. Trajet des **messages nerveux moteurs**

La communication nerveuse

AU NIVEAU D'UN NEURONE

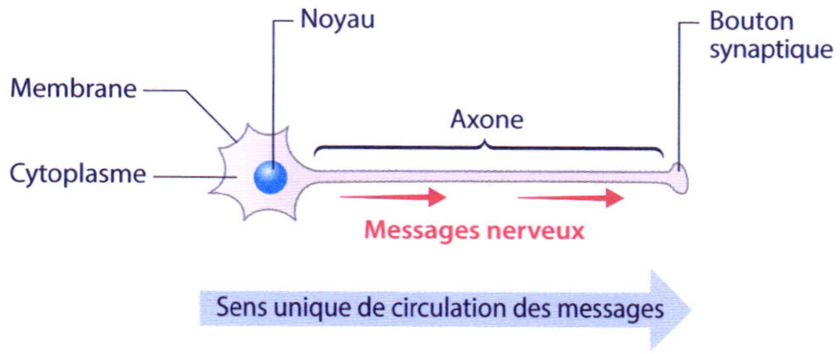

AU NIVEAU D'UNE SYNAPSE

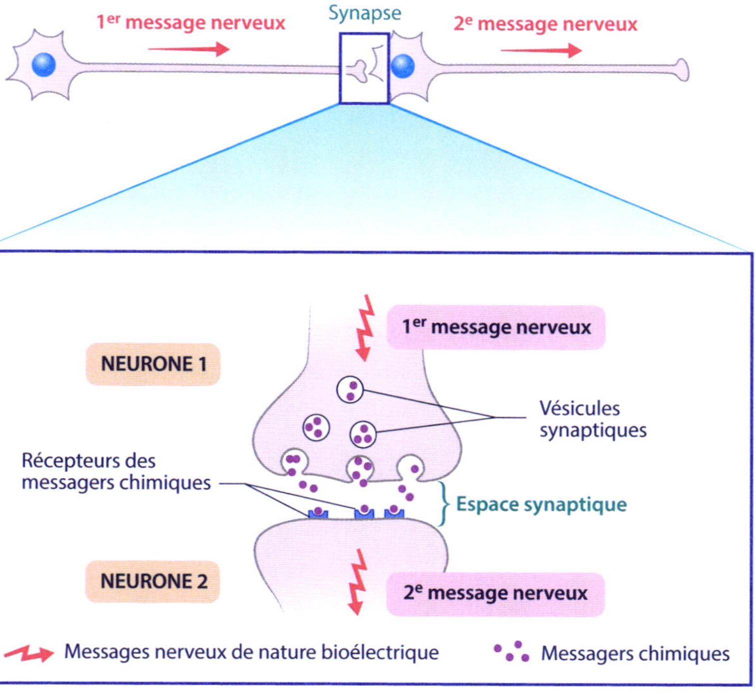

SE TESTER QUIZ

Vérifie que tu as compris les points clés

1 Les propriétés du cerveau

→ FICHE 18

Le cerveau :

☐ **a.** est le seul centre nerveux de l'organisme

☐ **b.** reçoit les messages nerveux moteurs

☐ **c.** reçoit les messages nerveux sensitifs

☐ **d.** commande par voie nerveuse les muscles effecteurs

.../1

2 Les propriétés du cortex cérébral

→ FICHE 18

1) Le cortex cérébral est :

☐ **a.** le point d'arrivée des messages nerveux sensitifs

☐ **b.** le point d'arrivée des messages nerveux moteurs

☐ **c.** le point de départ des messages nerveux sensitifs

☐ **d.** le point de départ des messages nerveux moteurs

2) Le cortex cérébral est :

☐ **a.** la partie profonde du cerveau

☐ **b.** la partie superficielle du cerveau

☐ **c.** constitué de plusieurs zones qui communiquent entre elles

☐ **d.** en relation avec la mémoire

.../2

3 Le fonctionnement du système nerveux

→ FICHE 18

La contraction d'un muscle fait intervenir successivement :

☐ **a.** organe des sens – nerfs sensitifs – cerveau – moelle épinière – nerfs moteurs et muscle effecteur

☐ **b.** organe des sens – nerfs moteurs – cerveau – moelle épinière – nerfs sensitifs et muscle effecteur

☐ **c.** organe des sens – nerfs sensitifs – moelle épinière – cerveau – nerfs moteurs et muscle effecteur

☐ **d.** organe des sens – nerfs sensitifs – nerfs moteur – cerveau – moelle épinière et muscle effecteur

.../1

4 Les cellules nerveuses

→ FICHE 19

1) Une cellule nerveuse est également appelée :

☐ **a.** neurone ☐ **b.** fibre nerveuse

☐ **c.** synapse ☐ **d.** nerf

2) Sur le schéma ci-dessous d'une cellule nerveuse, la partie A est également appelée :

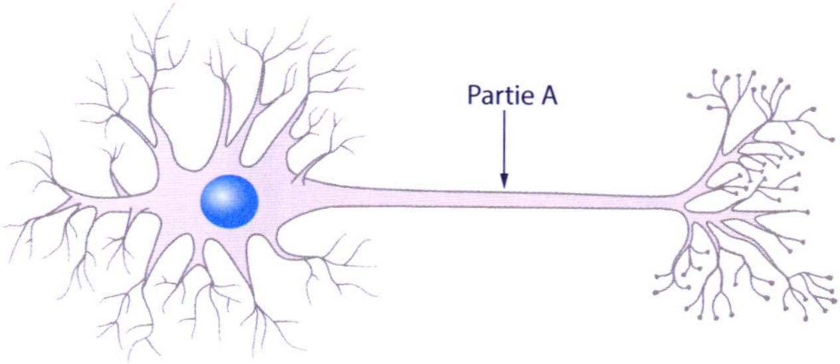

☐ **a.** axone ☐ **b.** bouton synaptique

☐ **c.** synapse ☐ **d.** nerf

…/2

5 La transmission du message nerveux

→ FICHE 19

1) La communication entre deux cellules nerveuses se fait :

☐ **a.** grâce à un message électrique

☐ **b.** grâce au contact bref entre les cellules

☐ **c.** grâce à un messager chimique

2) Le fonctionnement des synapses est amélioré par :

☐ **a.** le cannabis ☐ **b.** l'entraînement

☐ **c.** les antidépresseurs ☐ **d.** l'alcool

…/2

ON FAIT LE BILAN !

score total …/8

- Des erreurs ? Entraîne-toi ! → **LES EXOS** P. 134
- Zéro faute ? Bravo ! → **OBJECTIF BREVET** P. 137

LES EXOS

Entraîne-toi !

6 Calculer le diamètre réel d'un nerf

→ FICHE 18

Déterminer, en précisant les calculs, le diamètre réel de la branche de nerf sciatique visible sur la photographie ci-dessous.

Document **Photographie d'une branche de nerf sciatique au microscope optique (grossissement : × 30)**

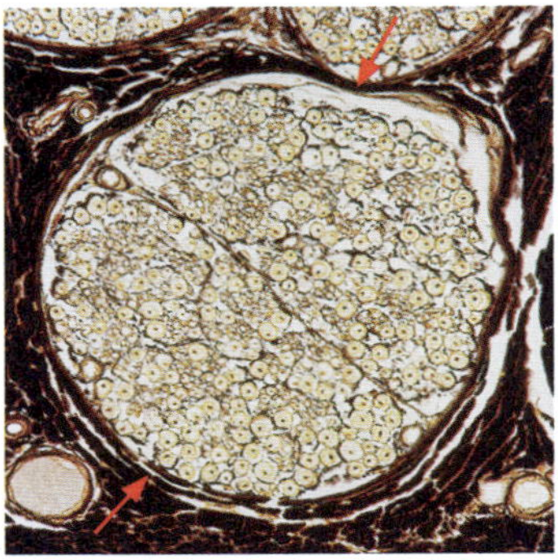

DÉMARRONS ENSEMBLE

→ Utilise les flèches rouges de la photographie.

→ Repère le grossissement, et utilise-le dans tes calculs.

7 Identifier les zones du cerveau intervenant dans la commande d'un mouvement

→ FICHE 16

À l'aide de flèches, tracer sur le document 2 le trajet des messages nerveux décrit dans le document 1.

Document 1 **Les différentes aires cérébrales sollicitées dans la commande d'un mouvement**

Tout mouvement visant à prendre un objet vu est commandé par une zone du cerveau : l'aire A. Celle-ci reçoit des informations de deux autres aires cérébrales :

– l'aire D, qui identifie l'objet à saisir à partir d'informations reçues de l'aire E ;
– l'aire C, qui localise dans l'espace l'objet à saisir à partir d'informations reçues de l'aire E.

La commande du mouvement est transmise à l'aire B, qui envoie des messages nerveux jusqu'aux muscles.

Document 2 **Les aires cérébrales impliquées dans la commande des muscles**

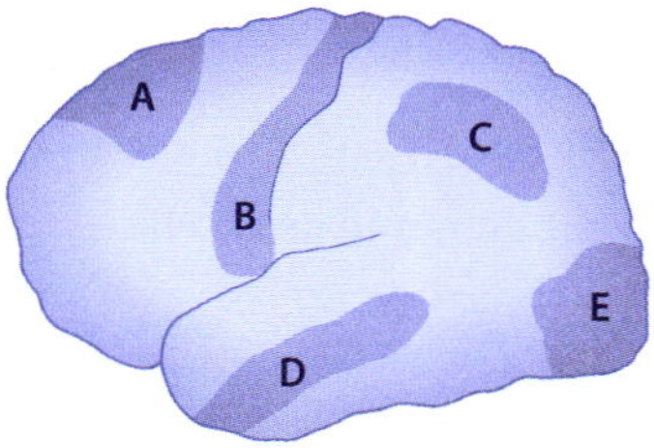

Muscles

DÉMARRONS ENSEMBLE

➜ Pars du texte, et **place les flèches** au fur et à mesure de ta lecture : si tu lis, par exemple, qu'une aire X analyse des informations reçues de l'aire Y, place une flèche allant de l'aire Y vers l'aire X.

➜ Dans un second temps, **numérote les flèches** pour indiquer l'ordre de transmission des messages.

8 Réaliser le dessin d'une observation au microscope d'un neurone

→ FICHES 16, 18 et 19

Comme toutes les cellules, le neurone est constitué d'un **noyau**, d'une **membrane** et d'un **cytoplasme**. Par ailleurs, le neurone possède des **prolongements cytoplasmiques** qui lui donnent une forme étoilée et qui lui permettent d'être relié à de nombreux autres neurones.

Document **Photographie d'un neurone**

Le neurone a été coloré avant l'observation au microscope (grossissement : × 1 500).

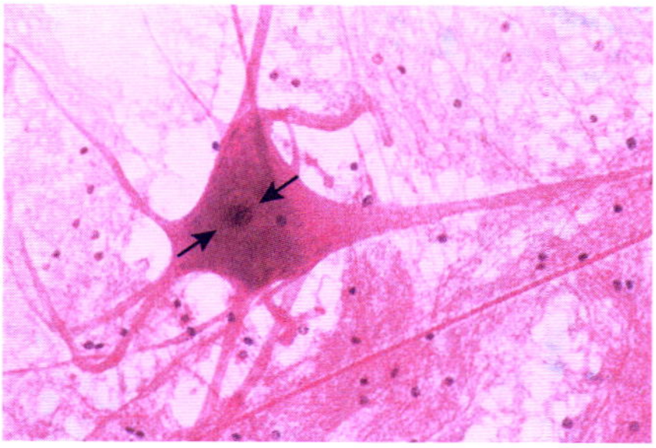

1) Indiquer le type de microscope utilisé pour obtenir la photographie du document.

2) Réaliser le dessin d'observation de la photographie.

3) Légender le dessin à l'aide des mots en gras dans le texte.

4) Donner un titre au dessin.

5) Donner la dimension réelle du noyau de la cellule. Penser à préciser les calculs.

DÉMARRONS ENSEMBLE

1) Relis la méthode de la fiche 19 et consulte les annexes 7 et 8.

2), 3) et 4) La méthode de réalisation d'un dessin d'observation est détaillée dans la fiche 16 et dans l'annexe 2.

5) Utilie les flèches noires de la photographie.

9 Réaliser le schéma du fonctionnement d'une synapse

→ FICHE 16

1) À partir du texte du document 1, identifier le neurone qui transmet l'information et le neurone qui reçoit l'information.

2) **a.** Reproduire le schéma du document 2, et représenter les vésicules synaptiques et les récepteurs aux messagers chimiques.

b. Indiquer où se situe la synapse.

c. Représenter par des points violets les messagers chimiques.

d. Indiquer les premier et deuxième messages nerveux, de nature bioélectrique.

e. Donner un titre au schéma.

Document 1 Le fonctionnement d'une synapse entre deux neurones

Les neurones sont des cellules spécialisées dans la transmission des informations : ils communiquent entre eux.

Entre deux neurones, l'information circule sous forme de **messagers chimiques** : un **premier neurone** contient des substances chimiques enfermées dans des petits saccules, les **vésicules synaptiques**.

Suite à l'arrivée du **message nerveux** de nature bioélectrique, les vésicules synaptiques déversent leur contenu dans l'espace entre les deux neurones, l'**espace synaptique**.

Les messagers chimiques se fixent sur des **récepteurs** situés dans la membrane du **second neurone**. S'ils sont suffisamment nombreux, les messagers chimiques provoquent la formation d'un **message nerveux dans le second neurone** : ce message nerveux, également de nature bioélectrique, se propage alors le long de l'axone jusqu'à la prochaine cellule cible.

Document 2 Schéma d'une synapse entre deux neurones

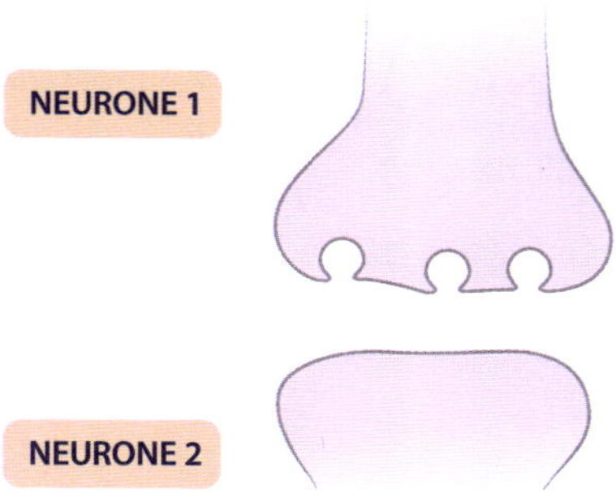

DÉMARRONS ENSEMBLE

➜ Respecte l'**ordre des questions** : cet ordre va t'aider à organiser convenablement ton schéma.

➜ Utilise les **mots en gras** dans le texte pour le légender.

OBJECTIF BREVET

Lance-toi dans des sujets !

10 Construire un graphique montrant l'action de l'alcool sur le temps de réaction

20 min

→ FICHE 4

Lorsqu'un obstacle se présente sur la route, le conducteur d'un véhicule freine pour arrêter son véhicule.

La distance d'arrêt du véhicule est la somme de deux distances :

• la distance parcourue pendant le **temps de réaction** du conducteur : c'est-à-dire le temps nécessaire à la transmission des messages nerveux dans le corps humain, de l'œil du conducteur (il voit l'obstacle) jusqu'aux muscles de ses jambes et de ses pieds (il appuie sur la pédale de frein) ;

• la distance parcourue pendant le **temps de freinage** : c'est le temps que le véhicule s'immobilise totalement.

Grâce à un simulateur de conduite, on évalue la distance nécessaire à l'arrêt complet du véhicule, à différentes vitesses et en fonction de l'alcool consommé. Les résultats sont consignés dans le tableau du document page suivante.

Document **Évolution de la distance d'arrêt d'un véhicule en fonction de la vitesse et de l'alcoolémie du conducteur**

Vitesse (km/h)	Distance parcourue (en m) par un individu à alcoolémie nulle (0 g d'alcool/L de sang)	Distance parcourue (en m) par un individu ayant bu deux verres de vin à 11° (0,5 g d'alcool/L de sang)
50	29	36
90	71	76
110	108	113
130	131	140

1 À partir du tableau, construire le graphique de l'évolution de la distance d'arrêt d'un véhicule en fonction de la vitesse lorsque le conducteur a consommé deux verres de vin à 11°.

2 À partir du tableau, construire le graphique de l'évolution de la distance d'arrêt d'un véhicule en fonction de la vitesse lorsque le conducteur est à jeun.

3 Comparer les deux courbes tracées et conclure.

DÉMARRONS ENSEMBLE

1 Pour trouver la bonne échelle, repère les **valeurs minimales** et **maximales** du tableau.

3 Décris l'évolution des deux courbes en insistant sur les **différences** constatées : l'une des courbes représente le temps d'arrêt d'une personne ayant consommé de l'alcool, tu pourras en déduire l'effet de l'alcool sur la distance d'arrêt d'un véhicule.

11 Étude du mode d'action des drogues sur le système nerveux

20 min

→ FICHE 17

Document 1 **Dopés à la dopamine**

Dopés à la dopamine ! C'est ce qui arrive aux neurones sous l'influence de la cocaïne, par exemple. En règle générale, la dopamine libérée par un neurone vient se fixer sur un neurone récepteur. Mais ce dernier n'absorbe pas tout. Une partie de la dopamine est recapturée par l'expéditeur. Or, quand la cocaïne s'en mêle, pas de recapture au niveau du neurone émetteur. Résultat : la dopamine continue de stimuler le neurone récepteur provoquant une sensation de bien-être à court terme.

Privé de sa dose, un toxicomane dépendant se trouve en état de manque. Il souffre véritablement.

Betty Mamane, « Dopés à la dopamine », *Science et Vie Junior* n° 128, mai 2000.

Document 2 Dopamine et transmission synaptique

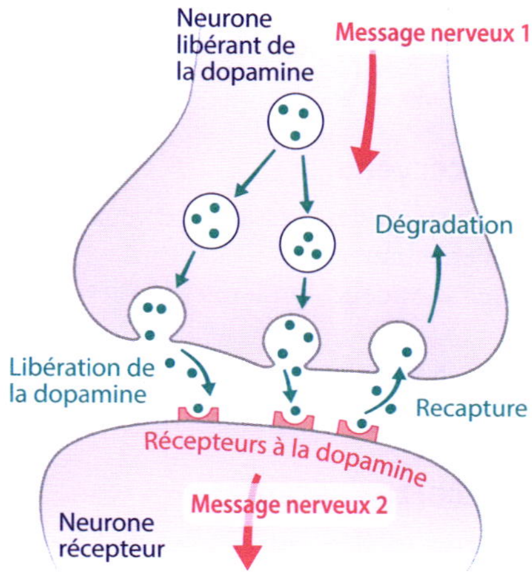

1) Indiquer le nom de la structure neuronale au niveau de laquelle passe le message nerveux entre deux neurones.

2) Nommer la substance chimique transmise ici d'un neurone à l'autre.

3) Expliquer l'action de la cocaïne sur cette substance.

4) Indiquer les conséquences à court terme et à long terme de la consommation de cette drogue.

DÉMARRONS ENSEMBLE

1) Relis la fiche 19.

2) et 3) Relis le texte de l'exercice (document 1).

4) Les informations utiles pour répondre à la question sont dans le texte et le schéma (documents 1 et 2).

CORRIGÉS

SE TESTER QUIZ

1 Les propriétés du cerveau

Réponses c et d. Le cerveau reçoit des messages nerveux sensitifs et commande par voie nerveuse les muscles effecteurs.

L'affirmation **a** est fausse : la moelle épinière et le cervelet sont aussi des centres nerveux.

L'affirmation **b** est fausse : le cerveau ne reçoit pas les messages nerveux moteurs, il les envoie.

2 Les propriétés du cortex cérébral

1) **Réponses a et d.** Le cortex cérébral est le point d'arrivée des messages nerveux sensitifs, et le point de départ des messages nerveux moteurs.

2) **Réponse b, c et d.** Le cortex cérébral est la partie la plus superficielle du cerveau (2 à 4 mm d'épaisseur). Il est constitué de zones spécialisées qui communiquent entre elles et avec la zone de la mémoire.

3 Le fonctionnement du système nerveux

Réponse a. La contraction d'un muscle fait intervenir successivement : organe des sens - nerfs sensitifs - cerveau - moelle épinière - nerfs moteurs et muscle effecteur.

4 Les cellules nerveuses

1) **Réponse a.** Une cellule nerveuse est également appelée neurone.

2) **Réponse a.** La partie A est l'axone du neurone, également appelé « fibre nerveuse ».

> **À NOTER**
> Un nerf est un ensemble de plusieurs **fibres nerveuses** de neurones.

5 La transmission du message nerveux

1) **Réponse c.** La communication entre deux cellules nerveuses se fait grâce à un messager chimique (appelé neurotransmetteur).

2) **Réponse b.** Le fonctionnement des synapses est amélioré par l'entraînement.

> **À NOTER**
> L'alcool, les antidépresseurs et le principe actif du cannabis diminuent l'efficacité de **fonctionnement** des synapses : les mouvements sont plus lents et moins coordonnés.

LES EXOS

6 Calculer le diamètre réel d'un nerf

Pour calculer le **diamètre réel** d'un élément, il faut mesurer sa taille sur le document puis effectuer le calcul : taille mesurée/grossissement indiqué.
Le nerf sciatique mesure 3,6 cm sur la photographie. Or, la taille réelle du nerf est 30 fois plus petite (on lit grossissement : × 30).
Pour calculer le diamètre réel du nerf sciatique, on doit faire :
Diamètre réel du nerf = taille mesurée/grossissement
Diamètre réel du nerf = 3,6 cm/30 = 0,12 cm = 1,2 mm.

> **À NOTER**
> Sur la photographie, on t'indique que tout a été grossi 30 fois. Pour connaître la **taille réelle** de ce que tu observes, tu peux diviser ce que tu mesures par 30…

7 Identifier les zones du cerveau intervenant dans la commande d'un mouvement

Trajet des messages nerveux entre les aires cérébrales impliquées dans la commande des muscles

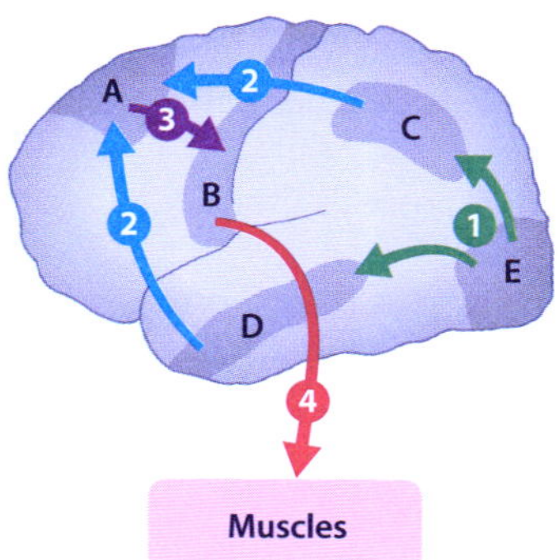

8 Réaliser le dessin d'une observation au microscope d'un neurone

1) Le **microscope** utilisé pour obtenir la photographie du neurone est un microscope optique.
Remarque : c'est un colorant déposé sur la lame mince qui donne cet aspect à la cellule nerveuse.

> **CONSEIL**
> Pour t'aider à identifier le **microscope** utilisé pour observer le neurone, révise la méthode de la fiche 19.

2, **3** et **4**

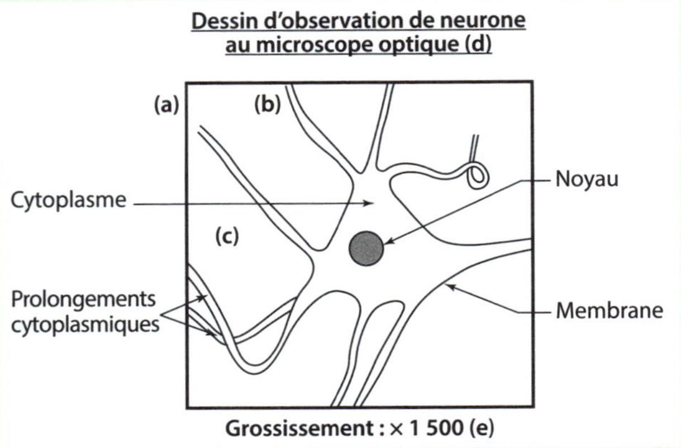

- Le cartouche est centré, tracé à la règle (a) : cela laisse de la place à droite et à gauche pour la légende, le dessin est par conséquent parfaitement disposé.
- Le dessin est ressemblant, les proportions entre les différents éléments de la cellule nerveuse et l'espace qui les sépare sont respectés (b).
- Les flèches sont tracées à la règle, elles indiquent avec précision les différents éléments écrits en gras dans le texte. Elles portent toutes une pointe correctement tracée (c).

La légende est correctement disposée : à droite et à gauche du cartouche, aux extrémités des flèches (et pas dessus).
Elle est écrite horizontalement, sans faute d'orthographe.

- Le **titre** (d) est centré et souligné. Il comporte son sujet (ici, un dessin d'observation), ce qui est observé (une portion de neurone) et le moyen d'observation (ici, un microscope photonique, ou optique).
- Le grossissement (e) est précisé (ici, le grossissement × 1 500 était indiqué sous le titre du document).

CONSEIL
Révise la méthode de la fiche 16.

À NOTER
Le **titre** indique « ce qui est observé » et « comment cela est observé ».

5 Le noyau de la cellule mesure 0,4 cm sur la photographie. Or, la taille réelle du neurone est 1 500 fois plus petite (on lit grossissement : × 1 500).
Pour calculer le **diamètre réel** du noyau du neurone, on doit faire :
Diamètre réel du noyau = taille mesurée/grossissement
Diamètre réel du noyau = 0,4 cm/1 500 = 0,000 26 cm = **2,6 µm**.

CONSEIL
Si tu as eu du mal à trouver comment calculer le **diamètre réel** du noyau du neurone, revois la méthode de la fiche 18.

9 Réaliser le schéma du fonctionnement d'une synapse

1 Le neurone 1 est le neurone transmetteur de l'information nerveuse, le neurone 2 est le neurone récepteur de l'information nerveuse.

2 Titre : Schéma du fonctionnement d'une synapse.

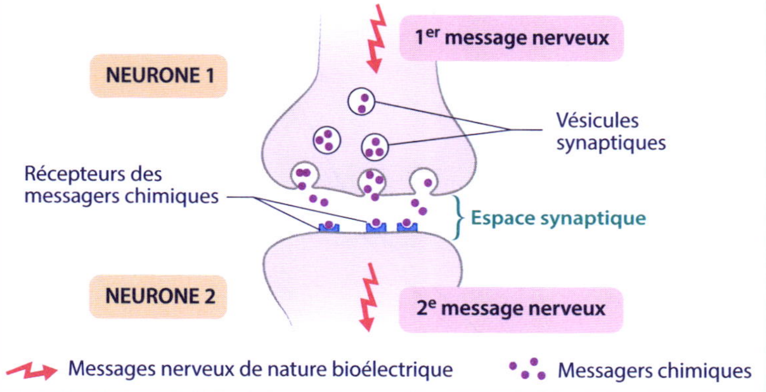

OBJECTIF BREVET

10 Construire un graphique montrant l'action de l'alcool sur le temps de réaction

1 et 2 L'axe des ordonnées (axe vertical) représente ce qu'on étudie (ici, la distance d'arrêt d'un véhicule) et l'axe des abscisses (axe horizontal) représente la variable, c'est-à-dire la valeur que l'on connaît (ici, la vitesse du véhicule avant freinage).
Le tableau de données nous donne les valeurs maximales à prendre en compte pour la construction du graphique : à savoir ici, 130 km/h pour la vitesse du véhicule et 140 m pour la distance d'arrêt.

- Pour la vitesse du véhicule, on prend 10 km/h = 1 cm ; l'axe des abscisses doit mesurer au minimum 13 cm (toutefois, on laisse un peu de place afin que la flèche de l'axe ne vienne pas « coller » la valeur la plus importante). Pour la distance d'arrêt du véhicule, on prend 10 m = 1 cm ; l'axe des ordonnées mesure au minimum 14 cm.

- Ensuite on trace les deux axes perpendiculaires, avec les flèches aux extrémités, sans oublier les titres des axes et les unités des valeurs.

- Pour chaque couple de valeurs du tableau, on trace des droites en pointillés, avec une croix marquant l'intersection des deux lignes.

■ On place tous les points du tableau. On les relie et on pense à préciser le titre du graphique.

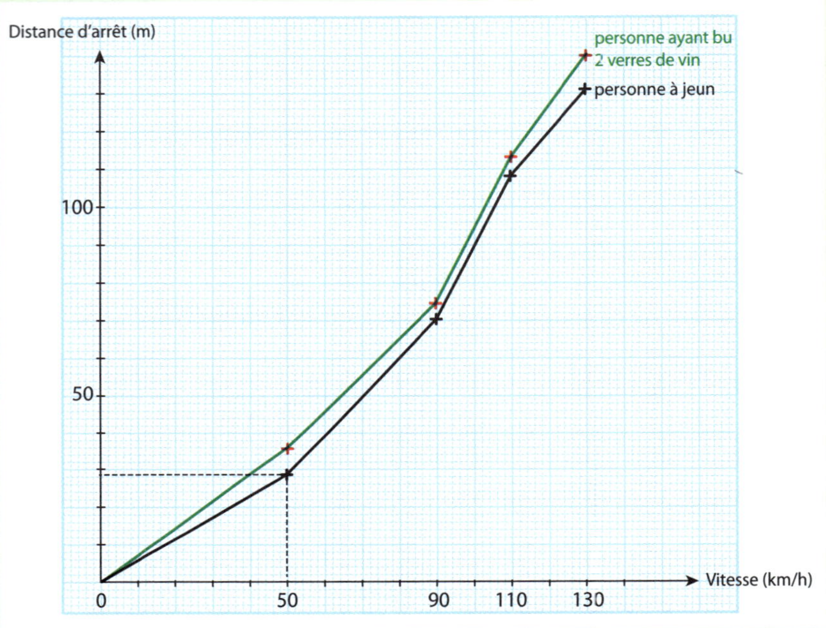

3) On constate que lorsqu'une personne a bu deux verres de vin, la distance d'arrêt du véhicule (courbe verte) est plus importante que lorsque la personne est à jeun (courbe noire).
On en conclut que la consommation d'alcool (même en faible quantité) augmente la distance d'arrêt du véhicule : cette distance supplémentaire peut être synonyme d'accident...

11 Étude du mode d'action des drogues sur le système nerveux

1) Le message nerveux passe au niveau d'une **synapse** entre deux neurones.

2) La substance chimique transmise entre les deux neurones est ici la **dopamine**.

À NOTER
Tu peux visualiser une **synapse** dans l'annexe 8.

3) La cocaïne empêche la recapture de la dopamine par le neurone émetteur.

4) Conséquences à court terme : sensation de bien-être ; à long terme : souffrance, dépendance.

6 Les mécanismes moléculaires de la digestion

20 Décrire la transformation des aliments en nutriments

EN BREF ▸ *Les nutriments dont les cellules ont besoin (en tant que matière première ou source d'énergie) sont obtenus par digestion des aliments. Cette transformation des aliments en nutriments est effectuée par l'appareil digestif.*

I L'appareil digestif humain

■ L'appareil digestif humain est constitué de l'ensemble des organes qui prélèvent la nourriture et la digèrent pour en extraire de l'eau et des nutriments. La part non digestible est évacuée dans les matières fécales.

■ L'appareil digestif comprend le tube digestif, au long duquel transitent les aliments, et des glandes digestives (glandes salivaires, foie, pancréas...).

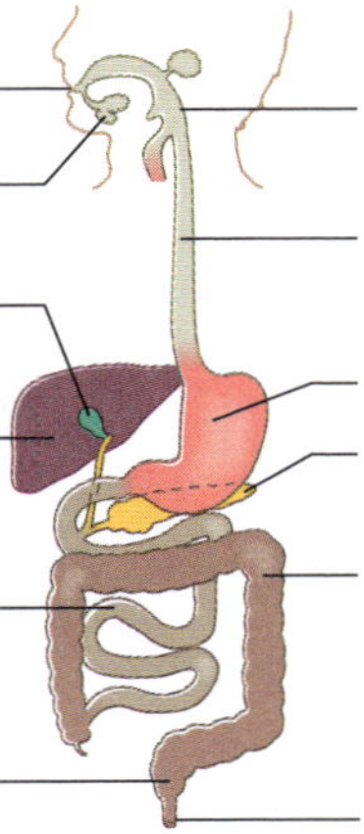

Doc 1 L'appareil digestif humain

II La transformation des aliments

■ La digestion consiste en la transformation des aliments en nutriments sous l'action mécanique des organes (mastication, brassage...) et l'action chimique de **sucs digestifs**.

■ Ce sont essentiellement les **enzymes digestives** contenues dans les sucs digestifs qui transforment les grandes molécules des aliments en petites molécules de nutriments.

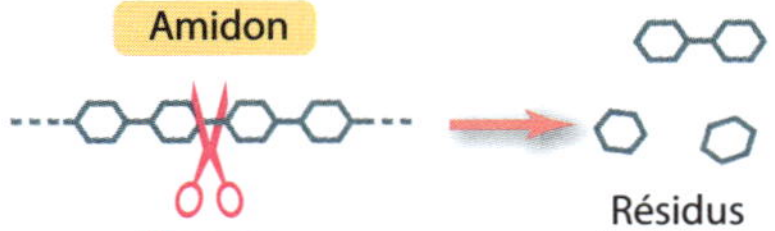

Doc 2 Action d'une enzyme digestive

MOTS CLÉS
- **Sucs digestifs** : substances contenant de l'eau et des enzymes digestives.
- **Enzymes digestives** : protéines qui coupent les grandes molécules en molécules plus petites.

Méthode

Appliquer la démarche scientifique à l'étude de la digestion

La digestion des protéines du blanc d'œuf a été étudiée par le biais d'une expérience. Les étapes de cette étude sont décrites dans le tableau ci-dessous, dans le désordre.

Remettre les étapes dans l'ordre afin de respecter la démarche scientifique.

	Étapes de l'étude de la digestion des protéines
A	Hypothèse validée.
B	La pepsine transforme la protéine du blanc d'œuf en nutriments « invisibles ».
C	Comment expliquer la disparition des protéines du blanc d'œuf ?
D	J'en conclus que la pepsine transforme les protéines du blanc d'œuf en substances « invisibles ».
E	Du blanc d'œuf est placé dans une substance gastrique : la protéine semble disparaître.
F	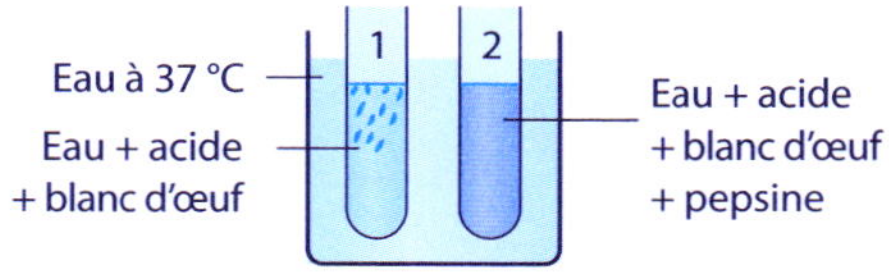 Résultats après 48 h
G	Au bout de 48 h, le blanc d'œuf est toujours présent dans le tube 1, alors qu'en présence de pepsine, à 37 °C, le blanc d'œuf semble avoir disparu.
H	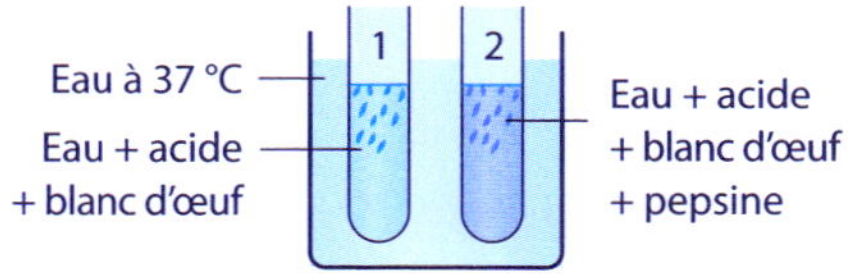

CONSEILS

Retrouve chacune des étapes de la démarche scientifique suivante.

Étape 1 Observation, constat.
Étape 2 Le problème.
Étape 3 La ou les hypothèses.
Étape 4 L'expérience.
Étape 5 Les résultats.
Étape 6 L'interprétation des résultats.
Étape 7 La validation ou non de l'hypothèse.
Étape 8 La conclusion.

SOLUTION

1 E. **2** C. **3** B. **4** H. **5** F. **6** G. **7** A. **8** D.

21 Suivre le passage des nutriments dans le sang

EN BREF ▸ *Les nutriments issus de la digestion des aliments passent dans le sang au niveau des villosités de la paroi interne de l'intestin grêle.*

I Le passage des nutriments dans le sang

Les nutriments issus de la digestion passent essentiellement dans le sang au niveau des villosités intestinales de l'intestin grêle. On appelle ce phénomène l'**absorption intestinale**.

> **MOT CLÉ**
> **Absorption intestinale** : passage des nutriments dans le sang au niveau de la paroi de l'intestin grêle.

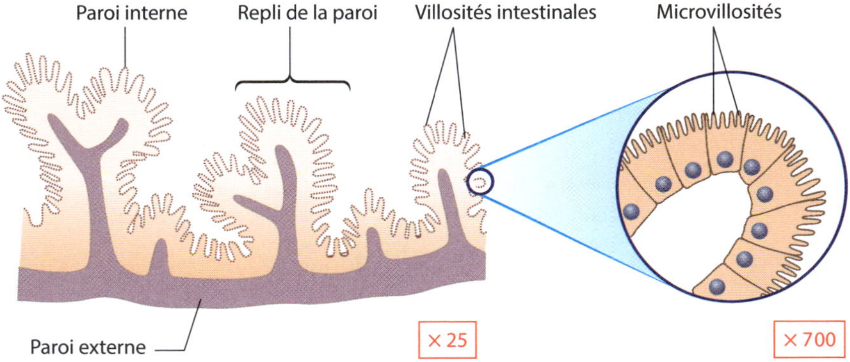

Doc **Schéma d'une coupe d'intestin grêle**

II Les caractéristiques de l'intestin grêle favorisant l'absorption intestinale

■ Le passage des nutriments au niveau de l'intestin grêle est facilité, car la paroi interne de l'intestin grêle :
- est très fine ;
- présente une très grande surface (très nombreux replis, nombre important de villosités intestinales, intestin grêle très long…) ;
- est parcourue par de nombreux vaisseaux sanguins.

■ Par ailleurs, la **flore intestinale** favorise l'absorption intestinale.

> **MOT CLÉ**
> **Flore intestinale** : ensemble de micro-organismes se trouvant dans le tube digestif.

Méthode

Réaliser le croquis d'une portion de cellule

À partir du document ci-dessous, réaliser un croquis afin de montrer que les nombreuses microvillosités des cellules intestinales augmentent la surface d'échanges avec les aliments en digestion.

Doc Portion de cellule intestinale

Photographie prise au microscope électronique à balayage. Portion d'une cellule de l'épithélium (qui tapisse l'intérieur de l'intestin grêle) d'une villosité intestinale.

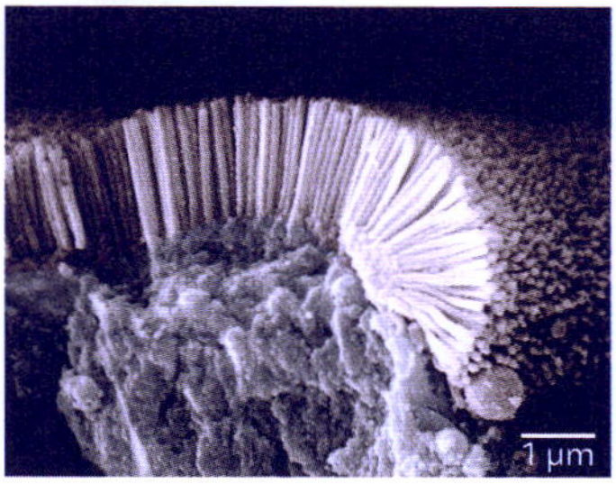

CONSEILS

Pour réaliser un croquis à partir d'une photographie, veille à bien suivre les étapes ci-dessous.

Étape 1 Trace un cartouche et réalise le croquis dans le cartouche.

Étape 2 Trace les traits de la légende et ajoute la légende.

Étape 3 Donne un titre au croquis et souligne-le.

SOLUTION

Un croquis est une représentation simplifiée de ce que l'on voit : seuls les éléments les plus importants sont figurés. Le croquis doit être ressemblant et les proportions respectées.

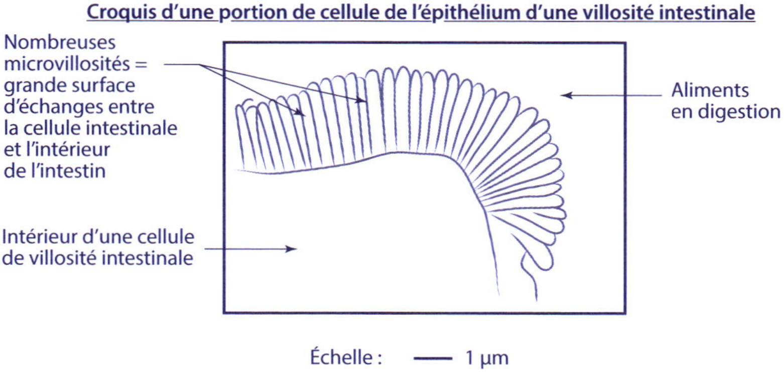

MÉMO VISUEL

La digestion assure l'apport en nutriments dans le sang

LES ALIMENTS SONT TRANSFORMÉS EN NUTRIMENTS DANS LE TUBE DIGESTIF

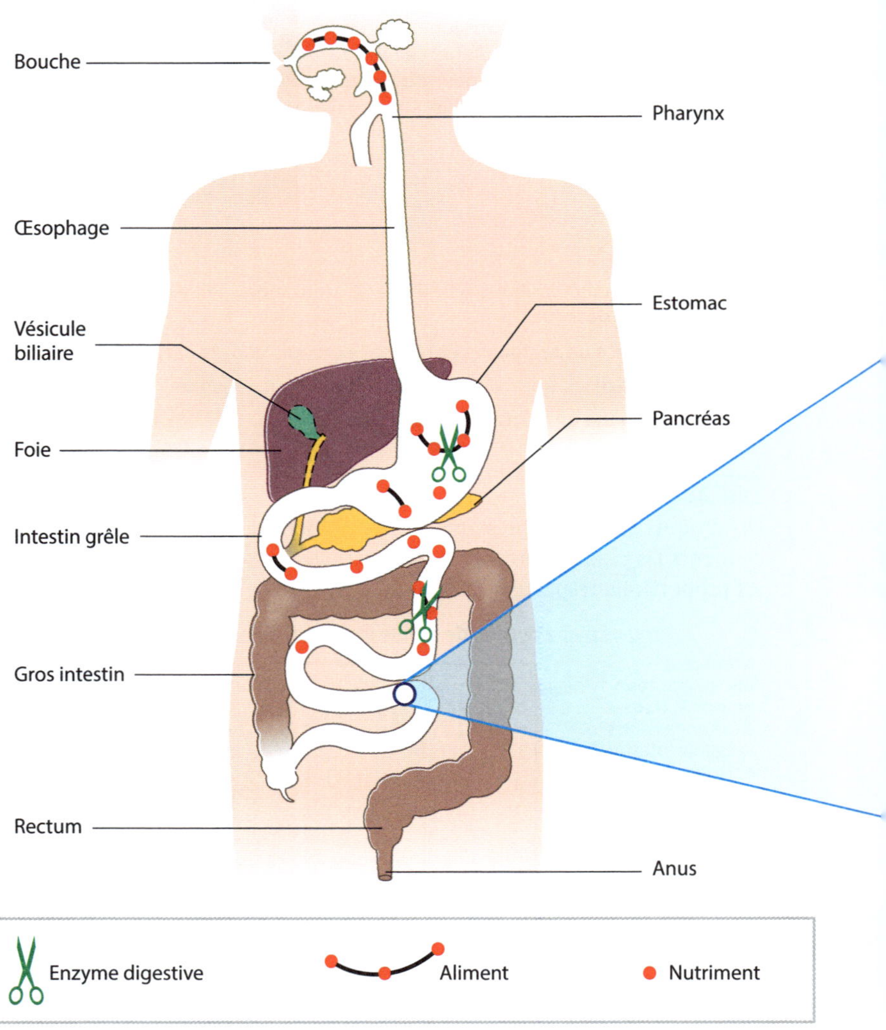

LES NUTRIMENTS PASSENT DANS LE SANG AU NIVEAU DES VILLOSITÉS DE L'INTESTIN GRÊLE

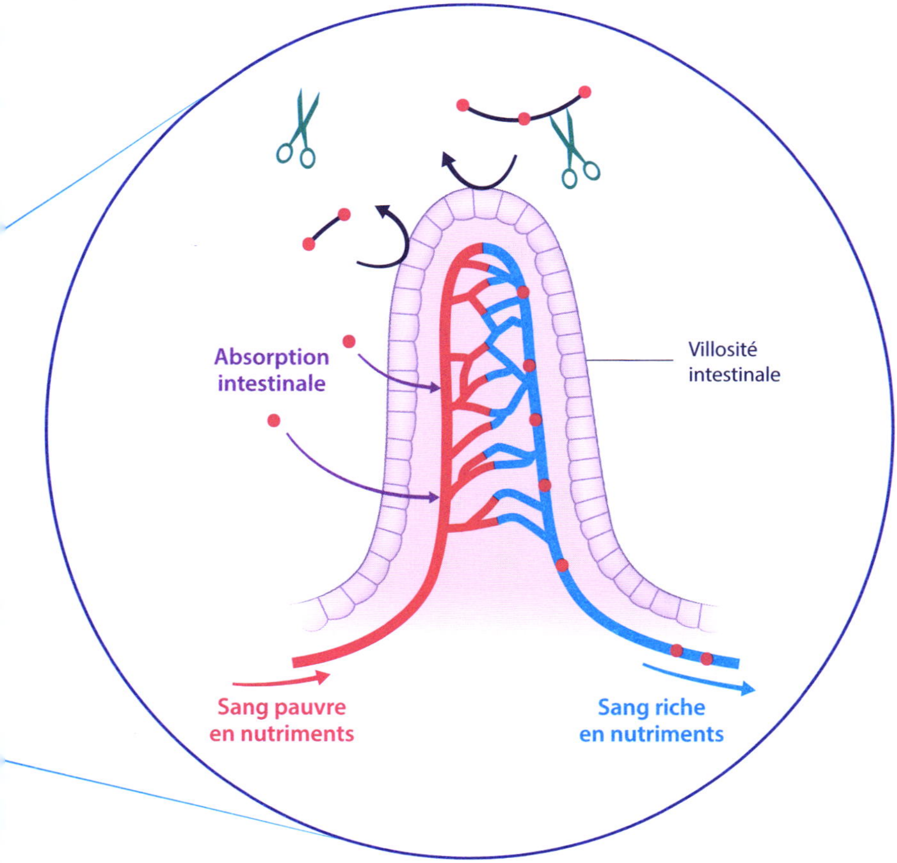

SE TESTER QUIZ

Vérifie que tu as compris les points clés

1 L'appareil digestif humain

→ FICHE 20

1) Les organes du tube digestif traversés par les aliments sont, dans l'ordre :

☐ **a.** la bouche, l'œsophage, l'intestin grêle, l'estomac, le gros intestin

☐ **b.** la bouche, l'œsophage, l'estomac, l'intestin grêle, le gros intestin

☐ **c.** la bouche, l'œsophage, l'estomac, le gros intestin

☐ **d.** la bouche, la trachée, l'estomac, l'intestin grêle, le gros intestin

2) L'appareil digestif comprend :

☐ **a.** la bouche
☐ **b.** le foie
☐ **c.** les glandes salivaires
☐ **d.** l'estomac

.../2

2 La digestion des aliments

→ FICHE 20

1) La digestion consiste en :

☐ **a.** une transformation des nutriments en aliments

☐ **b.** une transformation des aliments en nutriments

☐ **c.** une action chimique

☐ **d.** une action mécanique

2) La digestion est due essentiellement :

☐ **a.** aux hormones digestives
☐ **b.** à la mastication
☐ **c.** aux enzymes digestives
☐ **d.** à l'amidon

.../2

3 Les sucs digestifs

→ FICHE 20

Les organes qui produisent des sucs digestifs sont :

☐ **a.** la vésicule biliaire
☐ **b.** le foie
☐ **c.** le pancréas
☐ **d.** la langue
☐ **e.** les glandes salivaires
☐ **f.** l'intestin grêle
☐ **g.** le gros intestin
☐ **h.** l'estomac

.../1

4 L'action des enzymes digestives

→ FICHE 20

Les enzymes digestives agissent :

☐ **a.** déjà dans la bouche

☐ **b.** dans l'intestin grêle uniquement

☐ **c.** dans le foie

☐ **d.** dans tout le tube digestif

…/1

5 Définition de l'absorption intestinale

→ FICHE 21

L'absorption intestinale est le passage :

☐ **a.** des aliments du tube digestif dans le sang

☐ **b.** des aliments du tube digestif dans les organes

☐ **c.** des nutriments du tube digestif dans le sang

☐ **d.** des nutriments du tube digestif dans les organes

…/1

6 Déroulement de l'absorption intestinale

→ FICHE 21

1 L'absorption intestinale se fait essentiellement au niveau :

☐ **a.** des villosités placentaires

☐ **b.** des villosités intestinales

☐ **c.** des villosités gastriques

☐ **d.** de la muqueuse buccale

2 L'absorption intestinale est facilitée par :

☐ **a.** la finesse de la paroi de l'intestin grêle

☐ **b.** la forte épaisseur de la paroi de l'intestin grêle

☐ **c.** le nombre important de villosités

☐ **d.** la présence de la flore intestinale

☐ **e.** le contact direct des nutriments avec le sang

…/2

ON FAIT LE BILAN !

score total …/9

- Des erreurs ? Entraîne-toi ! → **LES EXOS** P. 154
- Zéro faute ? Bravo ! → **OBJECTIF BREVET** P. 158

LES EXOS

Entraîne-toi !

7 Déceler une erreur dans une démarche d'investigation

→ FICHE 20

Pour répondre au problème : « Comment expliquer la digestion de la viande en nutriments dans l'estomac ? », on pose l'hypothèse : « Un morceau de viande est transformé en nutriments par les enzymes digestives. »

Pour répondre à cette hypothèse, un élève propose l'expérience suivante :

« On prend 2 tubes à essais. On met un morceau de viande de 5 g et 2 ml d'eau distillée dans le premier tube. On place 5 g de viande hachée et 2 ml de suc gastrique dans le deuxième tube. Les deux tubes sont conservés à 37 °C pendant 12 heures. »

Cette démarche comporte une erreur…

Afin de déceler quelle étape de la démarche d'investigation est fausse, on se propose de compléter le tableau suivant en indiquant l'erreur commise par l'élève et ce qu'il aurait dû faire.

	Manipulation		Ce que l'élève aurait dû faire (en cas de manipulation incorrecte)
	Correcte	Incorrecte	
Prendre 2 tubes			
Placer la même quantité (2 ml) de liquide dans les 2 tubes			
Placer la même masse (5 g) de viande dans les 2 tubes			
Placer un morceau de viande de 5 g dans le 1er tube			
Placer 5 g de viande hachée dans le 2e tube			
Verser 2 ml d'eau distillée dans le 1er tube			
Verser 2 ml de suc gastrique dans le 2e tube			
Placer les 2 tubes à 37 °C pendant 12 heures			

8 Réaliser un croquis d'observation

→ FICHES 19 et 21

L'intestin grêle est caractérisé par des **replis** internes de sa paroi. Ces replis sont eux-mêmes recouverts de nombreuses **villosités intestinales**, à l'intérieur desquelles on peut observer de nombreux **capillaires sanguins**. Le pourtour de l'intestin grêle est composé de **muscles circulaires**, qui, en se contractant, favorisent le trajet des aliments dans le tube digestif.

Document **Photographie d'une coupe transversale d'intestin grêle observée au microscope (× 30)**

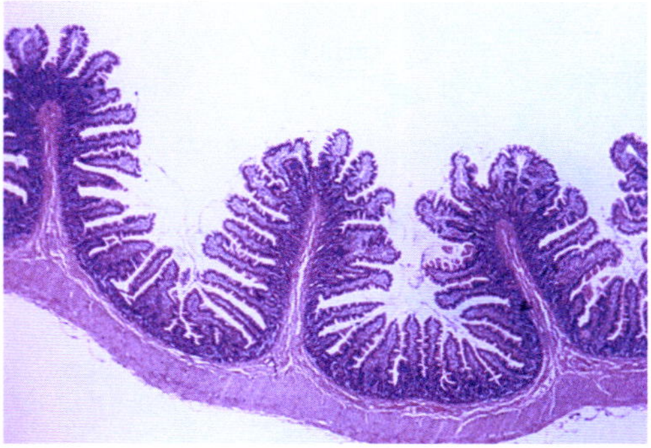

1) Indiquer le type de microscope utilisé pour obtenir la photographie.

2) Réaliser le croquis d'observation de la photographie.

3) Légender le croquis.

4) Donner un titre au croquis.

5) À partir du croquis, donner des arguments qui montrent que l'intestin grêle est pourvu d'une grande surface d'échanges entre l'intérieur de l'intestin et les capillaires sanguins.

DÉMARRONS ENSEMBLE

1) Observe le **grossissement**, et déduis-en le type de microscope utilisé. → ANNEXE 8
2) Trace un cartouche à la règle, et dessine dans le cartouche.
3) Utilise les **mots en gras** dans le texte.
4) Pour rédiger le titre, précise « ce qui est observé » et « le moyen d'observation ».
5) Indique tous les éléments de l'intestin grêle qui permettent d'**augmenter la surface** interne de cet organe.

9 Étudier la transformation du lactose le long du tube digestif

→ FICHE 15

Certains individus ne peuvent pas consommer de lait car cet aliment est riche en lactose. En effet, leur organisme montre une déficience en lactase (enzyme normalement présente dans le tube digestif).

Document 1 Transformation du lactose par la lactase

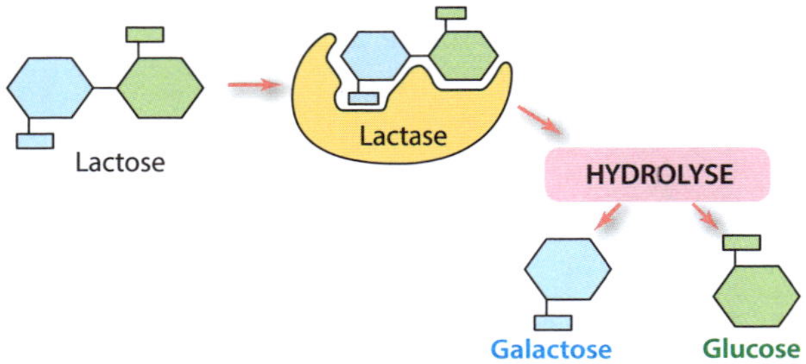

Le document 2 permet de suivre l'évolution du taux de lactose chez deux individus :
- chez l'individu A, la lactase est présente dans le tube digestif ;
- chez l'individu B, la lactase est absente.

Document 2 Taux de lactose dans différentes parties du tube digestif

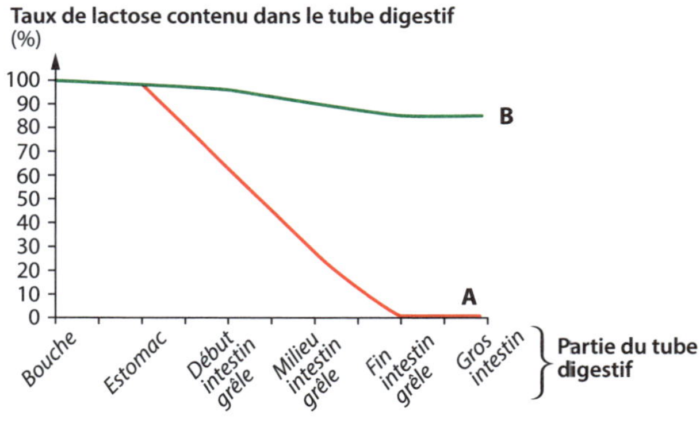

1) À partir du document 2, décrire l'évolution du taux de lactose le long du tube digestif de l'individu A. Même question pour l'individu B.

2) À partir des réponses précédentes, indiquer l'action de la lactase.

3) À partir du document 1 et des connaissances acquises sur la digestion, expliquer en quoi est transformé le lactose dans le tube digestif, et ce qu'il devient dans l'organisme.

DÉMARRONS ENSEMBLE

➜ Découpe la courbe A en **trois phases**, puis analyse chaque phase.

➜ Utilise des expressions comme « augmente/augmentation », « diminue/diminution » ou « stagne/reste constante ».

10 Le devenir des nutriments dans l'intestin grêle

En cas de difficulté pour alimenter un être humain (chirurgie, coma...), ses organes peuvent être nourris par une perfusion (injection directe dans le sang) de nutriments solubles dans l'eau. Mais dans les situations normales, les êtres vivants sont nourris par le produit de la digestion des aliments. Pour 2 600 g d'aliments absorbés (dont 2 000 g d'eau), un être humain ne rejette que 150 g d'excréments (dont 110 g d'eau).

Document La muqueuse intestinale

Photographie de villosités de la muqueuse intestinale et son réseau de capillaires sanguins observés au microscope optique.

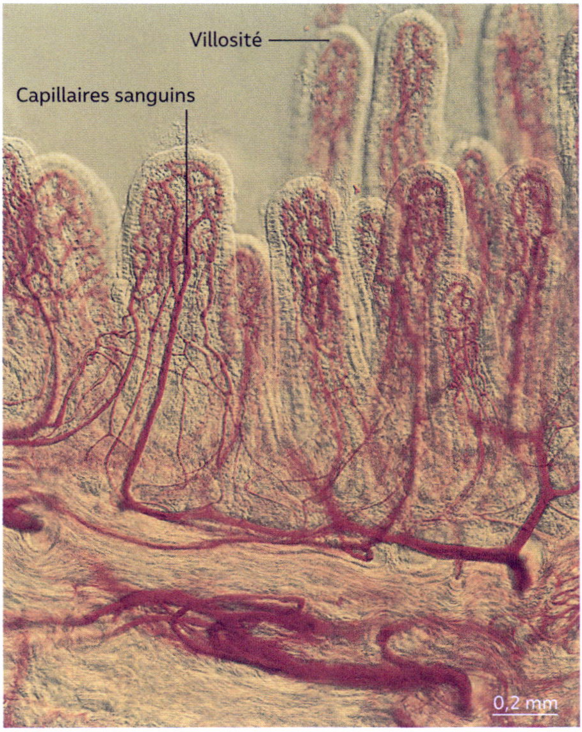

1) Calculer, en grammes, la quantité manquante entre les aliments ingérés et les rejets.

2) Calculer la quantité « sèche » manquante.

3) À partir du document et des connaissances acquises sur la digestion, expliquer où et comment a « disparu » la quantité manquante.

DÉMARRONS ENSEMBLE

1) Calcule la **différence** (soustraction) entre la quantité absorbée et la quantité rejetée.

2) Suis le même raisonnement qu'à la question précédente, mais cette fois **retire la quantité d'eau** présente dans les aliments et les excréments avant de faire ton calcul.

3) Rappelle-toi que la muqueuse de l'intestin grêle contient de très nombreux capillaires sanguins. Utilise aussi la **photographie** pour rédiger ta réponse.

OBJECTIF BREVET

Lance-toi dans des sujets !

11 Comprendre les causes de l'intolérance au lait

20 min

Document 1 Le lactose dans le lait

Le lait contient un glucide : le lactose. Ce glucide est formé de deux molécules de sucres simples : le galactose et le glucose. La digestion chimique du lactose est assurée par une enzyme de l'intestin grêle : la lactase. Chez certaines personnes, la lactase intestinale, présente à la naissance, est par la suite produite en quantité insuffisante. Dans de tels cas, la personne ne « tolère » plus le lait et présente des troubles intestinaux.

D'une part, le lactose non digéré empêche l'absorption d'eau au niveau de l'intestin grêle et du gros intestin. Il se produit alors des diarrhées. D'autre part, la dégradation du lactose par des bactéries de la flore intestinale produit de grandes quantités de gaz et provoque des crampes douloureuses.

Document 2 Schéma simplifié du lactose

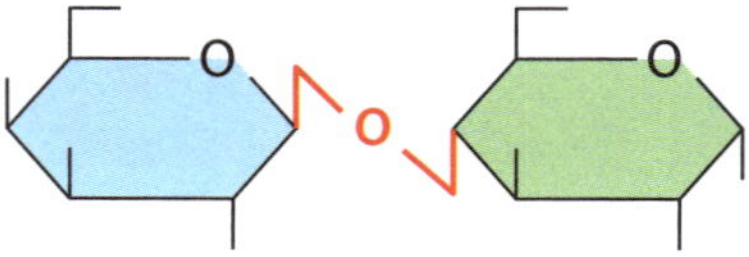

1) À partir des informations fournies, indiquer dans quelle partie du tube digestif est digéré le lactose, ainsi que le nom de l'enzyme impliquée.

2) Schématiser la réaction chimique de la digestion du lactose.

3) Préciser le devenir des molécules résultant de la digestion.

4) Expliquer les troubles intestinaux chez des personnes souffrant de l'absence de l'enzyme digérant le lactose.

5) Proposer une solution afin d'éviter ces troubles.

DÉMARRONS ENSEMBLE

1) Cherche les informations dans le texte du document 1.

2) Dessine le lactose **en prenant modèle sur le document 2**, puis dessine l'équation-bilan de la réaction chimique.

3) Mobilise tes connaissances. → FICHE 21

4) Tout est écrit dans le texte du document 1.

5) Pense à la **cause du trouble** : propose un moyen d'y remédier.

12 Étudier la transformation de l'amidon du pain dans la bouche

40 min → FICHE 20

Lorsqu'un morceau de pain est mâché suffisamment longtemps, il prend progressivement, au contact de la salive, une saveur sucrée qu'il n'avait pas dans un premier temps.

1) À partir du texte, formuler l'observation scientifique faite.

2) Proposer un problème posé par ce constat.

3) Indiquer une hypothèse permettant d'expliquer ce problème.

4) Pour tester l'hypothèse, on réalise les expériences présentées dans le document de la page suivante.
Schématiser les expériences réalisées, en précisant quelle est l'expérience témoin et quelle est l'expérience test.

5) Indiquer le seul facteur différent entre les deux expériences.

6) Présenter les résultats des deux expériences.

7) Interpréter les résultats.

8) Valider ou non l'hypothèse.

9) Conclure quant à la façon dont la salive fait apparaître la saveur sucrée.

Document Protocole et résultat des expériences

Pour chacun des deux tubes, on cherche la présence (ou l'absence) de substance sucrée et d'amidon, au début des expériences (à t_0) et au bout de 15 minutes (à $t_{0+15\ min}$).

Protocole	
Tube 1	Tube 2
À 37 °C, dans un tube 1, on verse : 5 ml d'empois d'amidon 5 ml d'eau	À 37 °C, dans un tube 2, on verse : 5 ml d'empois d'amidon 5 ml d'amylase salivaire (une enzyme contenue dans la salive)

	Résultats			
	Tube 1 (5 ml amidon + 5 ml eau)		Tube 2 (5 ml amidon + 5 ml enzyme)	
	Amidon	Saveur sucrée	Amidon	Saveur sucrée
t_0	+	–	+	–
$t_{0+15\ min}$	+	–	–	+

Légende : ⊕ présence ; ⊖ absence.

DÉMARRONS ENSEMBLE

1. Relève le **phénomène** dont on cherche l'explication.
2. Formule le problème sous la forme d'une **question** dont on cherche la réponse. Elle commence souvent par : « Comment expliquer… ».
3. L'hypothèse en SVT est une **réponse provisoire** au problème posé.
4. **Schématise** les tubes, les produits dans les tubes, et note les conditions des expériences.
9. **Exploite les résultats** de ta démarche scientifique pour expliquer l'apparition de la saveur sucrée.

CORRIGÉS

SE TESTER QUIZ

1 L'appareil digestif humain

1 Réponse b. Les organes du tube digestif traversés par les aliments sont, dans l'ordre, la bouche, l'œsophage, l'estomac, l'intestin grêle, le gros intestin.

> **RAPPEL**
> La trachée fait partie de l'appareil respiratoire et non de l'appareil digestif.

2 Réponses a, b, c et d. L'appareil digestif comprend à la fois le tube digestif, dont font partie la bouche et l'estomac, et les glandes digestives, dont font partie les glandes salivaires et le foie.

2 La digestion des aliments

1 Réponses b, c et d. La digestion consiste en la transformation chimique et mécanique (mastication) des aliments en nutriments.

2 Réponse c. La digestion est essentiellement due à l'action des enzymes digestives.

3 Les sucs digestifs

Réponses c, e, f et h. Les organes qui produisent des sucs digestifs sont les glandes salivaires, l'estomac, le pancréas et l'intestin grêle.
Remarque : la bile est un liquide digestif produit par le foie et stocké dans la vésicule biliaire. Elle participe à la digestion des graisses, mais comme elle ne contient pas d'enzymes digestives, elle n'est pas à proprement parler un suc digestif…

4 L'action des enzymes digestives

Réponses a et d. Les enzymes digestives agissent dans tout le tube digestif : leur action commence dans la bouche et se poursuit jusqu'au gros intestin.

5 Définition de l'absorption intestinale

Réponse c. L'absorption intestinale est le passage des nutriments dans le sang au niveau de l'intestin grêle.
L'affirmation **a** est fausse : les aliments ne peuvent pas pénétrer directement dans le sang. Seuls les nutriments sont suffisamment petits pour traverser la paroi du tube digestif.

6 Déroulement de l'absorption intestinale

1) Réponse b. L'absorption intestinale se fait essentiellement au niveau des villosités intestinales.

2) Réponses a, c et d. L'absorption intestinale est facilitée par la finesse de la paroi de l'intestin grêle, le nombre très important de villosités, qui permettent qu'il y ait une grande surface de contact entre les aliments digérés et le sang (contact indirect), et par la présence de la flore intestinale.

LES EXOS

7 Déceler une erreur dans une démarche d'investigation

Dans une démarche d'investigation, les deux expériences réalisées (le témoin et le test) doivent être identiques, excepté le facteur que l'on souhaite tester.

	Manipulation		Ce que l'élève aurait dû faire (en cas de manipulation incorrecte)
	Correcte	Incorrecte	
Prendre 2 tubes	×		
Placer la même quantité (2 ml) de liquide dans les 2 tubes	×		
Placer la même masse (5 g) de viande dans les 2 tubes	×		
Placer un morceau de viande de 5 g dans le 1er tube	×		
Placer 5 g de viande hachée dans le 2e tube		×	Placer un morceau de viande de 5 g dans le 2e tube
Verser 2 ml d'eau distillée dans le 1er tube	×		
Verser 2 ml de suc gastrique dans le 2e tube	×		
Placer les 2 tubes à 37 °C pendant 12 heures	×		

Remarque : l'important est que tous les facteurs soient identiques, sauf celui que l'on souhaite tester. Ainsi, on aurait également pu considérer que placer 5 g de viande hachée dans le 2e tube était une manipulation correcte, et que placer un morceau de viande de 5 g dans le 1er tube était une manipulation incorrecte.

8 Réaliser un croquis d'observation

1 La coupe d'intestin grêle est ici observée au microscope optique ou photonique.

2, 3 et 4

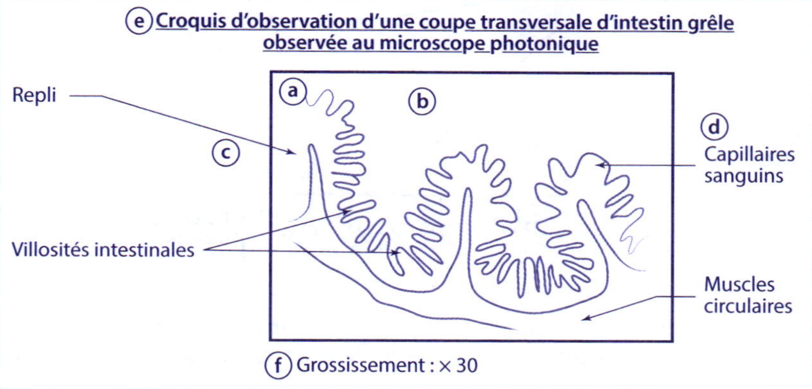

- Le cartouche est centré et tracé à la règle (a).
- Le croquis est ressemblant, les proportions entre les différents éléments de la coupe d'intestin grêle et l'espace qui les sépare sont respectés (b).
- Les flèches sont tracées à la règle, elles indiquent avec précision les différentes parties de l'intestin grêle à légender. Elles portent toutes une pointe correctement tracée (c).
- La légende est correctement disposée : à droite et à gauche du cartouche, aux extrémités des flèches (et pas dessus) (d).
Elle est écrite horizontalement, sans faute d'orthographe.
- Le titre est centré et souligné. Il comporte son sujet (ici, un croquis d'observation), ce qui est observé (une coupe d'intestin grêle) et le moyen d'observation (ici, un microscope photonique, ou optique) (e).
- Le grossissement est précisé (f).

À NOTER
Ici, le **grossissement** (× 30) était indiqué dans le titre de la photographie.

5 La surface interne de l'intestin grêle est importante car elle est augmentée par les replis internes ainsi que par les nombreuses villosités intestinales.

9 Étudier la transformation du lactose le long du tube digestif

1) 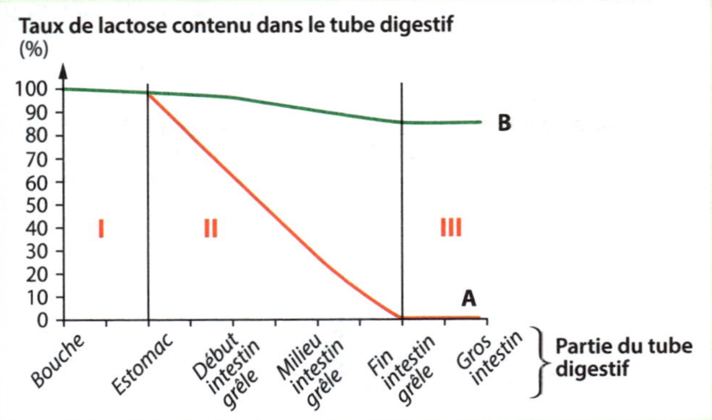

■ **Chez l'individu A :** on distingue trois parties dans le graphique.
– Partie I : le taux de lactose **diminue très lentement**, de 100 à 97 % (environ), de la bouche à l'estomac.
– Partie II : le taux de lactose **diminue fortement**, de 97 % à 0, de l'estomac à la fin de l'intestin grêle.
– Partie III : le taux **stagne** à 0 dans la dernière partie du tube digestif.

■ **Chez l'individu B :** on ne distingue qu'une seule évolution : le taux de lactose diminue très lentement, de 100 à 90 % environ à la fin du tube digestif.

2) L'individu A possède la lactase (expérience témoin), l'individu B n'en possède pas (expérience test). On en déduit que **la lactase « détruit » le lactose**.

3) Le document 1 montre que le lactose du lait est en fait transformé en **galactose** et **glucose**. Ces substances (nutriments) vont ensuite passer dans le sang au niveau de l'intestin grêle.

10 Le devenir des nutriments dans l'intestin grêle

1) On cherche à trouver la quantité manquante entre les aliments ingérés et les rejets : une personne absorbe 2 600 g d'aliments et ne rejette que 150 g des aliments consommés.
2 600 – 150 = **2 450 g d'aliments manquants**.

2) Sur les 2 600 g d'aliments consommés, il y a 2 000 g d'eau. On en déduit que les aliments consommés ne contiennent que :
2 600 – 2 000 = **600 g** de substances sèches.
On procède de la même manière pour les excréments ; sur les 150 g d'excréments, il y a 110 g d'eau, donc il ressort du tube digestif :
150 – 110 = **40 g** d'éléments secs.
Ainsi, pour connaître la quantité de substances sèches manquantes, on pose :
600 g de substances sèches ingérées – 40 g de substances sèches dans les excréments = **560 g de substances sèches manquantes**.

3) On sait que les nutriments issus de la digestion passent dans le sang des villosités intestinales au niveau de l'intestin grêle. Sur la photographie, on devine que ce passage est facilité car :
– les villosités intestinales sont richement irriguées par de très nombreux capillaires sanguins ;
– la paroi des villosités intestinales est très fine (on voit les capillaires sanguins à travers la paroi) ;
– la surface d'échanges (contact entre le sang et l'intérieur de l'intestin grêle) est très importante : nombreuses villosités intestinales, qui augmentent considérablement la surface de contact.

OBJECTIF BREVET

11 Comprendre les causes de l'intolérance au lait

1) Le lactose est digéré au niveau de l'intestin grêle, sous l'action d'une enzyme : la lactase.

2) La **digestion** chimique du lactose donne deux molécules très voisines : le glucose et le galactose.

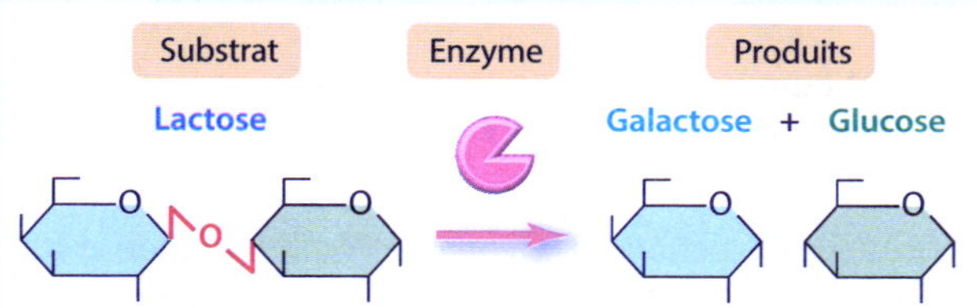

À NOTER
L'exemple de la **digestion** de l'amidon est donné dans la fiche 20.

3) Le glucose et le galactose passent dans le sang au niveau des villosités intestinales.

4) L'absence de lactase entraîne des troubles digestifs : diarrhées (le lactose empêche l'absorption d'eau au niveau de l'intestin) et crampes douloureuses (qui résultent de la dégradation du lactose par des bactéries de la flore intestinale).

5) Pour éviter les troubles, on pourrait ajouter dans l'alimentation l'enzyme absente (ou ne plus boire de lait avec lactose...).

12 Étudier la transformation de l'amidon du pain dans la bouche

1) Observation : l'amidon du pain se transforme en substance sucrée au contact de la salive de la bouche.

2) Problème : comment expliquer que la saveur de l'amidon du pain, initialement non sucrée, devienne progressivement sucrée ?

3) Hypothèse : la salive contient une substance capable de transformer l'amidon du pain, à la saveur non sucrée, en substance sucrée.

4) Schéma des expériences réalisées

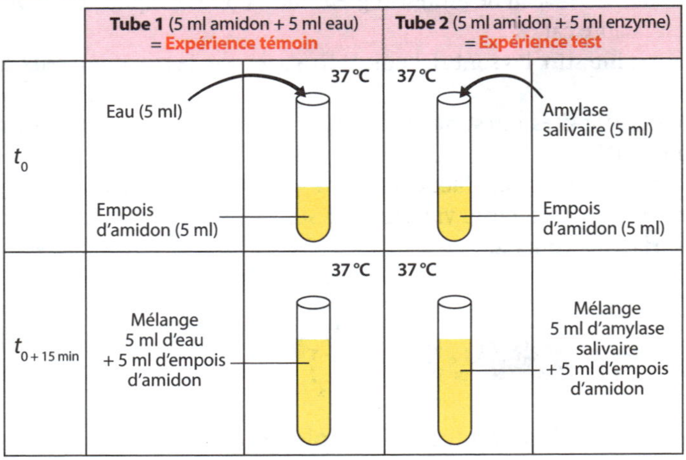

À NOTER

4) Afin que les deux expériences puissent être comparées, **schématise** les tubes à essai des deux expériences au même niveau, représente les liquides à la même hauteur dans les tubes si les quantités de liquide sont identiques, etc.

5) Le **seul facteur différent** entre les deux expériences est la présence de l'amylase salivaire dans le tube 2. Si on observe une différence dans les résultats c'est donc l'amylase salivaire qui en est responsable…

6) **Dans le tube 1 :** au début de l'expérience (t_0), on observe de l'amidon et la saveur sucrée est absente. Au bout de 15 minutes ($t_{0+15\ min}$), rien n'a changé : l'amidon est toujours présent et la saveur sucrée n'est pas apparue.
Dans le tube 2 : au début de l'expérience (t_0), on observe de l'amidon et la saveur sucrée est absente. Au bout de 15 minutes ($t_{0+15\ min}$), l'amidon a disparu et la saveur sucrée est apparue…

7) Le **seul facteur différent** entre les deux expériences étant l'amylase salivaire, on déduit que l'**amylase salivaire** est responsable de la disparition de l'amidon et de l'apparition de la saveur sucrée : l'amylase salivaire a transformé l'amidon en substance sucrée à 37 °C, en 15 minutes.

8) L'**hypothèse** est **validée**.

9) Au contact de l'amylase salivaire contenue dans la salive, et à la température de la bouche (37 °C), l'**amidon** contenu dans le pain est progressivement **transformé** (donc détruit) en substance sucrée (apparition de la saveur sucrée).

À NOTER

7) Dans une expérience test, le **seul facteur différent** est celui que l'on souhaite tester (température, substance, lumière, etc.). Ce facteur est forcément en rapport avec l'hypothèse testée.

À NOTER

8) Indique seulement si l'**hypothèse** est vérifiée ou non. La justification est donnée par le travail préalable.

7 La maîtrise de la reproduction

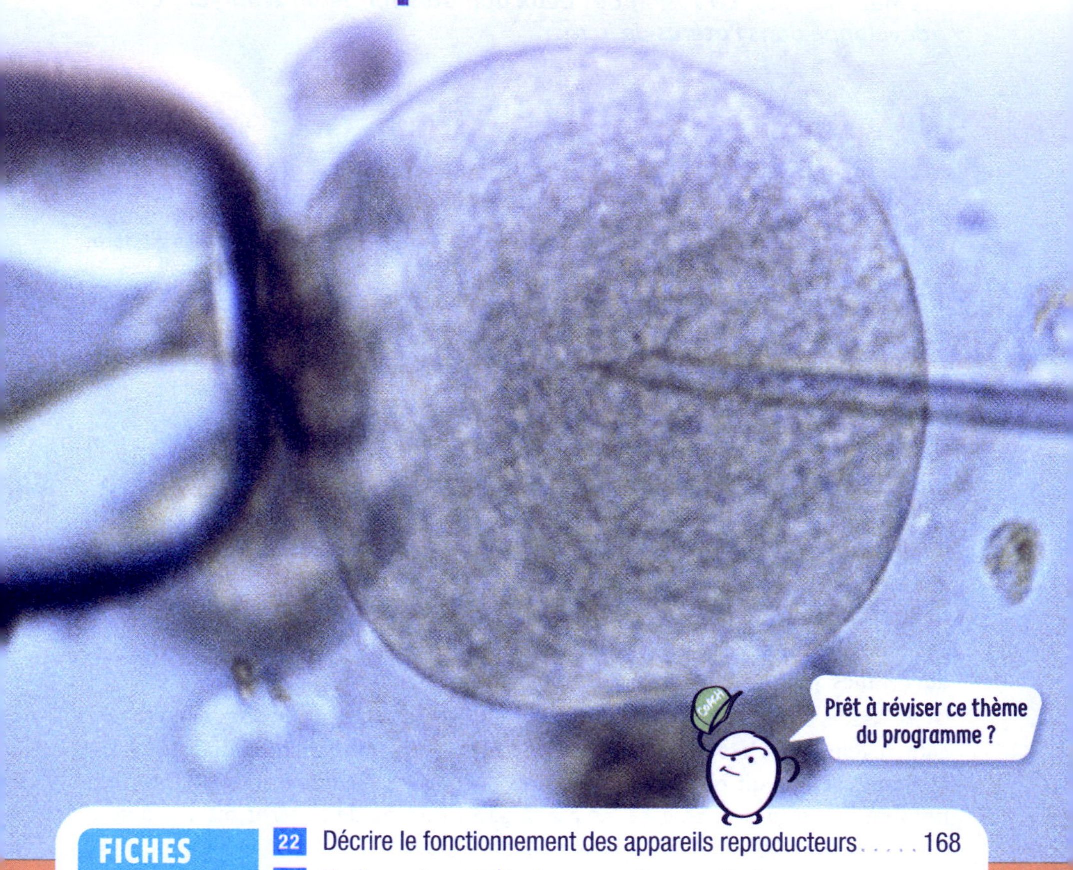

22 Décrire le fonctionnement des appareils reproducteurs

EN BREF ▸ *Les appareils reproducteurs humains permettent la production et la rencontre d'un gamète mâle (spermatozoïde) et d'un gamète femelle (ovule). La fusion des deux gamètes forme un embryon, qui se développe dans l'utérus de la mère.*

I L'appareil reproducteur humain

■ Les organes centraux de la reproduction sont les **gonades** (testicules chez l'homme et ovaires chez la femme) qui produisent les **gamètes**.

■ L'appareil reproducteur de la femme présente un utérus qui subit des transformations cycliques afin d'accueillir un éventuel embryon.

MOTS CLÉS
- **Gonades** : glandes produisant les gamètes.
- **Gamètes** : cellules reproductrices.

II La production des gamètes

■ Chez l'homme, les gamètes mâles sont les spermatozoïdes. Ils sont produits de manière continue de la puberté jusqu'à la fin de la vie. Ce sont des cellules mobiles, qui contiennent 23 chromosomes du père.

■ Chez la femme, les gamètes femelles sont les ovules. Ils sont produits de manière cyclique (un ovule tous les 28 jours) de la puberté jusqu'à la **ménopause**. Ce sont des cellules qui contiennent 23 chromosomes de la mère.

MOT CLÉ
Ménopause : période de la vie d'une femme correspondant à la fin de la période reproductive. Elle est marquée par l'arrêt des règles et de l'ovulation.

■ À l'issue d'une relation sexuelle, un gamète mâle peut fusionner avec un gamète femelle – c'est la fécondation –, et former un embryon humain à 46 chromosomes. Par multiplications cellulaires successives, l'embryon augmente son nombre de cellules et peut se fixer à la paroi interne de l'utérus où a lieu son développement intra-utérin durant environ 9 mois.

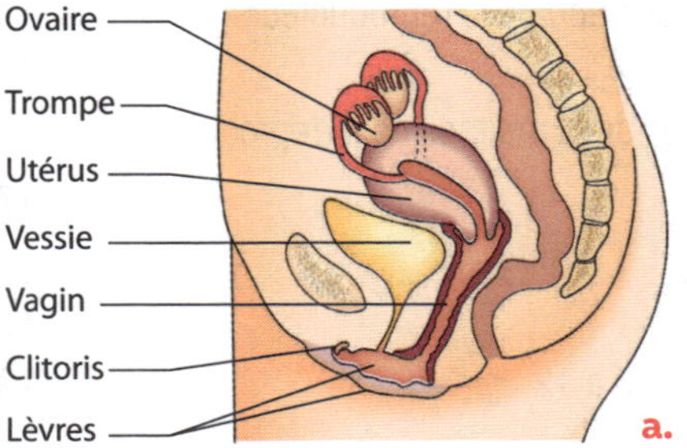

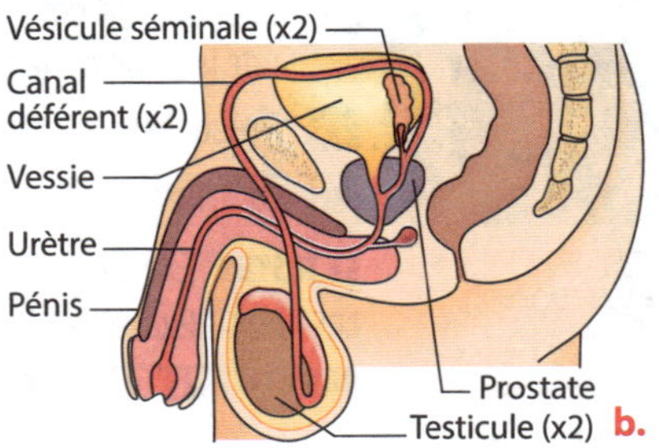

Doc Coupe de l'appareil reproducteur
a. De la femme ; b. De l'homme

Méthode

Interpréter des photographies afin d'expliquer un cas de trouble du développement sexuel chez l'homme

La cryptorchidie est l'absence d'un ou deux testicules dans les bourses. Cette anomalie résulte fréquemment d'une migration incomplète des testicules de l'abdomen vers les bourses lors du développement embryonnaire.

Cette anomalie risque de provoquer la stérilité de l'individu à sa puberté si elle n'est pas traitée à temps.

Doc Coupe de testicule (× 600)

a. Coupe de tubes séminifères d'un testicule mature (on distingue des spermatozoïdes en cours de formation). **b.** Coupe de tubes séminifères d'un testicule cryptorchide mature rappelant un testicule prépubertaire (absence de spermatozoïdes).

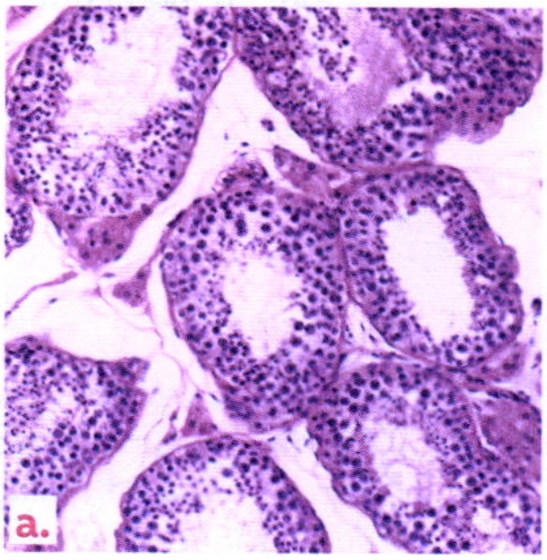

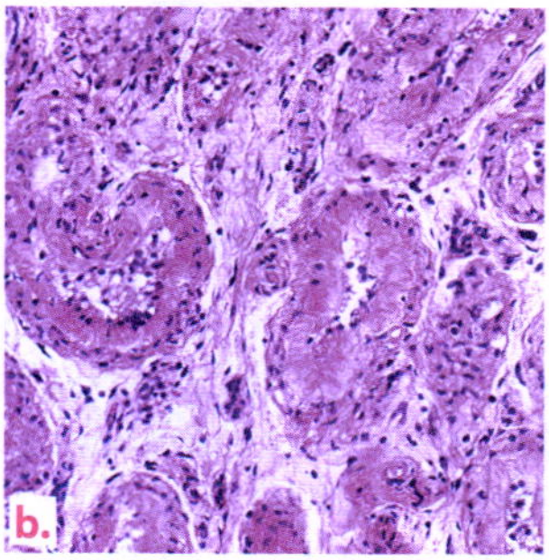

1 Décrire la coupe de tubes séminifères d'un testicule mature chez un homme cryptorchide (photo b) ou non (photo a).

2 En déduire la cause du risque de stérilité chez un homme cryptorchide.

CONSEILS

Observe les photographies, mais prends également le temps de bien lire la légende.

SOLUTION

1 Sur la photo a, on observe des tubes séminifères normaux, avec des spermatozoïdes dans la partie centrale. Chez l'individu cryptorchide (photo b), les tubes sont moins développés, et on n'observe pas les spermatozoïdes.

Chez l'individu cryptorchidique : on ne distingue pas de spermatozoïdes.

2 L'individu cryptorchide ne produit pas de spermatozoïdes (ou trop peu), il n'y aura donc pas de fécondation, et donc pas d'enfant (stérilité).

23 Expliquer le contrôle des appareils reproducteurs par les hormones

EN BREF ▸ *À la puberté, sous l'influence d'hormones fabriquées par des glandes situées dans le cerveau, les gonades commencent à fonctionner. Cela déclenche l'apparition des caractères sexuels, et, chez la femme, l'apparition du cycle sexuel.*

I Le déclenchement du développement des organes reproducteurs

À la puberté, des substances (**hormones**) fabriquées par des glandes situées dans le cerveau sont libérées dans le sang. Ces hormones déclenchent le développement des organes reproducteurs, puis leur fonctionnement.

MOT CLÉ
Hormone : substance fabriquée par un organe producteur, libérée dans le sang, et qui agit à distance sur le fonctionnement d'un organe cible.

II Le déclenchement de l'apparition des caractères sexuels

■ À la puberté, suite au développement des organes reproducteurs, les gonades libèrent à leur tour dans le sang des **hormones sexuelles** :
- la testostérone pour les garçons ;
- la progestérone et les œstrogènes pour les filles.

MOT CLÉ
Hormone sexuelle : substance fabriquée par les gonades, libérée dans le sang, et qui agit à distance sur le fonctionnement de plusieurs organes cibles.

■ Ces hormones sexuelles vont agir sur des organes cibles, et provoquer chez eux des transformations.

■ Ces transformations sont, par exemple :
- le développement de la poitrine des filles ;
- la croissance du larynx et l'allongement des cordes vocales, qui provoque la mue chez les garçons ;
- l'augmentation de la pilosité, pour les filles comme pour les garçons.

III Le contrôle du cycle sexuel chez la femme

■ Chez les filles, dès la puberté, les hormones sexuelles contrôlent le cycle de l'utérus et le déclenchement des **règles**.

■ Chez les filles, dès la puberté, des hormones du cerveau contrôlent l'ovulation.

MOT CLÉ
Règles : destruction de la partie la plus superficielle de la muqueuse utérine, qui se manifeste par des saignements à chaque début de cycle chez la femme.

Méthode

Rédiger une hypothèse et la tester pour déterminer l'origine de l'ovulation

On cherche à savoir de quelle manière l'hypophyse (glande présente dans le cerveau) agit sur le déclenchement de l'ovulation. Pour cela, on compare les quantités de deux hormones, la LH et la FSH, présentes dans le sang de deux souris femelles dont l'une a subi l'ablation (retrait) de l'hypophyse. Les résultats sont présentés dans le tableau ci-dessous.

	Taux de LH (unité arbitraire)	Taux de FSH (unité arbitraire)	Résultats
Sans ablation de l'hypophyse	3,5	3,8	Ovulation
Avec ablation de l'hypophyse	0,1	0,2	Pas d'ovulation

1) Relever dans le tableau comment varie le taux des deux hormones hypophysaires après l'ablation de l'hypophyse.

2) Proposer une hypothèse pour expliquer la survenue de l'ovulation.

3) Indiquer si l'ablation correspond au témoin ou au test qui permettrait de tester l'hypothèse.

4) Rédiger une analyse rigoureuse des résultats afin de déterminer ce qui est à l'origine de l'ovulation chez la souris.

CONSEIL

4) Rappelle-toi que dans une expérience test, le seul facteur différent est celui que l'on souhaite tester (température, substance, lumière, etc.). Ce facteur est forcément en rapport avec l'hypothèse testée.

SOLUTION

1) Après l'ablation de l'hypophyse, les taux de LH et de FSH chutent et deviennent quasi nuls.

2) Hypothèse : la survenue de l'ovulation est due à la présence des hormones hypophysaires.

3) L'ablation correspond au test qui permettrait de vérifier l'hypothèse.

4) Le seul facteur différent entre ces deux souris est que l'une n'a plus d'hypophyse (test) : elle ne produit plus d'hormones hypophysaires et n'a plus d'ovulation. Chez une souris (témoin) qui produit toujours ces hormones, on constate l'apparition de l'ovulation : c'est la présence des hormones hypophysaires qui est à l'origine de l'ovulation.

24 Présenter les principes de la maîtrise de la reproduction

EN BREF ▸ *La médecine permet de maîtriser la reproduction : elle aide les couples stériles à avoir un enfant, et aussi ceux qui n'en désirent pas à ne pas en avoir.*

I Aider un couple à avoir un enfant

■ Un couple est atteint de **stérilité** lorsqu'il souhaite avoir un enfant mais n'y parvient pas.

■ Les causes de **stérilité** sont diverses et touchent les femmes (problèmes liés aux ovaires et à l'ovulation, problèmes liés aux trompes ou à la muqueuse utérine, anomalies hormonales…) et les hommes (anomalies des spermatozoïdes ou des testicules, anomalies hormonales…).

■ Suite à un bilan clinique, un médecin peut prescrire un traitement hormonal ou une des techniques de la **procréation médicalement assistée** (**PMA**) :
- l'insémination artificielle ;
- l'injection intracytoplasmique d'un spermatozoïde dans un ovule ;
- la fécondation *in vitro* (FIV) et transfert d'embryons (FIVETE).

MOT CLÉ
Stérilité : incapacité de concevoir naturellement un enfant sain ou de le porter jusqu'au terme de la grossesse.

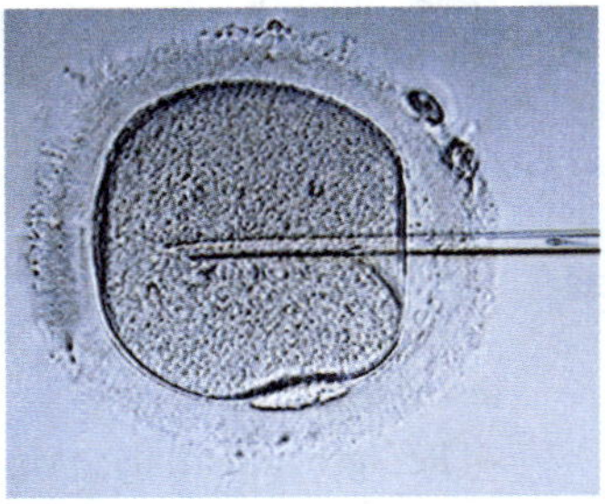

Doc **Injection intracytoplasmique de spermatozoïde (ICSI) dans un ovule**

II Aider un couple à ne pas avoir d'enfant

■ Lorsqu'un couple ne souhaite pas avoir d'enfant, il dispose de **moyens de contraception** : la pilule, le préservatif (utile aussi pour la prévention des infections sexuellement transmissibles), le diaphragme, le stérilet…

MOT CLÉ
Moyen de contraception : moyen visant à empêcher qu'un rapport sexuel entraîne une grossesse.

■ Une femme peut également utiliser la **contraception « d'urgence »** en cas d'absence de contraception (pilule du lendemain…). Et si toutefois la grossesse persiste, les femmes peuvent faire pratiquer une **interruption volontaire de grossesse** (**IVG**) jusqu'à la 12e semaine de grossesse.

■ En tout état de cause, les pratiques liées à la maîtrise de la reproduction reposent sur des **comportements responsables** et le **respect de l'autre**.

Méthode

Choisir une méthode de procréation médicalement assistée

Leïla et Elouan souhaitent avoir un enfant, mais n'y parviennent pas. Un médecin leur prescrit des examens afin de trouver l'origine de leur stérilité. Un des examens révèle que le sperme d'Elouan n'est pas fécondant.

Doc Examen microscopique du sperme d'Elouan

Un échantillon de sperme est observé au microscope, et un croquis d'observation est réalisé.

Conclusion : nombre insuffisant de spermatozoïdes et nombreux spermatozoïdes anormaux.

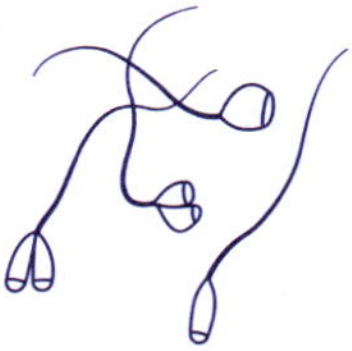

Proposer, en justifiant le choix, la ou les méthodes de procréation médicalement assistée (PMA) adaptées au problème de ce couple.

CONSEILS

Étape 1 Fais la liste des étapes d'une procréation normale.

Étape 2 Trouve l'étape qui ne se réalise pas normalement pour ce couple.

Étape 3 Déduis-en la ou les méthodes de PMA adaptées à leur situation.
→ ANNEXE 6

SOLUTION

Étape 1 Les étapes d'une procréation normale sont : 1. le rapprochement puis la rencontre de l'ovule et des spermatozoïdes ; 2. la fécondation (pénétration d'un spermatozoïde dans l'ovule) ; 3. la formation d'un embryon ; 4. l'implantation de l'embryon dans la muqueuse utérine.

Étape 2 L'examen microscopique du sperme d'Elouan montre qu'il y a un nombre insuffisant de spermatozoïdes, et que de nombreux spermatozoïdes sont anormaux (ils ont deux têtes). Ces spermatozoïdes ne peuvent pas féconder l'ovule. C'est donc l'étape 2 qui ne se produit pas.

Étape 3 C'est la fécondation qui pose problème ici. On ne peut donc pas utiliser la fécondation *in vitro* classique. Deux méthodes de PMA sont possibles.

Méthode 1 : une insémination artificielle (avec les spermatozoïdes normaux d'Elouan sélectionnés sous microscope ou avec ceux d'un donneur).

Méthode 2 : sélectionner sous microscope un spermatozoïde normal d'Elouan, prélever un ovule dans un des ovaires de Leïla, et réaliser une injection intracytoplasmique du spermatozoïde dans l'ovule (ISCI). Après culture, l'embryon obtenu sera transféré dans la cavité utérine de Leïla.

MÉMO VISUEL

Les appareils reproducteurs humains

♀ CHEZ LA FEMME	CHEZ L'HOMME ♂

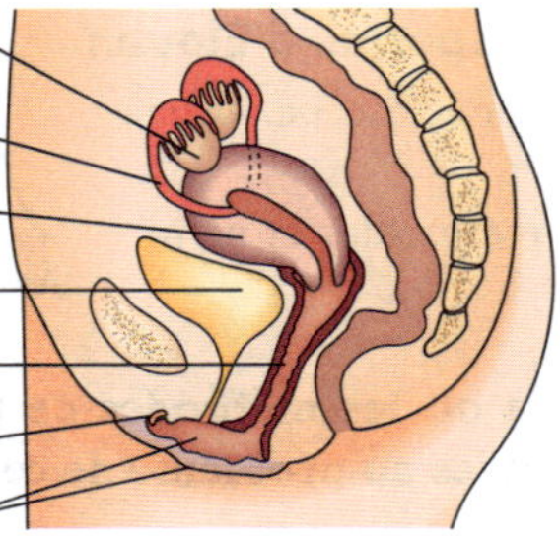

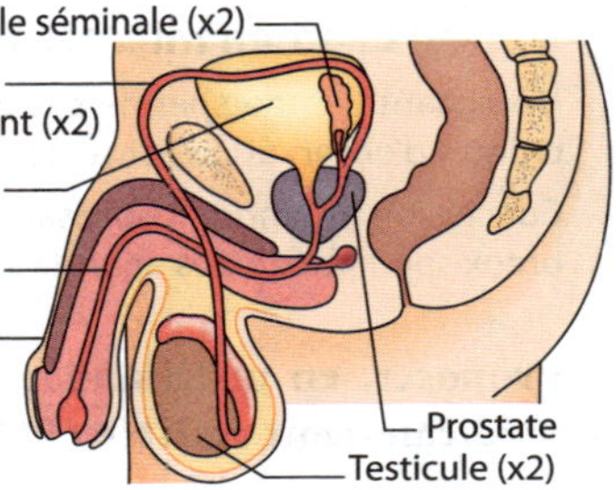

LES GONADES

♀ Les **ovaires**

Les **testicules** ♂

LA PUBERTÉ

Développement des organes reproducteurs sous l'influence d'hormones produites par des glandes situées dans le cerveau

LES GAMÈTES

♀ Les **ovules**

23 chromosomes par ovule

Un ovule
par cycle de 28 jours

Les **spermatozoïdes** ♂

23 chromosomes par spermatozoïde

Des millions de spermatozoïdes
par heure

LES HORMONES PRODUITES PAR LES GONADES

♀ La **progestérone** et les **œstrogènes**

La **testostérone** ♂

LE FONCTIONNEMENT DE L'APPAREIL REPRODUCTEUR

♀ **Cyclique**,
de la puberté à la ménopause

Continu,
de la puberté à la fin de la vie ♂

LES MOYENS DE CONTRACEPTION

♀ La pilule, le stérilet, le diaphragme, etc.

Le préservatif ♂

La maîtrise de la natalité

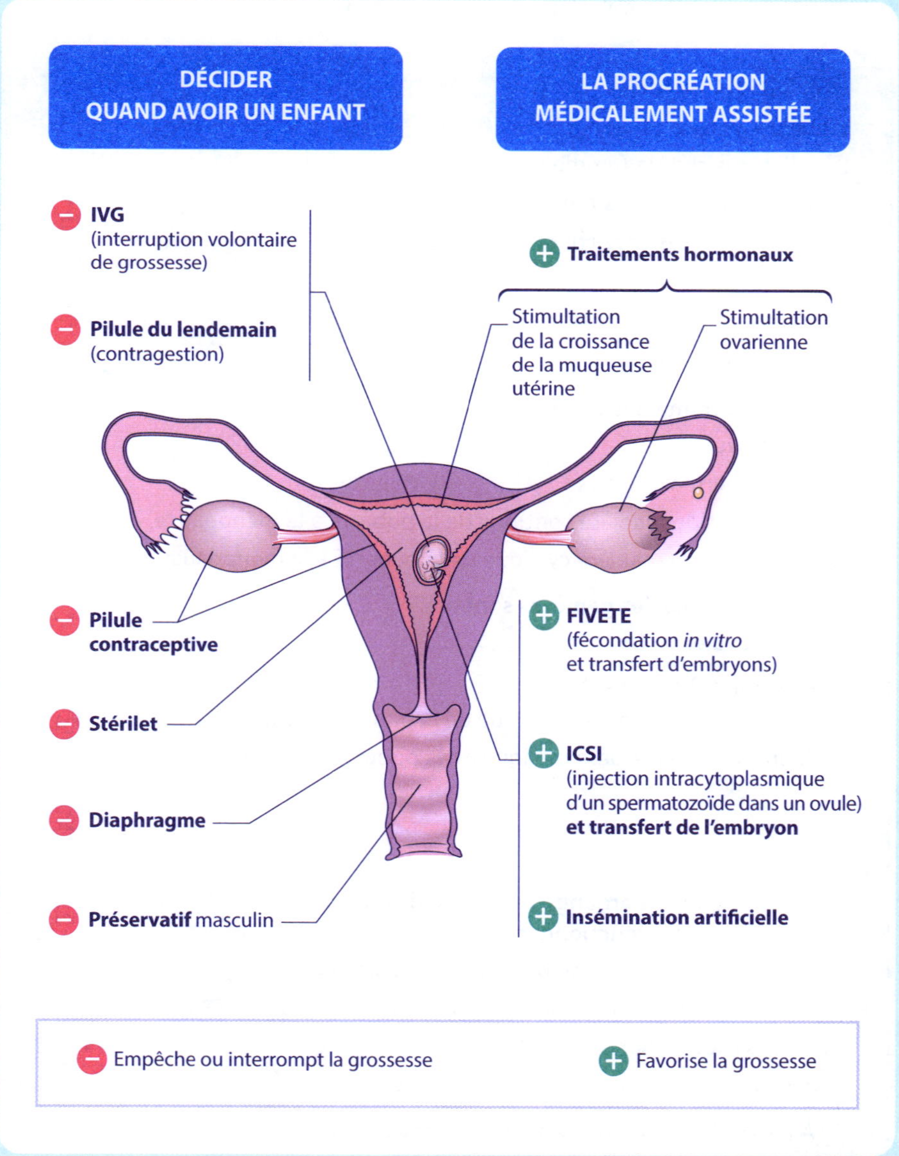

SE TESTER QUIZ

Vérifie que tu as compris les points clés

1 Les gonades

→ FICHE 22

Les gonades sont :

☐ **a.** l'utérus chez la femme

☐ **b.** les ovaires chez la femme

☐ **c.** les testicules chez l'homme

☐ **d.** la prostate chez l'homme

.../1

2 Les gamètes

→ FICHE 22

1) Chez la femme, les gamètes sont :

☐ **a.** des ovules

☐ **b.** des spermatozoïdes

☐ **c.** produits de manière continue de la puberté à la ménopause

☐ **d.** produits de manière cyclique de la puberté à la ménopause

2) Chez l'homme, les gamètes sont :

☐ **a.** des ovules

☐ **b.** des spermatozoïdes

☐ **c.** produits de manière continue de la puberté à la fin de sa vie

☐ **d.** produits de manière cyclique de la puberté à la fin de sa vie

.../2

3 La puberté

→ FICHE 23

1) À la puberté, les organes sexuels se développent et commencent à fonctionner :

☐ **a.** sous l'action nerveuse d'une partie du cerveau

☐ **b.** sous l'action hormonale d'une partie du cerveau

☐ **c.** sous l'action hormonale des gonades

☐ **d.** sous l'action hormonale des gamètes

2) À partir de la puberté, les ovaires produisent :

☐ **a.** de la testostérone et de la progestérone

☐ **b.** de la progestérone et des œstrogènes

.../2

4 La procréation médicalement assistée

→ FICHE 24

1) La stérilité :

☐ **a.** est définie comme l'impossibilité pour un couple d'avoir un enfant

☐ **b.** est définie comme la possibilité pour un couple d'avoir un enfant

☐ **c.** peut aussi bien toucher les hommes que les femmes

☐ **d.** est toujours liée à la pauvreté du sperme en spermatozoïdes

2) Une obstruction des trompes peut être contournée par :

☐ **a.** l'insémination artificielle

☐ **b.** la stimulation ovarienne

☐ **c.** la FIVETE ou l'ICSI (*Intra Cytoplasmic Sperm Injection*)

.../2

5 La contraception

→ FICHE 24

Le préservatif masculin :

☐ **a.** peut être utilisé en combinaison avec la pilule contraceptive

☐ **b.** est plus efficace si on en utilise deux l'un par-dessus l'autre

☐ **c.** est inutile pour se protéger des IST si la femme utilise le diaphragme

☐ **d.** est également utile pour se protéger des IST

.../1

6 Une grossesse non désirée

→ FICHE 24

Lorsqu'une grossesse non désirée a débuté, la femme peut :

☐ **a.** utiliser la pilule du lendemain

☐ **b.** pratiquer une interruption volontaire de grossesse

☐ **c.** utiliser la pilule contraceptive

.../1

ON FAIT LE BILAN !

score total .../9

- Des erreurs ? Entraîne-toi ! → **LES EXOS** P. 178
- Zéro faute ? Bravo ! → **OBJECTIF BREVET** P. 182

LES EXOS

Entraîne-toi !

7 Diagnostiquer une stérilité féminine par hystérographie

→ FICHE 22

L'hystérographie consiste à injecter dans l'utérus de la femme une substance opaque aux rayons X. Ce produit gagne de proche en proche toutes les cavités de l'appareil génital féminin. Cette technique ne permet pas de visualiser les ovaires.

Document 1 Hystérographie de Mme A

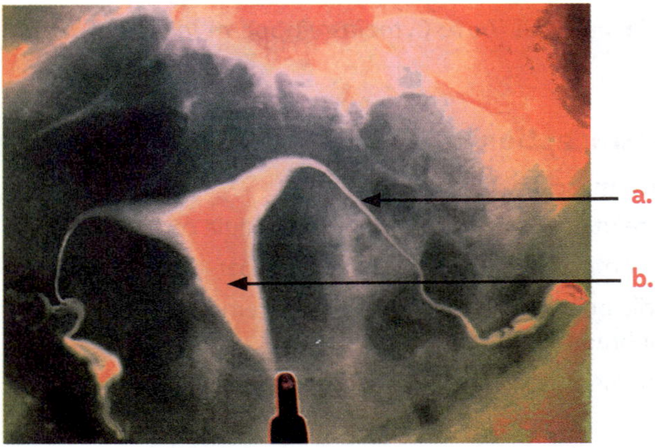

Document 2 Hystérographie de Mme B, souffrant d'infertilité

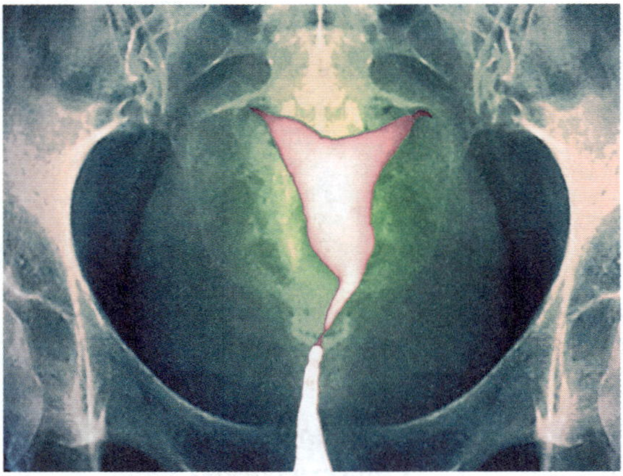

1 Nommer les organes de l'appareil génital féminin visibles en a et en b sur le document 1.

2 Comparer les hystérographies de Mme A et de Mme B. Indiquer les organes qui ne sont pas visibles sur le document 2.

3 L'absence de ces organes est une anomalie. Proposer une hypothèse sur la conséquence que cette anomalie pourrait avoir sur la fécondité de Mme B.

DÉMARRONS ENSEMBLE

1 Regarde un schéma de l'appareil génital féminin pour repérer plus facilement les éléments du document 1. → FICHE 22

2 Cherche sur le document 2 les organes repérés sur le document 1.

3 Trouve l'étape de la fécondation qui ne peut pas avoir lieu en raison de cette anomalie.

8 Réaliser le croquis d'une ovulation

→ FICHE 21

L'ovulation est l'expulsion d'un **ovule** par un **ovaire**. Cet événement est extrêmement bref.

Document **Photographie d'ovulation (× 3)**

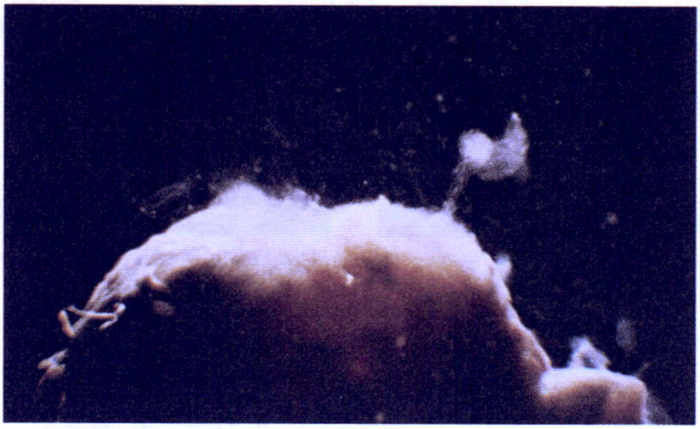

1 Réaliser un croquis de la photographie.

2 Légender le croquis avec les mots en gras.

3 Donner un titre correct et souligné au croquis.

DÉMARRONS ENSEMBLE

Relis la méthode de la fiche 21.

9 Établir la période de fécondité d'une femme

Une femme souhaite connaître sa **période de fécondité**, c'est-à-dire la période au cours de laquelle un rapport sexuel avec son compagnon peut être fécond.

Pour cela, elle dispose du calendrier suivant sur lequel elle a surligné en jaune la période de ses règles en avril, mai et juin 2017.

Document 1 Extrait d'un calendrier de 2017

Avril 2017

N°	Lu	Ma	Me	Je	Ve	Sa	Di
13						1	2
14	3	4	5	6	7	8	9
15	10	11	12	13	14	15	16
16	17	18	19	20	21	22	23
17	24	25	26	27	28	29	30

Mai 2017

N°	Lu	Ma	Me	Je	Ve	Sa	Di
18	1	2	3	4	5	6	7
19	8	9	10	11	12	13	14
20	15	16	17	18	19	20	21
21	22	23	24	25	26	27	28
22	29	30	31				

Juin 2017

N°	Lu	Ma	Me	Je	Ve	Sa	Di
22				1	2	3	4
23	5	6	7	8	9	10	11
24	12	13	14	15	16	17	18
25	19	20	21	22	23	24	25
26	26	27	28	29	30		

Juillet 2017

N°	Lu	Ma	Me	Je	Ve	Sa	Di
26						1	2
27	3	4	5	6	7	8	9
28	10	11	12	13	14	15	16
29	17	18	19	20	21	22	23
30	24	25	26	27	28	29	30
31	31						

Août 2017

N°	Lu	Ma	Me	Je	Ve	Sa	Di
31		1	2	3	4	5	6
32	7	8	9	10	11	12	13
33	14	15	16	17	18	19	20
34	21	22	23	24	25	26	27
35	28	29	30	31			

Septembre 2017

N°	Lu	Ma	Me	Je	Ve	Sa	Di
35					1	2	3
36	4	5	6	7	8	9	10
37	11	12	13	14	15	16	17
38	18	19	20	21	22	23	24
39	25	26	27	28	29	30	

Document 2 **Le cycle sexuel chez la femme**

Le cycle sexuel chez la femme est l'ensemble des phénomènes physiologiques survenant le plus souvent de manière périodique, et qui préparent l'organisme de la femme à une éventuelle fécondation.

Les cycles sexuels de la femme commencent à la puberté et s'arrêtent à la ménopause.

Le cycle sexuel de la femme est d'environ 28 jours, mais peut présenter des petites variations selon les femmes (certaines ont un cycle de 27 jours, d'autres de 29 ou 30 jours...).

La manifestation la plus visible du début de son cycle est le 1er jour des règles. Les règles correspondent à l'élimination de la partie la plus superficielle de la muqueuse utérine (celle-ci est très richement irriguée en sang, c'est pourquoi les règles ont cette couleur rouge) si l'ovule n'a pas été fécondé lors du cycle précédent.

Parallèlement au cycle utérin, les ovaires subissent des transformations cycliques, dont la plus spectaculaire est la libération d'un ovule qui pourra éventuellement être fécondé par un des spermatozoïdes du père.

Notons que de nombreuses autres manifestations cycliques accompagnent le fonctionnement de l'appareil génital de la femme (au niveau du vagin, du col de l'utérus, des glandes mammaires...) prouvant que ces différentes manifestations cycliques sont contrôlées.

1 Préciser à quoi une femme repère le 1er jour de son cycle sexuel.

2 À partir des dates des règles d'une femme en avril, mai et juin, surlignées sur le calendrier du document 1, préciser la durée de son cycle. Justifier la réponse.

3 Indiquer, en justifiant la réponse, la date probable de ses règles en juillet.

4 Indiquer également, en le justifiant, la date probable de l'ovulation en juin.

5 Sachant qu'un ovule peut survivre 2 jours après l'ovulation et qu'un spermatozoïde peut survivre jusqu'à 5 jours dans les voies génitales de la femme, indiquer sur le calendrier la période de fécondité de cette femme au mois de juillet. Justifier la réponse.

DÉMARRONS ENSEMBLE

5 Il s'agit de trouver la période durant laquelle des **spermatozoïdes vivants** et un **ovule vivant** peuvent être présents dans les voies génitales de la femme.

OBJECTIF BREVET

Lance-toi dans des sujets !

10 Étude de l'influence de la pilule sur le col de l'utérus

15 min

→ FICHE 22

Il s'agit ici d'étudier l'influence de la pilule contraceptive sur le col de l'utérus à l'aide de trois documents.

Document 1 Glaire cervicale de l'utérus d'une femme

La glaire cervicale est une sécrétion produite par le col de l'utérus. Elle joue un rôle protecteur contre les micro-organismes. La glaire est constituée de filaments protéiques plus ou moins enchevêtrés formant un réseau. Elle est peu abondante au moment de l'ovulation, et favorise ainsi la fécondation.

Les photographies, prises au microscope électronique à balayage (MEB), montrent l'allure de la glaire cervicale à trois moments du cycle : **a.** au 8ᵉ jour du cycle ; **b.** au 14ᵉ jour du cycle ; **c.** au 20ᵉ jour du cycle.

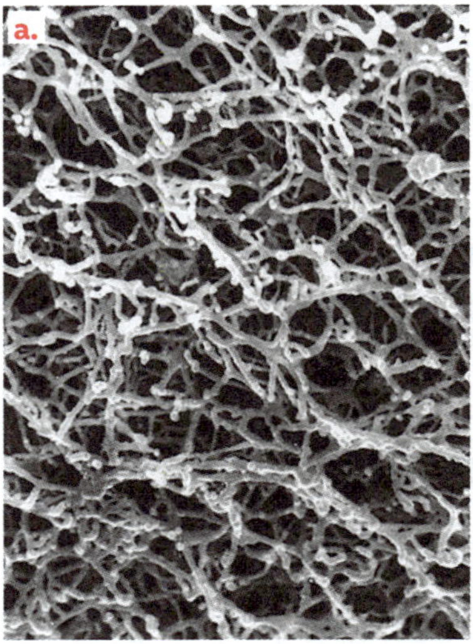

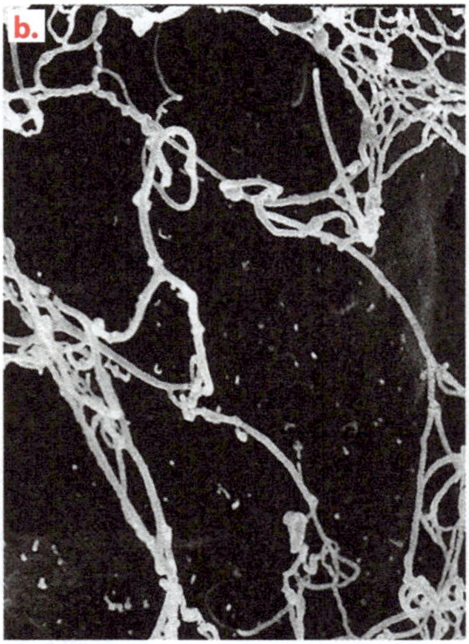

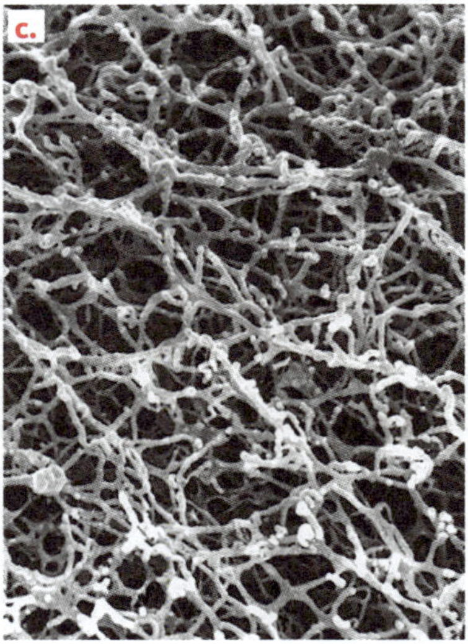

1 Situer la glaire cervicale sur le schéma du document 2 de l'appareil génital de la femme.

2 Comparer les différents aspects de la glaire cervicale au cours du cycle menstruel.

3 Expliquer pourquoi la glaire cervicale a un rôle protecteur vis-à-vis des micro-organismes.

4 Indiquer, en justifiant, le moment du cycle où les spermatozoïdes peuvent le plus facilement franchir le col de l'utérus.

5 La prise de la pilule contraceptive modifie l'aspect de la glaire cervicale. Cela est illustré dans les photographies du document 3. Comparer les deux photographies du document 3.

6 Conclure sur le rôle de la pilule dans la contraception au niveau du col de l'utérus.

Document 2 L'appareil génital de la femme en coupe, vu de face

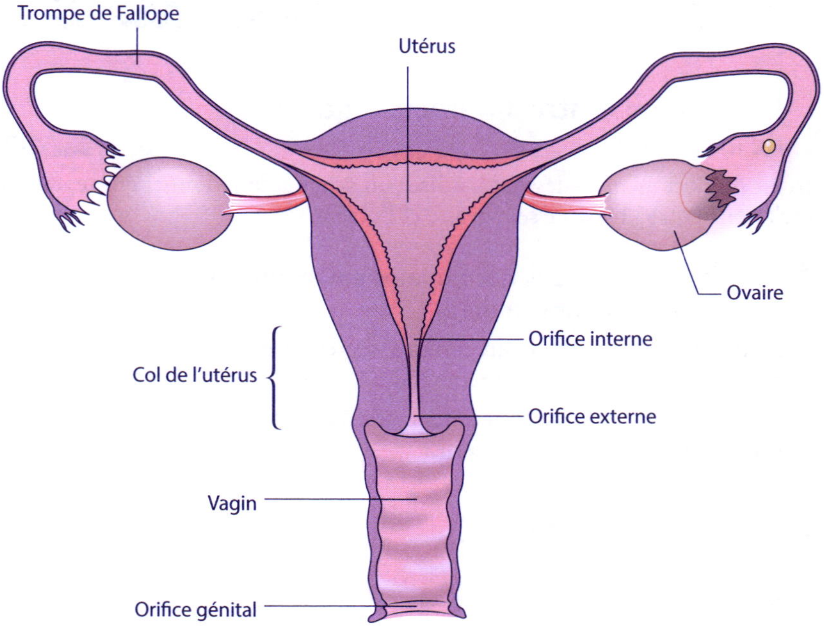

Document 3 Col de l'utérus au 14e jour du cycle

Photographies prises au microscope électronique à balayage (MEB) : **a.** glaire cervicale d'une femme utilisant la pilule contraceptive ; **b.** glaire cervicale d'une femme qui ne prend pas de pilule contraceptive.

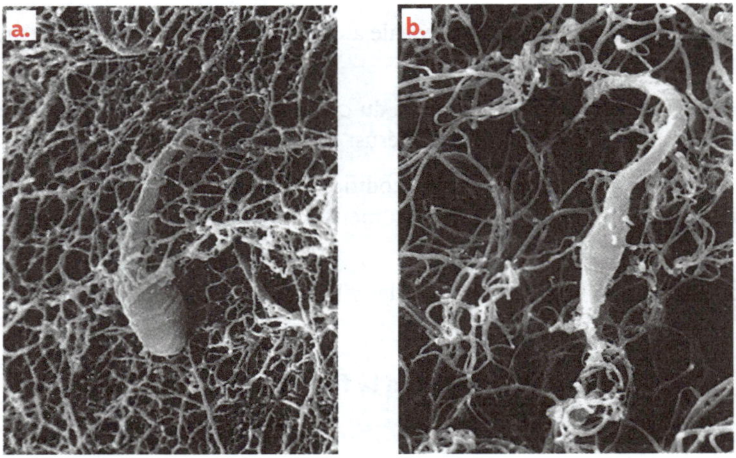

11 Les relations entre différents organes de la femme

15 min

→ FICHE 12

À partir du document ci-dessous, réaliser un schéma fonctionnel qui représente les relations entre l'hypophyse, l'ovaire et l'utérus.

Document Les relations hormonales entre différents organes de la femme pubère

L'hypophyse, une glande du cerveau, sécrète des hormones hypophysaires qui déclenchent le fonctionnement des ovaires.

Parallèlement, les ovaires sécrètent des hormones ovariennes qui agissent sur le fonctionnement de l'utérus.

DÉMARRONS ENSEMBLE

➜ Représente les organes par des **figures géométriques**.

➜ Mets-les en relation. Rappelle-toi que les hormones se déplacent d'un organe à un autre en passant **par le sang**.

➜ Figure le trajet des hormones avec des **flèches**. Pour le sens de chaque flèche, détermine par quel organe l'hormone est produite (départ), et quel organe elle atteint (arrivée).

12 Aider un couple stérile à avoir un enfant

20 min

→ FICHE 24

Le britannique Robert G. Edwards a reçu le prix Nobel 2010 de médecine pour ses travaux pionniers sur la fécondation *in vitro*. Depuis la naissance du premier « bébé-éprouvette » en 1978, quatre millions de couples ont pu bénéficier de cette méthode de procréation médicalement assistée pour concevoir un enfant.

1) À partir des documents et de vos connaissances, indiquer, des deux méthodes présentées, laquelle correspond à la FIVETE (fécondation *in vitro* et transfert d'embryons). Justifier ce choix.

2) Proposer deux exemples de cas de stérilité chez un couple pour lesquels cette méthode de procréation assistée peut être utilisée.

Document 1 Première méthode de procréation médicalement assistée

Étape 1 : le sperme de l'homme est recueilli. Seuls les spermatozoïdes mobiles sont sélectionnés.

Étape 2 : le sperme est introduit dans la cavité de l'utérus au moment de l'ovulation.

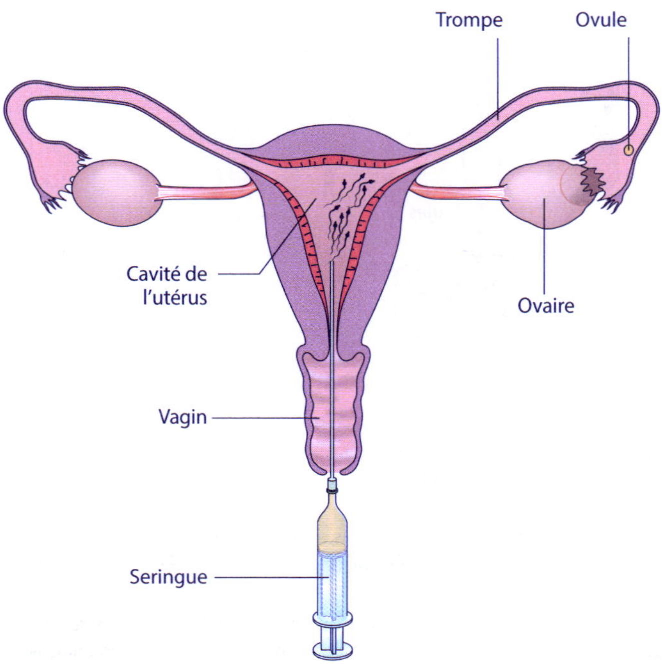

Document 2 Deuxième méthode de procréation médicalement assistée

Étape 1 : après une stimulation ovarienne, plusieurs ovules sont prélevés dans l'ovaire.

Étape 2 : le sperme est recueilli le jour du prélèvement des ovules et préparé en laboratoire.

Étape 3 : les ovules sont mis en contact avec les spermatozoïdes du conjoint pendant 20 heures à 37 °C. Un jour plus tard, des embryons au stade 2 cellules sont observables.

Étape 4 : deux jours plus tard, 1 à 4 embryons sont sélectionnés. Ils sont transférés dans la cavité de l'utérus de la femme.

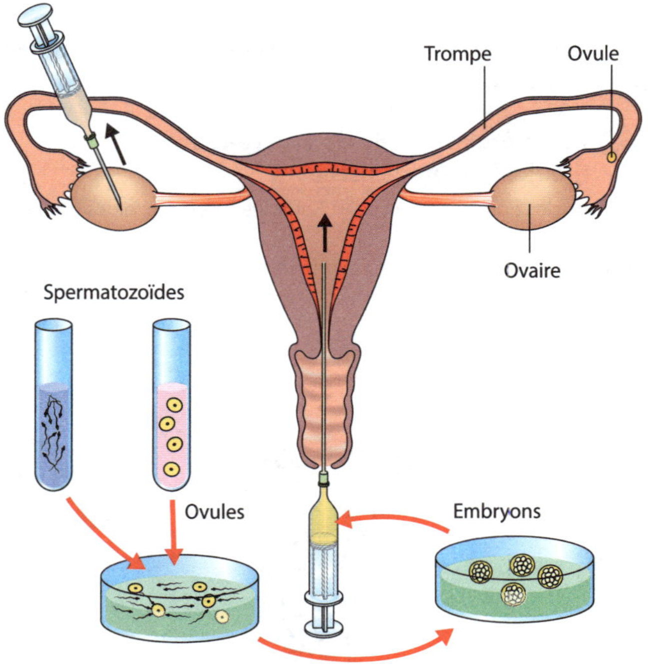

DÉMARRONS ENSEMBLE

1 Tu peux procéder **par élimination**. Sois attentif à la signification des initiales FIVETE, cela pourra t'aider pour répondre correctement. Pense à justifier la méthode choisie.

2 Pour trouver des cas de stérilité pour lesquels la FIVETE peut être utilisée, pense aux différentes **causes de stérilité** possibles, et vérifie dans chaque cas si la FIVETE résout le problème ou non.

CORRIGÉS

SE TESTER QUIZ

1 Les gonades

Réponses b et c. Les gonades sont les organes qui produisent les cellules reproductrices (les gamètes), à savoir les ovaires chez la femme et les testicules chez l'homme.

2 Les gamètes

1 **Réponses a et d.** Les gamètes femelles sont les ovules. Ils sont produits de manière cyclique (environ tous les 28 jours), de la puberté jusqu'à la ménopause.

2 **Réponses b et c.** Les gamètes mâles sont les spermatozoïdes. Ils sont produits de manière continue de la puberté jusqu'à la fin de la vie d'un homme.

3 La puberté

1 **Réponse b.** À la puberté, les organes sexuels se développent et commencent à fonctionner sous l'action hormonale de glandes situées dans le cerveau.
L'affirmation c est fausse : c'est lorsque les organes sexuels commencent à fonctionner que les hormones sexuelles sont produites. Ces hormones sexuelles déclenchent quant à elles l'apparition des caractères sexuels.

2 **Réponse b.** À partir de la puberté, les ovaires produisent de la progestérone et des œstrogènes.

4 La procréation médicalement assistée

1 **Réponses a et c.** La stérilité est définie comme l'impossibilité pour un couple d'avoir un enfant sain. Elle peut toucher aussi bien les hommes que les femmes.

2 **Réponse c.** Une obstruction des trompes peut être contournée par la FIVETE ou l'ICSI.

5 La contraception

Réponses a et d. Le préservatif masculin peut être utilisé en combinaison avec la prise de pilule contraceptive. Il est le seul moyen de contraception qui protège des infections sexuellement transmissibles.

6 Une grossesse non désirée

Réponse b. En cas de grossesse non désirée, la femme peut pratiquer une interruption volontaire de grossesse (IVG).
La réponse a est fausse : la pilule du lendemain se prend *avant* que la grossesse ne débute, lorsqu'il y a un *risque de grossesse*, suite à un rapport sexuel sans moyen de

contraception. Cette pilule doit être prise par la femme dans les 72 heures après le rapport sexuel. Au-delà, en cas de grossesse, il faut avoir recours à l'IVG.
La réponse **c** est fausse : la pilule contraceptive se prend lorsque la femme n'est pas enceinte, dans le but de ne pas démarrer une grossesse.

LES EXOS

7 Diagnostiquer une stérilité féminine par hystérographie

1 En a, on visualise la trompe **gauche**, et en b, l'utérus.
Remarque : la trompe droite n'est pas désignée sur la photographie, mais elle est également visible.

> **À NOTER**
> Il s'agit de la trompe **gauche**, car la personne est « vue de face ».

2 Sur l'hystérographie de Mme B, on ne voit pas les **trompes**.

3 On sait que Mme B a des problèmes de stérilité.
Hypothèse sur la conséquence de l'absence de trompes : il n'y a pas de contact entre les spermatozoïdes et l'ovule, donc pas de fécondation.

8 Réaliser le croquis d'une ovulation

1, **2** et **3** Le cartouche est centré et tracé à la règle (a).
Le croquis est ressemblant, les proportions de l'ovaire et de l'ovule ainsi que l'espace qui les sépare sont respectés (b). Les flèches sont tracées à la règle, elles indiquent avec précision les différentes parties à légender. La légende est correctement disposée (c). Le titre est centré et souligné. Il comporte son sujet (ici, un croquis d'observation), et ce qui est observé (l'ovulation) (d). Le **grossissement** est précisé (e).

> **CONSEIL**
> Le **grossissement** n'est pas toujours indiqué sur l'image. Il est parfois précisé dans le titre ou le sous-titre du document, voire dans un texte qui accompagne l'image. Pense donc à regarder tous ces éléments lorsqu'il te faut cette information.

Croquis d'observation d'ovulation chez la femme (d)

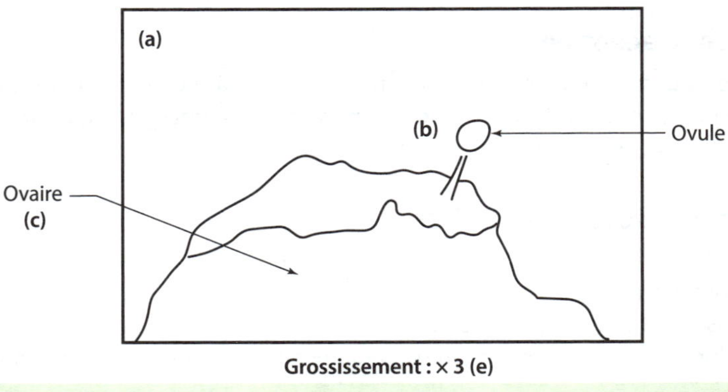

Grossissement : × 3 (e)

9 Établir la période de fécondité d'une femme

1 Une femme repère le 1er jour de son cycle sexuel au **1er jour de ses règles**.

2 En avril, le 1er jour du cycle de cette femme est le mardi 4. À partir de là, on compte le nombre de jours jusqu'au cycle suivant, qui commence le mercredi 3 mai : on trouve 29 jours. On fait le même constat pour le cycle suivant. Cette femme a donc un **cycle de 29 jours**.

> **À NOTER**
> La **durée du cycle** sexuel chez la femme n'est qu'une moyenne : certaines femmes ont un cycle plus court, d'autres un cycle plus long…
> À partir du moment où une femme est correctement réglée, son cycle est extrêmement régulier (c'est pour cela que l'on parle de règles).

3 Pour trouver la date probable de ses règles en juillet, on compte 29 jours à partir du jeudi 1er juin. Le vendredi 30 juin, les règles vont commencer et durer 5 jours, c'est-à-dire jusqu'au mardi 4 juillet. Les règles de cette femme devraient se dérouler du **30 juin au 4 juillet**.

4 L'ovulation se produit en général 14 jours avant la fin du cycle sexuel de la femme : comme cette femme a un cycle de 29 jours, son ovulation doit se produire le 15e jour de son cycle (29 – 14 = 15). Donc au mois de juin, l'ovulation devrait se produire le **jeudi 15 juin**.

5 ■ Pour qu'un rapport sexuel soit fécond, l'ovule doit être fécondé par un des spermatozoïdes. Ceux-ci doivent donc être encore « vivants » au moment du contact entre les gamètes. Ainsi, les dates possibles sont :
- du 15 au 17 juin, car un ovule survit 2 jours dans les voies génitales féminines ;
- du 10 au 15 juin, car les spermatozoïdes peuvent survivre jusqu'à 5 jours dans les voies génitales de la femme.

■ La période de fécondité de cette femme en juin s'étale donc du **10 au 17 juin** : c'est à cette période qu'elle a davantage de chance d'avoir un enfant si elle le souhaite.

OBJECTIF BREVET

10 Étude de l'influence de la pilule sur le col de l'utérus

1 La glaire cervicale est localisée au niveau du **col de l'utérus**.

2 La glaire cervicale est dense au 8e jour du cycle de la femme, très clairsemée au 14e jour, et à nouveau dense au 20e jour du cycle.

3 La glaire cervicale a un **rôle protecteur** vis-à-vis des micro-organismes car elle joue un rôle de « bouchon », empêchant les micro-organismes de pénétrer dans la cavité utérine.

4) Les spermatozoïdes peuvent plus facilement franchir le col de l'utérus au 14e jour du cycle, car c'est à ce moment que la glaire cervicale est la plus clairsemée.

5) ■ **Sur la photographie de gauche** (glaire cervicale d'une femme prenant la pilule), la glaire cervicale est très dense.

■ **Sur la photographie de droite** (glaire cervicale d'une femme ne prenant pas la pilule), la glaire cervicale est plus clairsemée.

6) La glaire cervicale d'une femme prenant la pilule étant très dense, les spermatozoïdes déposés au fond du vagin suite à un rapport sexuel auront davantage de difficultés à franchir le col de l'utérus et à pénétrer dans la cavité utérine pour une éventuelle fécondation d'un ovule.

11 Les relations entre différents organes de la femme

■ Les trois organes cités sont représentés par des figures géométriques (identiques ou non) et légendées.

■ Les vaisseaux sanguins sont représentés par deux rectangles reliant les trois figures géométriques précédemment construites.

■ Le trajet des hormones est schématisé par des flèches légendées.

À NOTER
N'oublie pas de donner un titre précis à ton schéma.

Schéma fonctionnel des relations entre l'hyphosyse, les ovaires et l'utérus

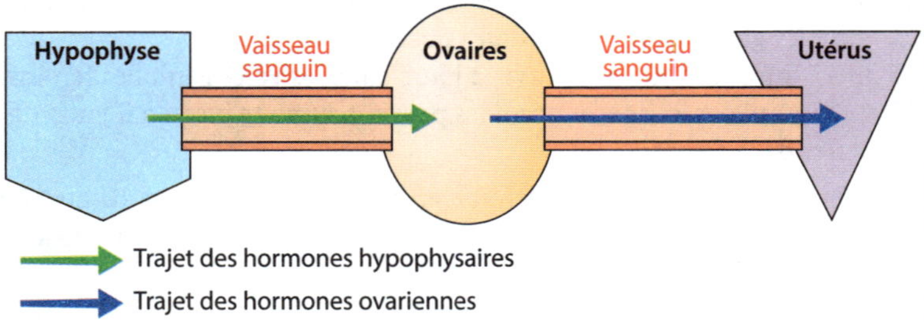

12 Aider un couple stérile à avoir un enfant

1) La FIVETE correspond à la deuxième méthode de procréation médicalement assistée. Contrairement à la première méthode, la fécondation a lieu **à l'extérieur** du corps de la femme (fécondation *in vitro*), puis des embryons obtenus sont introduits dans l'utérus de la femme (transfert d'embryons).

2) Un couple stérile peut faire appel à la FIVETE en cas :
- d'**obstruction des trompes** de la femme, empêchant la rencontre de l'ovule et des spermatozoïdes ;
- de **spermatozoïdes peu mobiles** ne pouvant parcourir la distance les séparant de l'ovule.

8 Les liens entre l'homme et son environnement

25 Expliquer la dynamique interne du globe

EN BREF ▸ *L'activité interne du globe engendre la tectonique des plaques et façonne la surface de la Terre. Certaines manifestations de cette activité représentent une menace pour l'homme, qui tente de les prévoir pour s'en protéger.*

I La dynamique interne du globe modifie l'environnement de l'homme

■ Les séismes, éruptions volcaniques, tsunamis... sont les témoins de l'activité interne du globe. Toujours brutaux, parfois meurtriers, ils peuvent profondément bouleverser l'environnement de l'homme. Les connaissances scientifiques permettent de mieux comprendre ces événements géologiques.

Doc **Le tsunami du 11 mars 2011 au Japon**

■ Ces événements se produisent majoritairement dans des zones précises de la surface du globe : aux limites des **plaques lithosphériques**. Des phénomènes géologiques profonds créent des mouvements de plaques avec pour conséquence des ruptures des roches de surface et des séismes. Par ailleurs, l'arrivée en surface de roche en fusion (magma) conduit à l'activité volcanique de la planète.

> **MOT CLÉ**
> **Plaque lithosphérique** : portion de la surface de la Terre, solide et rigide.

II La prévention des risques

Les géologues parviennent à estimer les risques géologiques. La surveillance des zones à risque par les observatoires scientifiques, l'éducation des populations vivant dans ces zones et la réactivité des Pouvoirs publics sont les moyens mis en place par les sociétés développées pour limiter les impacts négatifs.

Méthode

Prévoir la survenue d'une éruption volcanique

Avant une éruption volcanique, avec la remontée du magma vers la surface, l'édifice volcanique gonfle. Sous la pression croissante du magma, les roches se rompent en profondeur, provoquant des séismes.

Doc Mesures réalisées autour d'un volcan de l'île de la Réunion

Nombre de séismes (**a**) et élargissement d'une fissure (**b**) précédant l'éruption du 20 juillet 2006 au piton de la Fournaise. Ces relevés ont été mesurés à l'aide de sismomètres et de distancemètres répartis autour du volcan.

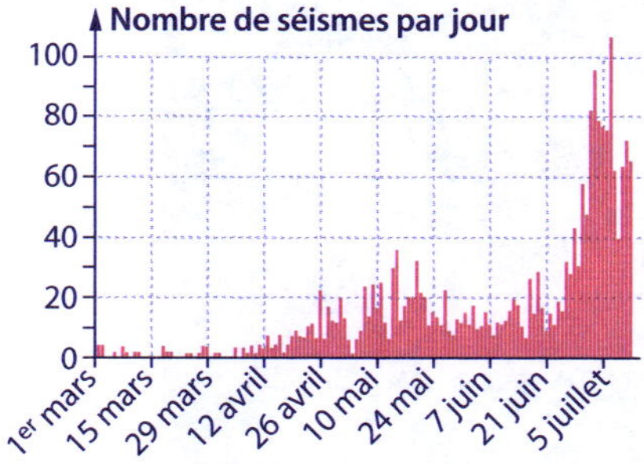

a. Évolution du nombre de séismes

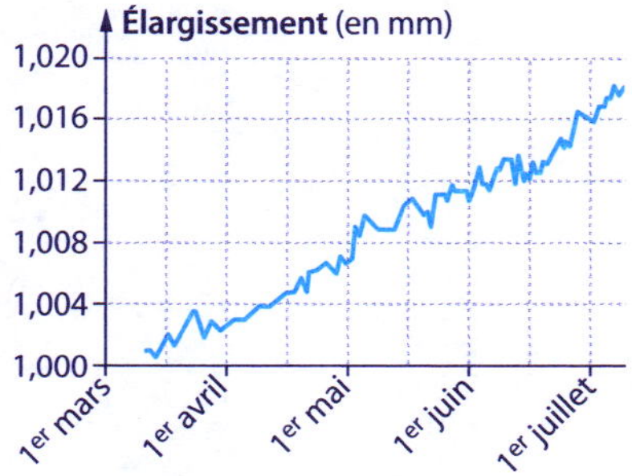

b. Élargissement d'une fissure

À l'aide du document, expliquer comment les scientifiques parviennent à prévoir la survenue d'une éruption volcanique.

CONSEILS

Étape 1 Relève les informations fournies par chaque document.

Étape 2 Réponds à la question en reliant les informations tirées des documents.

SOLUTION

Étape 1 On voit que le nombre de séismes mesurés par jour ainsi que l'élargissement d'une fissure du volcan augmentent au fur et à mesure que l'on s'approche de la date de l'éruption du volcan, le 20 juillet 2006.

Étape 2 Avant une éruption volcanique, l'augmentation du nombre de séismes peut traduire la remontée de magma faisant rompre la roche en profondeur ; l'élargissement de fissures peut s'expliquer par le gonflement de l'édifice volcanique.
L'ensemble de ces signaux permet aux scientifiques de prévoir l'imminence d'une éruption volcanique et de donner l'alerte.

26 Expliquer la dynamique externe du globe

EN BREF ▸ *Certains phénomènes météorologiques, comme les typhons ou les ouragans, ont des effets dévastateurs. La compréhension de ces phénomènes permet de les prévoir.*

I La dynamique externe du globe modifie l'environnement de l'homme

■ Les typhons, ouragans... sont des événements météorologiques qui ont souvent de graves répercussions sur les sociétés humaines.

Doc Le super typhon Haiyan au large des Philippines le 13 novembre 2013

■ Ils sont les conséquences de **mouvements de masses d'air** et de **courants océaniques**, **contrôlés par l'énergie du soleil** que reçoit la Terre : l'inégale répartition de l'énergie solaire reçue par la planète conduit à des **variations de pression**, ce qui provoque les **mouvements des masses d'air**.

II La prévention des risques

■ L'évolution des courants océaniques et celle des températures des masses d'air sont suivies en continu, ce qui permet aux scientifiques de mieux comprendre les événements et, par modélisation, de les **anticiper**. Des vies sont sauvées grâce aux alertes météo.

■ L'aménagement de l'habitat permet de réduire les répercussions des phénomènes météorologiques extraordinaires.

■ La **surveillance** des zones à risque par les observatoires scientifiques, l'**éducation** des populations vivant dans ces zones et la **réactivité** des Pouvoirs publics sont les moyens mis en place par les sociétés développées pour limiter les impacts négatifs.

Méthode

Lire et exploiter une carte

Le 17 juin 2012, une tempête tropicale prénommée Chris s'est formée et fut brièvement classée « ouragan ». Elle s'est approchée du territoire canadien, mais est restée exclusivement maritime.

1) Formuler ce que représente la carte.

2) Préciser comment s'est déplacé Chris du 19 au 20 juin.

3) Indiquer quelle était la position de Chris le 17 juin 2012.

- ☐ **a.** 63,6 N/33,3 O
- ☐ **b.** 33,3 N/56,4 O
- ☐ **c.** 33,3 N/63,6 O
- ☐ **d.** 56,4 N/33,3 O

4) À partir de la carte, relever la période où Chris a été catalogué « ouragan ».

Doc **Déplacement de la tempête Chris au large du Canada en juin 2012**

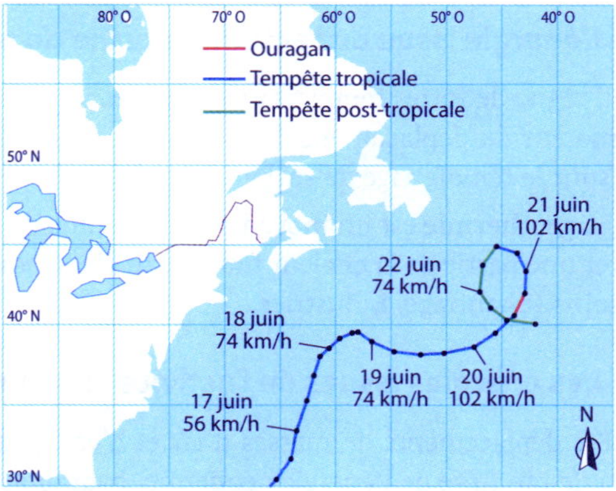

CONSEILS

1) Cherche le titre de la carte, le nom des lieux, l'échelle, les symboles de la légende…

2) Utilise la rose des vents.

3) Repère la position d'un point à l'aide de ses coordonnées.

SOLUTION

1) D'après le titre et la légende, la carte représente le déplacement et l'évolution de l'intensité d'une tempête nommée Chris et localisée au large du Canada en juin 2012.

2) Entre le 19 et le 20 juin, Chris s'est déplacé d'ouest en est.

3) **Réponse c.** Le 17 juin, Chris était aux coordonnées 33,3 N/63,6 O.

4) La catégorie « ouragan » est symbolisée par des traits rouges. Chris a été un ouragan entre le 20 et le 21 juin 2012.

27 Citer les ressources terrestres utilisables par l'homme

EN BREF ▸ *Les activités humaines nécessitent des matières premières et de l'énergie. Les activités interne et externe du globe sont une source d'énergie inépuisable. Les ressources géologiques, qui fournissent énergie et matériaux, sont quant à elles limitées.*

I Les sources d'énergie du globe

1 L'énergie issue de l'activité interne du globe

- Il règne de fortes températures dans les profondeurs de la Terre. Celles-ci sont le moteur du déplacement des plaques ; les séismes et les éruptions volcaniques en sont le témoignage de surface.
- La **géothermie** est un moyen pour l'homme de récupérer une partie de la chaleur interne du globe pour ses besoins (chauffage, industries...).

MOT CLÉ
Géothermie : technologie visant à exploiter la chaleur interne du globe.

2 Les énergies issues de l'activité externe du globe

- Les déplacements de masses d'air et d'eau peuvent être utilisés par l'homme afin de produire de l'énergie : éolienne, hydraulique...
- L'exploitation de ces sources d'énergie nécessite des connaissances scientifiques et des conditions particulières.

II Les ressources non renouvelables du globe

- L'homme utilise et exploite des ressources géologiques qui peuvent fournir de l'énergie (charbon, pétrole, uranium...), ou des matériaux utiles à ses besoins (fer, aluminium, pierres de construction...).
- Ces ressources, relativement rares à l'échelle de la planète, ont souvent mis énormément de temps à se constituer. L'homme exploite ces matériaux plus rapidement que leurs stocks ne se reconstituent : on parle de **ressources non renouvelables** (à l'échelle d'une vie humaine).

MOT CLÉ
Ressource non renouvelable : ressource dont la vitesse de destruction dépasse sa vitesse de création.

Richesse	Charbon	Fer	Gaz naturel	Pétrole	Uranium	Or
Date estimée d'épuisement	2158	2087	2070	2050	2040	2025

Doc Prévisions des dates d'épuisement de richesses
Les prévisions sont basées sur le rythme actuel de consommation.

Méthode

Construire un tableau pour visualiser les différents réservoirs d'eau sur Terre

L'eau est très présente à la surface de la Terre. Cependant, 97,39 % de cette eau est sous forme salée dans les océans, 0,002 % est présente dans les êtres vivants et l'atmosphère, et 2,01 % est enfermée dans les différents glaciers. Cela signifie que seuls restent exploitables par l'homme les 0,018 % de l'eau douce de surface (lacs, cours d'eau) et une petite partie des 0,58 % de l'eau douce des eaux souterraines.

Construire un tableau de la répartition de l'eau dans les principaux réservoirs d'eau résumant les informations données dans le texte.

CONSEILS

Étape 1 Repère les données dans le texte.

Étape 2 Trace le tableau et inscris les titres des colonnes ou des lignes.

Étape 3 Reporte les données du texte dans le tableau.

Étape 4 Donne un titre souligné au tableau.

SOLUTION

Étape 1 Pour n'oublier aucune donnée, on peut par exemple souligner ou entourer les différents réservoirs cités dans le texte.

Étape 2 On organise les données : les réservoirs d'eau occuperont la première ligne du tableau, les quantités d'eau seront inscrites dans la 2e ligne.

Le nombre de colonnes du tableau correspond au nombre de réservoirs auquel on ajoute une colonne pour les titres des deux lignes.

Étape 3 On inscrit chaque réservoir dans le tableau, puis on note la **proportion** d'eau correspondante.

Étape 4 On utilise les consignes de l'énoncé pour donner un titre au tableau.

À NOTER
Inutile de répéter les unités dans chacune des cases du tableau. Note-les au niveau des titres, entre parenthèses.

Répartition de l'eau dans les principaux réservoirs d'eau de la Terre

Réservoirs	Océans	Êtres vivants/ atmosphère	Glaciers	Eaux de surface	Eaux souterraines
Proportion d'eau (%)	97,39	0,002	2,01	0,018	0,58

28 Relever des impacts négatifs de l'activité humaine

EN BREF ▸ *Les activités humaines ont des conséquences néfastes sur l'environnement : pollution, dégradation de la biodiversité, déséquilibre des écosystèmes, destruction des sols, épuisement des ressources...*

I Les impacts chimiques de l'homme sur l'environnement

■ L'homme, en rejetant des substances chimiques (pesticides, huiles, détritus...) dans son environnement, entraîne sa pollution.

■ Ainsi, il contribue à modifier la **biodiversité** : diminution de la population de certaines espèces vivantes (abeilles...) et augmentation de celle d'autres espèces (algues au bord de l'océan Atlantique...). Ceci a pour conséquence un profond déséquilibre des **écosystèmes**.

MOTS CLÉS

- **Biodiversité** : diversité naturelle ou non des êtres vivants.
- **Écosystème** : ensemble des êtres vivants présents dans un milieu donné, ainsi que des interactions entre eux et avec le milieu.

II Les impacts physiques de l'homme sur l'environnement

■ Certains objets produits par l'homme, en se retrouvant dans la nature, perturbent les conditions de vie des êtres vivants (sacs plastiques mangés par des tortues...). Ces produits causent d'autant plus de dommages que leur dégradation prend énormément de temps.

■ L'exploitation irraisonnée des sols aboutit à leur destruction, et donc à l'appauvrissement des récoltes.

Doc **Rejet de détritus dans un cours d'eau**

III La surexploitation de l'environnement

L'homme exploite souvent des ressources plus rapidement que les réserves ne se reconstituent (déforestation en Amazonie...). Ceci contribue à bouleverser son environnement et, à terme, les conditions de la vie sur Terre...

Méthode

Critiquer une interprétation relative au climat

Lors d'une interview, un journaliste présente deux photographies à un géophysicien afin de recueillir son interprétation.

Doc 1 Deux photographies du Kilimandjaro

a. Été 1960 ; b. Hiver 2002

Doc 2 Extrait de l'interview d'un géophysicien par un journaliste

Le géophysicien interrogé est un spécialiste des matériaux terrestres.

> « Les deux photographies du Kilimandjaro démontrent qu'il n'y a pas de réchauffement climatique. C'est même le contraire : le glacier au sommet du Kilimandjaro étant plus étendu en 2002 qu'en 1960, la température a baissé depuis les années 1960. »

1) Relever qui est l'auteur de l'interprétation. Est-ce un spécialiste du climat ?

2) Expliquer pourquoi cette interprétation est erronée.

CONSEILS

1) D'une manière générale, avant d'interpréter un document, il faut d'abord bien le caractériser (= identifier sa nature, son auteur, sa source...).

2) Vérifie bien les informations relatives aux deux photographies.

SOLUTION

1) L'auteur de cette interprétation est un scientifique, ce n'est pas le journaliste. Cependant, un scientifique n'est pas forcément un expert du climat. Ce géophysicien est un spécialiste des matériaux terrestres.

2) Ce que le scientifique n'a pas pris en compte, c'est que la photographie de 1960 a été prise en été, et celle de 2002 en hiver. On ne peut donc pas comparer les épaisseurs de glace au sommet du Kilimandjaro, et par conséquent on ne peut pas faire de **déduction** sur l'évolution du climat.

À NOTER

L'**interprétation** de données doit respecter une démarche scientifique rigoureuse.

29 Relever des impacts positifs de l'activité humaine

EN BREF ▸ *Conscient des conséquences de ses actions sur l'environnement, l'homme peut s'appuyer sur sa connaissance et sa compréhension du monde pour limiter l'impact néfaste de ses activités.*

I Vers une agriculture durable

- Lorsque l'homme modifie un écosystème naturel pour subvenir à ses besoins, alimentaires notamment, cet écosystème naturel devient un **agrosystème**. En étudiant les écosystèmes naturels, l'homme comprend mieux le monde qui l'entoure, ce qui lui permet de minimiser les impacts négatifs liés à l'exploitation des agrosystèmes.
- La connaissance des sols, par exemple, permet de les protéger afin de pérenniser leur exploitation. La connaissance des plantes et des animaux permet d'optimiser le rendement des exploitations tout en limitant les impacts négatifs sur l'environnement. Par exemple, la polyculture, qui consiste à associer plusieurs espèces végétales dans une même culture, améliore la résistance aux espèces nuisibles, ce qui permet d'éviter l'emploi de pesticides.

Doc Un exemple de polyculture
Plantation associant bananiers et plants de haricots en Ouganda.

> **MOT CLÉ**
> **Agrosystème** : écosystème naturel modifié par l'homme pour subvenir à ses besoins, alimentaires notamment.

II Vers un développement durable

- Afin de préserver les ressources non renouvelables, il est important de favoriser le réemploi des objets ou des matériaux, et de privilégier les sources d'énergie renouvelables.
- Afin de limiter la dégradation de l'environnement, il faut poursuivre la réduction des déchets et améliorer le recyclage.

> **MOT CLÉ**
> **Développement durable** : mode de développement répondant aux besoins du présent sans compromettre la capacité des générations futures à répondre aux leurs.

Méthode

Exploiter une photographie

1) Observer et décrire la photographie suivante.

2) Formuler le message positif, d'un point de vue environnemental, transmis par cette photographie.

Doc « Nous n'héritons pas de la Terre de nos ancêtres, nous l'empruntons à nos enfants. »

Cette citation est attribuée à de nombreux auteurs.

CONSEILS

1) Commence par faire une description d'ensemble avant de passer aux détails.

2) Les informations relatives à la photographie (titre, auteur, échelle..., ici, une citation) peuvent t'aider à interpréter l'image.

SOLUTION

1) La photographie présente un adulte, ses deux mains jointes formant une coupe, avec de la terre et une petite plante à l'intérieur. Il donne le tout à un enfant qui positionne ses mains de manière à recevoir ce que lui tend l'adulte.

2) Le document fournit une citation : « Nous n'héritons pas de la Terre de nos ancêtres, nous l'empruntons à nos enfants ». Le parallèle entre la citation et la photographie est aisé. L'adulte rend la terre et la plante à l'enfant : symboliquement, la Terre est rendue aux générations futures.
Dire que la Terre appartient aux générations qui suivent est une façon de dire qu'il faut la préserver et non plus l'exploiter comme si elle nous appartenait. Cette photo montre cette prise de conscience : c'est là le message positif.

Activités humaines et biodiversité

ACTIVITÉS HUMAINES NUISIBLES

- **Conversion des milieux naturels en milieux artificiels** (routes, zones d'activités commerciales ou industrielles, zones de stationnement, développement urbain...)
- **Surexploitation** (surpêche, déforestation, braconnage...)
- **Agriculture intensive**
- **Activités productrices de gaz à effet de serre**
- **Introduction d'espèces exotiques envahissantes**

Pollution du sol, de l'air et de l'eau, destruction des habitats naturels, réchauffement climatique...

ÉROSION DE LA BIODIVERSITÉ

− **BIODIVERSITÉ** +

PROTECTION ET/OU RESTAURATION DE LA BIODIVERSITÉ

- **Bonnes pratiques agricoles** (polycultures, préservation des sols...)
- **Préservation des milieux naturels et des écosystèmes**
- **Création d'espaces protégés** (parcs nationaux, sites Natura 2000, parcs naturels...)
- **Protection des espèces menacées d'extinction**
- **Exploitation raisonnée des ressources** (pêche durable...)
- **Bonne gestion des déchets** (réduction de leur production, recyclage, réemploi...)
- **Diminution de la production des gaz à effet de serre**

ACTIVITÉS HUMAINES BÉNÉFIQUES

Activités humaines et ressources naturelles

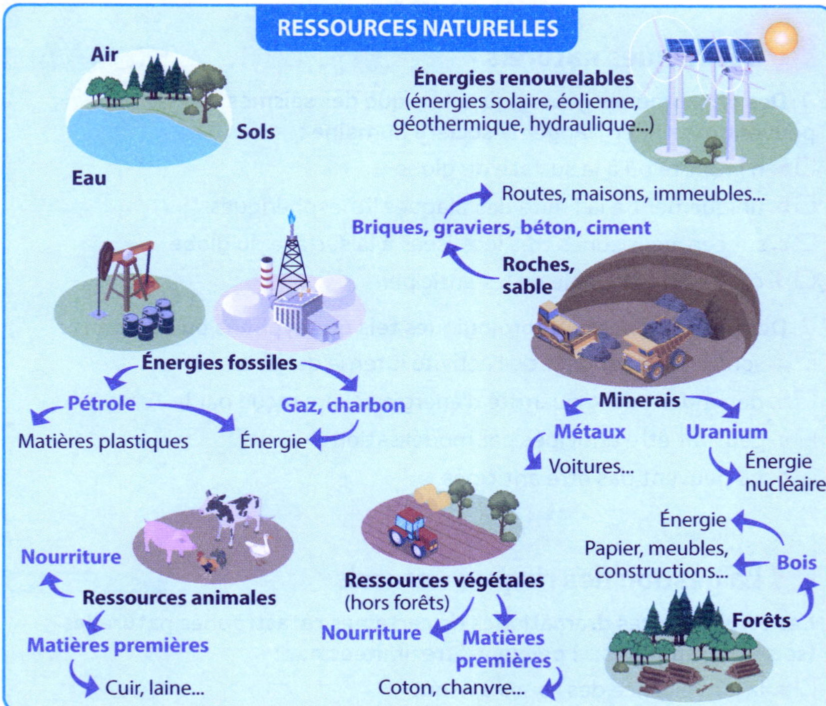

- Maintien du rythme actuel d'utilisation des ressources
- Obsolescence programmée
- Gaspillage
- Pollution de l'air, de l'eau, des sols
- etc.

ÉPUISEMENT DES STOCKS DÉTÉRIORATION DE LA QUALITÉ DE L'AIR, DE L'EAU ET DES SOLS

- Développement des énergies renouvelables
- Pêche durable
- Recyclage, réemploi
- Lutte contre le gaspillage
- Mesures de préservation de la qualité de l'air, de l'eau, des sols
- etc.

DÉVELOPPEMENT DURABLE

SE TESTER QUIZ

Vérifie que tu as compris
les points clés

1 Les risques naturels

→ FICHES 25 et 26

1) Des phénomènes géologiques tels que des séismes peuvent mettre en danger la société humaine :

☐ **a.** n'importe où à la surface du globe

☐ **b.** uniquement à la limite des plaques lithosphériques

☐ **c.** sur certaines zones très localisées à la surface du globe

☐ **d.** car il est impossible de les anticiper

2) Des phénomènes météorologiques tels que typhons ou ouragans :

☐ **a.** sont la conséquence de l'activité interne du globe

☐ **b.** dépendent de la quantité d'énergie solaire reçue par la Terre

☐ **c.** peuvent être anticipés par modélisation

☐ **d.** ne peuvent pas être anticipés

.../2

2 La gestion des risques naturels

→ FICHES 25 et 26

Les conséquences dramatiques de certaines catastrophes naturelles (séismes, tempêtes...) peuvent être limitées par :

☐ **a.** la surveillance des zones à risque

☐ **b.** la construction de structures plus rigides

☐ **c.** l'éducation des populations vivant dans ces zones

☐ **d.** la réactivité des services de secours (pompiers, services de santé...)

.../1

3 Les ressources terrestres

→ FICHE 27

Une ressource est « non renouvelable » car :

☐ **a.** une fois utilisée, elle ne se renouvelle pas

☐ **b.** une fois utilisée, elle se renouvelle mais extrêmement lentement

☐ **c.** une fois utilisée, elle se renouvelle extrêmement rapidement

☐ **d.** une fois utilisée, elle se recycle

.../1

4 La dégradation de l'environnement

→ FICHE 28

1) Identifier les activités humaines qui dégradent l'environnement :

☐ **a.** Le déboisement.

☐ **b.** L'utilisation de pesticides en agriculture.

☐ **c.** Le remplacement des énergies fossiles par des énergies renouvelables.

☐ **d.** Le recyclage des déchets.

2) Identifier les activités humaines qui réduisent la biodiversité :

☐ **a.** L'agriculture intensive.

☐ **b.** L'utilisation de pesticides.

☐ **c.** La polyculture.

☐ **d.** L'aménagement des espaces naturels en zones habitables ou en zones d'activité.

.../2

5 La préservation de l'environnement

→ FICHE 29

1) Pour préserver la biodiversité, il est important de :

☐ **a.** maintenir le déséquilibre des écosystèmes

☐ **b.** protéger les espèces en danger d'extinction et les espaces naturels

☐ **c.** accroître l'utilisation des pesticides

☐ **d.** limiter le réchauffement climatique et réduire la pollution

2) Pour réduire la production des gaz à effet de serre, il faut :

☐ **a.** réduire l'utilisation des énergies fossiles

☐ **b.** accroître la déforestation

☐ **c.** réduire l'utilisation des pesticides

☐ **d.** réduire le réchauffement climatique

.../2

ON FAIT LE BILAN !

score total .../8

- Des erreurs ? Entraîne-toi ! → **LES EXOS** P. 206
- Zéro faute ? Bravo ! → **OBJECTIF BREVET** P. 210

LES EXOS

Entraîne-toi !

6 Suivre la pollution marine provoquée par le naufrage d'un pétrolier : l'*Amoco Cadiz*

→ FICHES 1 et 26

L'*Amoco Cadiz* est un pétrolier libérien qui, en raison d'une forte tempête, s'est échoué puis disloqué sur les côtes bretonnes le 16 mars 1978. En deux semaines, 223 000 tonnes de pétrole brut se déversèrent en mer et vinrent souiller plus de 300 km de côtes. Au moins 260 000 tonnes de biomasse marine ont été détruites par cette catastrophe. Il fallut sept ans pour que les équilibres biologiques antérieurs se rétablissent.

Sur les cartes ci-dessous, les dates correspondent à quelques étapes de l'extension de la nappe de pétrole.

Document **Progression de la nappe de pétrole après le naufrage de l'*Amoco Cadiz***

a. Du 18 mars au 3 avril 1978.

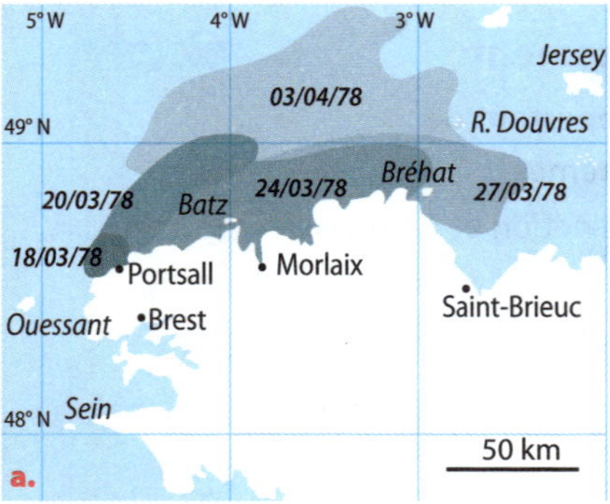

b. Du 4 avril au 15 avril 1978.

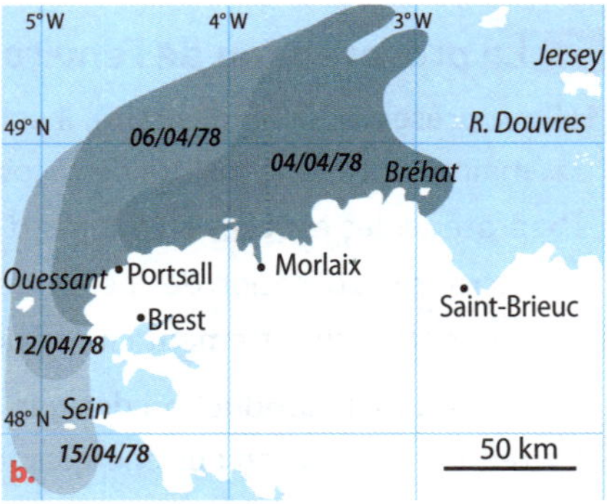

1 À partir de la carte a, identifier la ville la plus proche de l'endroit où le pétrolier s'est échoué.

2 Indiquer le sens de propagation de la nappe de pétrole pendant le mois de mars 1978.

3 Indiquer le sens de propagation de la nappe de pétrole pendant le mois d'avril 1978.

4 Indiquer comment varie le sens de propagation de la nappe de pétrole entre mars et avril.

7 Les quatre grandes familles de charbon

→ FICHES 1 et 27

Le charbon est une roche dont la propriété est de libérer beaucoup d'énergie (notamment sous forme de chaleur) lorsqu'on la brûle car elle possède une forte teneur en carbone. Le terme *charbon* recouvre en fait quatre grandes familles :

– la tourbe, d'aspect brunâtre et qui présente des restes de végétaux bien identifiables (feuilles, tiges...), dont l'âge moyen de formation est de 1 000 à 7 000 ans, et dont la teneur en carbone varie de 50 à 55 % ;

– le lignite, d'aspect brunâtre et ligneux, dont l'âge moyen de formation est de 60 millions d'années et dont la teneur en carbone varie de 55 à 75 % ;

– la houille, de couleur noire et riche en fossiles (surtout de végétaux), dont l'âge moyen de formation est de 150 millions d'années et dont la teneur en carbone varie de 75 à 90 %, que l'on qualifie souvent (improprement) de « charbon » ;

– l'anthracite, très noire, dont l'âge moyen de formation est de 300 millions d'années et dont la teneur en carbone varie de 90 à 95 %.

1) À partir du texte, relever les quatre grandes familles de charbon.

2) À partir du texte, construire un tableau présentant l'âge moyen et la teneur en carbone des quatre grandes familles de charbon.

3) À partir du tableau obtenu, justifier le fait que le charbon soit considéré comme une source d'énergie non renouvelable.

DÉMARRONS ENSEMBLE

2) Ici, le tableau à construire est un tableau à double entrée.
Détermine le nombre de colonnes et le nombre de lignes dont tu as besoin.
Pour cela, compte d'une part le **nombre de familles**, et d'autre part le **nombre d'informations à donner** sur chacune.

3) Puisque la question parle de renouvellement, observe les **temps de formation**...

8 Analyser une affiche

→ FICHES 1, 28 et 29

Analyser l'affiche d'une association de protection de l'environnement (document ci-dessous) afin d'expliquer le message qu'elle essaie de faire passer.

Document **Affiche de l'association**

DÉMARRONS ENSEMBLE

- Revois la méthode de la fiche 28 pour aiguiser ton esprit critique.
- Exploite chaque élément du document et vérifie que ces éléments ne prêtent pas à polémique.
- Conclus. Éventuellement tu peux émettre un commentaire sur l'affiche.

9 Estimer les conséquences de la surpêche

→ FICHES 15 et 17

Le thon rouge de l'Atlantique (*Thunnus thynnus*) est un poisson recherché pour sa chair rouge, qui est très appréciée. Il est aujourd'hui, en raison de la surpêche, l'une des espèces de poissons les plus menacées de disparition au monde.

1) À partir des informations du document 1, décrire l'évolution de la population de thons rouges de 1980 à 2006.

2) À partir de l'évolution observée depuis 1994 sur le document 1 et des informations issues du document 2, montrer que le thon rouge est une espèce menacée de disparition.

3) En utilisant le document 3, démontrer la justesse de l'affirmation : « La disparition du thon rouge est une menace pour la biodiversité du milieu marin. »

4) Proposer deux mesures permettant de maintenir la biodiversité du milieu marin.

Document 1 Estimation de la population de thons rouges

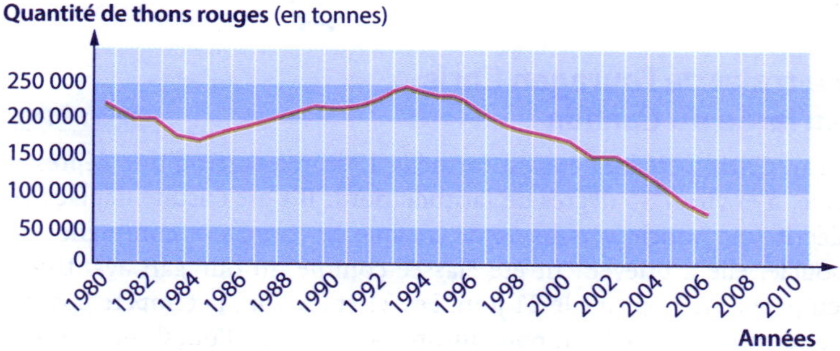

Document 2 Quantité de thon rouge pêché chaque année (données 2006)

Estimation du seuil de pêche au-delà duquel la survie de l'espèce n'est plus assurée	Tonnage pêché dans l'Atlantique nord et la Méditerranée
15 000 tonnes	50 000 tonnes

Document 3 Le thon rouge dans la chaîne alimentaire

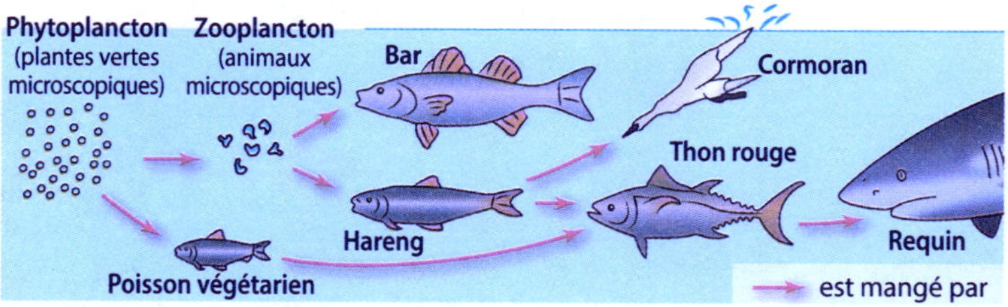

DÉMARRONS ENSEMBLE

1) Découpe la courbe rouge en **différentes phases**, cela t'aidera pour analyser le graphique. Pense à n'utiliser que les expressions suivantes : « Augmente/augmentation », « Diminue/diminution » ou « Stagne/reste constante ».

2) Utilise d'abord les informations du document 2 : à elles seules, elles montrent que l'espèce est menacée. Ensuite, complète ta réponse avec les informations fournies par le graphique de 1994 à 2006.

3) Le document 3 montre que le thon rouge est inclus dans une chaîne alimentaire : sa disparition a des **conséquences** sur les maillons en amont et sur ceux en aval…

4) Utilise tes connaissances pour proposer des solutions.

OBJECTIF BREVET

Lance-toi dans des sujets !

10 Le trajet de l'ouragan Chris au large du Canada

30 min

→ FICHES 14, 26 et 27

L'ouragan Chris a été bref et s'est formé le 17 juin à partir d'une dépression non tropicale, à environ 35 degrés de latitude nord. Il s'est ensuite déplacé vers l'est et a décrit une boucle vers le nord. Lorsque la tempête a commencé à décrire une boucle, elle a brièvement été classée comme un ouragan avant de devenir une tempête post-tropicale le 21 juin. Les 21 et 22 juin, la tempête post-tropicale Chris a terminé sa boucle en poursuivant sa route vers l'ouest, puis vers le sud le 21 juin, puis à l'est le 22 juin.

La tempête n'a pas eu de répercussions sur la terre et a eu des répercussions minimes sur les Grands Bancs. La bouée se trouvant à la queue du Grand Banc n'a signalé que des vents modérés de l'est et du nord-est (15 nœuds).

Document 1 Trajectoire de Chris au large du Canada

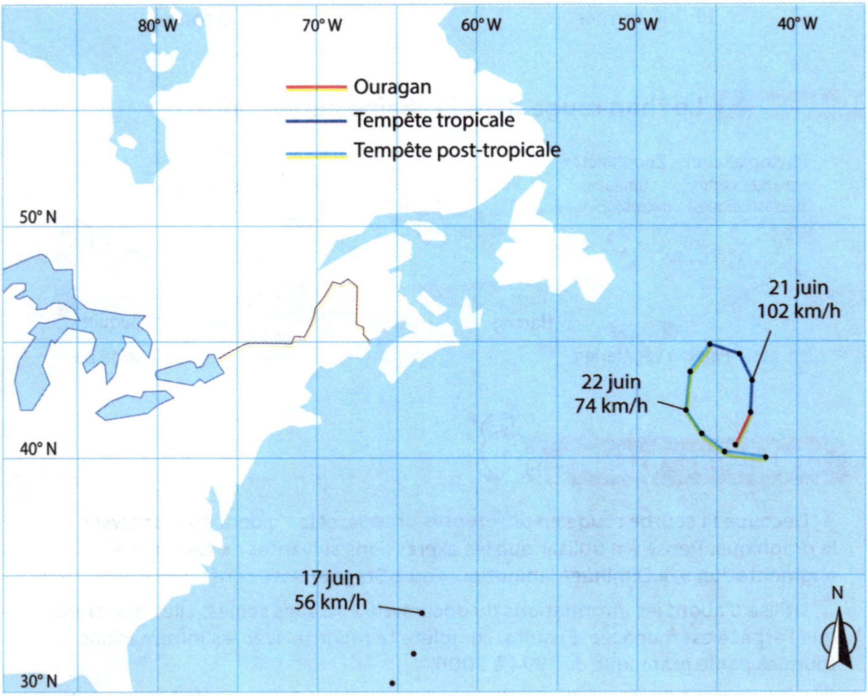

Document 2 Données enregistrées

- **18 juin 2012**, 21 h HAA, vitesse du vent de 74 km/h (38,3 N/60,5 O). État : tempête tropicale, comme l'indique un point noir sur une trajectoire bleue.
- **19 juin 2012**, 21 h HAA, vitesse du vent de 74 km/h (38,9 N/56,7 O). État : tempête tropicale, comme l'indique un point noir sur une trajectoire bleue.
- **20 juin 2012**, 21 h HAA, vitesse du vent de 102 km/h (38,3 N/47,5 O). État : tempête tropicale, comme l'indique un point noir sur une trajectoire bleue.
- **21 juin 2012**, 21 h HAA, vitesse du vent de 102 km/h (43,3 N/43,0 O). État : tempête tropicale, comme l'indique un point noir sur une trajectoire bleue.
- **22 juin 2012**, 21 h HAA, vitesse du vent de 74 km/h (42,0 N/46,7 O). État : tempête post-tropicale, comme l'indique un point noir sur une trajectoire verte.

1 À partir des données enregistrées, construire un tableau de données qui précise la date de l'enregistrement, la vitesse du vent mesurée ainsi que la position de l'ouragan en latitude et longitude.

2 Placer la position de l'ouragan sur la carte vierge fournie, du 18 au 20 juin 2012 inclus. Préciser les calculs.

3 Relier les positions de l'ouragan afin de visualiser son déplacement.

4 Expliciter le déplacement du phénomène climatique.

DÉMARRONS ENSEMBLE

1 Pour construire un tableau de données :
- détermine le nombre de colonnes et de lignes dont tu auras besoin ;
- pense aux **titres** des lignes et colonnes, ainsi qu'aux **unités** ;
- n'oublie pas le titre souligné de ton tableau.

2 Revois la méthode de la fiche 14.

3 et **4** Pense à **orienter** correctement la carte, repère le nord, l'est, l'ouest et le sud…

11 Une pollution en Guyane

20 min

→ FICHES 1 et 17

En Guyane, la pratique de l'orpaillage, qui consiste à utiliser le mercure pour extraire l'or du sous-sol, entraîne d'importants rejets de mercure dans l'eau des rivières. Le mercure est intégré dans la chaîne alimentaire par le plancton, que consomment les poissons herbivores, lesquels sont mangés par les poissons carnivores (1 000 fois plus contaminés que les poissons herbivores).

Le mercure est un métal très toxique pour l'homme. Une étude a été menée pour connaître le niveau de contamination de la population qui vit en bordure du fleuve Sinnamary.

Document **Évolution de la contamination de la population en fonction de la fréquence de consommation de poissons issus du fleuve**

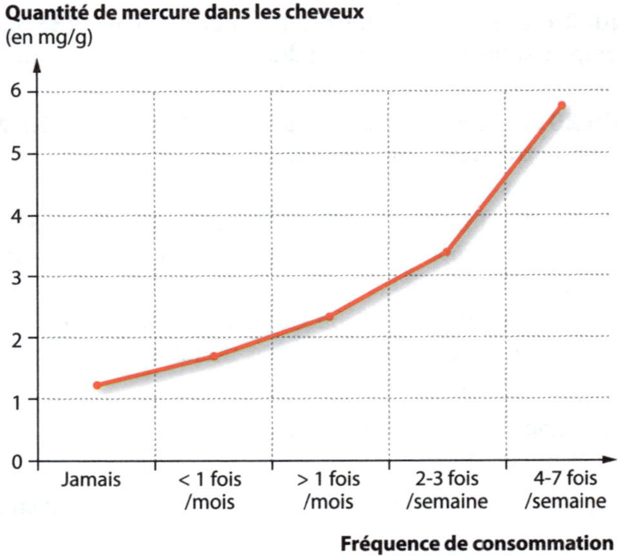

1) À partir du texte, indiquer le nom du polluant et l'origine de la pollution.

2) À partir du texte et du graphique, expliquer comment l'homme est contaminé par ce polluant.

3) Proposer deux solutions afin de limiter les risques sur la santé liés à cette pollution.

DÉMARRONS ENSEMBLE

1) Relis attentivement le texte de l'exercice. Deux réponses sont attendues ici : le nom du polluant et d'où provient ce polluant.

2) Utilise d'abord les informations du texte, puis complète ta réponse avec les informations fournies par le graphique.

3) Les deux solutions peuvent être déduites de l'étude du texte, mais tu peux proposer une solution à partir de tes connaissances.

12 Les énergies renouvelables en Islande

25 min

→ FICHE 27

Les énergies renouvelables constituent aujourd'hui un secteur de pointe de l'économie de l'Islande et l'un des piliers de sa politique énergétique.

1 En s'appuyant sur l'ensemble des documents, expliquer pourquoi les énergies hydraulique et géothermique occupent une part si importante dans la production d'énergie en Islande.

2 Après avoir indiqué la quantité d'énergie produite par les énergies non renouvelables, expliquer pourquoi l'Islande reste un producteur important de gaz à effet de serre.

Document 1 Activité volcanique et énergie hydraulique en Islande

L'Islande est une île volcanique située sur la dorsale médio-atlantique. Une partie importante de l'énergie consommée est d'origine géothermique. L'eau qui s'infiltre dans le sous-sol se réchauffe en circulant à proximité du magma présent en profondeur. Une autre part de l'énergie consommée est d'origine hydraulique. La proximité des glaciers et de zones volcaniques entraîne la formation de rivières glaciaires. La construction de barrages sur ces rivières permet la production d'électricité.

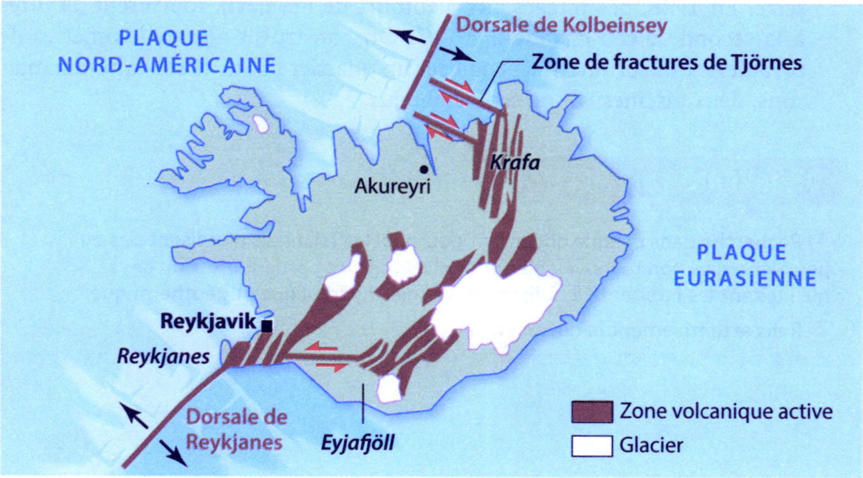

Document 2 Production énergétique et gaz à effet de serre en Islande

70 % de l'énergie du pays provient des énergies renouvelables. Plus de 99 % de l'électricité du pays est produite par l'énergie hydraulique et par l'énergie géothermique. Malgré tout, les Islandais émettent 10 tonnes de gaz à effet de serre par an et par habitant, ce qui est plus élevé que les émissions de gaz à effet de serre d'un Français (2,30 tonnes en 2002). Cela est dû à l'utilisation de moyens de transport comme l'automobile, l'avion et le bateau. En Islande, il n'existe pas de réseau ferroviaire.

Document 3 Utilisation de l'énergie géothermique

Il n'y a pas de combustibles fossiles en Islande (hormis un peu de tourbe et de lignite), mais l'activité thermique est prodigieuse : on trouve partout des sources chaudes dont certaines, jaillissantes, sont appelées geysers. L'emploi de l'énergie géothermique pour le chauffage domestique date de fort longtemps en Islande ; ce qui va de soi dans un climat qui exige que les maisons soient chauffées trois cent trente ou trois cent quarante jours par an. Autour de 1925, les sources chaudes furent utilisées pour la culture des légumes en serre. En 1928, des forages aux alentours de Reykjavik fournirent 14 litres à la seconde d'eau chaude à 87 °C. On construisit alors 3 kilomètres de tuyauterie qui permirent de chauffer un quartier pilote de soixante-dix maisons, deux piscines et une école publique.

DÉMARRONS ENSEMBLE

1) Recherche dans chaque document pourquoi les Islandais n'utilisent pas ou peu d'énergies non renouvelables et quelles sont les **particularités du pays** qui incitent les habitants à utiliser les énergies hydraulique et géothermique.

2) Relis attentivement le document 2.

CORRIGÉS

SE TESTER QUIZ

1 Les risques naturels

1 Réponse c. Des phénomènes géologiques tels que des séismes peuvent mettre en danger la société humaine sur certaines zones très localisées (essentiellement à la limite des plaques, mais pas uniquement).
L'affirmation **b** est fausse : certains séismes ont lieu loin des frontières de plaques.
Les affirmations **a** et **d** sont fausses : certaines zones sont plus susceptibles de subir un séisme. La surveillance de ces zones à risque permet de déceler une augmentation de signes avant-coureurs : il est donc possible d'anticiper un évènement sismique, même si on n'en a jamais la certitude…

2 Réponses b et c. Des phénomènes météorologiques tels que typhons ou ouragans dépendent de l'inégale répartition de l'énergie solaire reçue par notre planète. Celle-ci engendre des mouvements de masses d'air et des courants océaniques responsables de ces phénomènes parfois violents.
Ces évènements peuvent être anticipés (dans une certaine mesure) par des modélisations et par la surveillance de l'évolution de température et de pression.

2 La gestion des risques naturels

Réponses a, c et d. Les conséquences dramatiques de certaines catastrophes naturelles (séismes, tempêtes…) peuvent être limitées par la surveillance des zones à risques, par l'éducation des populations confrontées aux risques, mais également, quand la catastrophe est en cours ou terminée, par la réactivité des services de secours (pompiers, médecins, secouristes…).
Remarque : le déploiement des services de secours est organisé par les Pouvoirs publics.
La réponse **b** est fausse : pour résister aux séismes, les bâtiments doivent être « souples ». Ainsi, ils peuvent se déformer au lieu de se fissurer et de s'effondrer.

3 Les ressources terrestres

Réponse b. Certaines ressources sont considérées comme « non renouvelables » car une fois utilisées, elles se renouvellent, mais **extrêmement lentement**.

> **À NOTER**
> On estime qu'il faut naturellement près de **100 000 ans** pour produire du pétrole…

4 La dégradation de l'environnement

1 Réponses a et b. Le déboisement peut favoriser l'érosion des sols et la sécheresse. L'utilisation de pesticides en agriculture dégrade la biodiversité et représente une menace pour la survie de nombreux pollinisateurs.

2) **Réponses a, b et d.** Parmi les activités humaines citées, l'agriculture intensive, l'utilisation de pesticides et l'aménagement des espaces naturels en zones habitables ou en zones d'activité conduisent à réduire la biodiversité.
L'affirmation c est fausse : la polyculture permet d'accroître la biodiversité au sein des agrosystèmes.

5 La préservation de l'environnement

1) **Réponses b et d.** Protéger les espèces en voie de disparition et les espaces naturels, limiter le réchauffement climatique et réduire la pollution permet de préserver la biodiversité.

2) **Réponse a.** Pour réduire la production de gaz à effet de serre, il faut réduire l'utilisation des énergies fossiles (pétrole, gaz…).
La réponse d est fausse : c'est pour réduire le réchauffement climatique qu'il est important de réduire la production des gaz à effet de serre, et non l'inverse.

LES EXOS

6 Suivre la pollution marine provoquée par le naufrage d'un pétrolier : l'*Amoco Cadiz*

1) Sur la carte a, la première nappe a été représentée au large de Portsall le 18 mars 1978. C'est donc sur la côte de cette ville que le pétrolier s'est échoué.

2) Pendant le mois de mars, la nappe s'est propagée en direction de l'est. En effet, le 18 mars, elle était localisée par 5° de longitude ouest, et le 27 mars, elle était localisée par 3° de longitude ouest : elle a donc progressé de 2 degrés vers l'est.

3) Pendant le mois d'avril 1978, la nappe s'est déplacée vers l'ouest et le sud. En effet, le 27 mars, elle était par 3° de longitude ouest, puis localisée par 4° de longitude ouest le 4 avril pour finir par arriver à 5° de longitude ouest le 15 avril 1978 : elle a progressé de 2° vers l'ouest. Elle est également passée de 49° de latitude nord à un peu plus de 48° de latitude nord. Elle a progressé de 1° vers le sud.

4) On constate que la nappe a changé de sens de propagation.

7 Les quatre grandes familles de charbon

1) Les quatre grandes familles de charbon évoquées dans le texte sont la tourbe, le lignite, la houille et l'anthracite.

2) Ici, le tableau à construire est un tableau à double entrée.
Nombre de colonnes : on a besoin de 4 colonnes pour les 4 grandes familles de charbon + 1 colonne pour le titre.

Nombre de lignes : pour chaque famille de charbon, deux informations sont fournies (l'âge moyen et la teneur en carbone), on a donc besoin de 2 lignes + la ligne pour le titre.
On construit donc un tableau à 5 colonnes et 3 lignes.
On écrit le titre des lignes et des colonnes.
On ajoute les unités utilisées.
On écrit le **titre** du tableau.

> **À NOTER**
> Dans une copie il faut souligner le **titre** d'un document.

Âge moyen et teneur en carbone des 4 grandes familles de charbon

Famille de charbon / Informations fournies	Tourbe	Lignite	Houille	Anthracite
Âge moyen (en années)	1 000 à 7 000	60 millions	150 millions	300 millions
Teneur en carbone (en %)	50 à 55	55 à 75	75 à 90	90 à 95

Remarque : le tableau aurait également pu être construit en mettant les familles de charbon en lignes, et les deux informations sur ces différentes familles en colonnes.

3) Dans le tableau, nous voyons que la plupart des charbons mettent des millions d'années à se former, alors qu'on ne met que quelques minutes à les brûler. L'homme exploite ces matériaux plus rapidement que leurs stocks ne se reconstituent : on parle de ressources non renouvelables (à l'échelle d'une vie humaine).

8 Analyser une affiche

Le **document** présenté est une affiche réalisée par une association de protection de l'environnement.
L'affiche présente un photomontage, surmonté d'un titre accrocheur, avec un texte explicatif permettant de comprendre le photomontage, et le logo de l'association ainsi que le site internet où les joindre pour obtenir des informations complémentaires.

> **À NOTER**
> Ce **document** fourmille d'éléments à analyser finement. Il est nécessaire de structurer la présentation en traitant les informations une à une.

Analyse de la photographie

- **Présentation de la photographie :** le photomontage montre une plage souillée d'algues et un enfant portant des flotteurs aux bras qui joue avec les algues plutôt qu'avec du sable.

- **Interprétation de la photographie :** l'image est forte, elle provoque du dégoût car on se représente parfaitement le contact visqueux des algues.

Par ailleurs, la présence de flotteurs aux bras de l'enfant induit la nécessité de le protéger contre les risques de noyade et renforce l'idée de vulnérabilité.

> **CONSEIL**
> Révise la méthode de la fiche 28 pour exploiter correctement la **photographie** de l'affiche (observation, description, interprétation).

Analyse du titre

Le titre « Bonnes vacances » est ironique ; l'affiche assène que des vacances sur ce genre de plages couvertes d'algues pourraient s'avérer mortelles…

Analyse du texte

Le texte explique que la décomposition de ces algues dégage un gaz mortel pour l'homme, et à plus forte raison pour un enfant…

De plus, le texte de l'affiche précise que cette prolifération d'algues est due à l'élevage des porcs et à l'utilisation d'engrais : les responsables sont pointés du doigt. L'association accuse, mais souhaite également montrer que des solutions existent.

Analyse du logo

Le logo est de la même couleur rouge que celle des flotteurs de l'enfant : l'organisme environnemental se plaît-il, par association de couleur, à évoquer la protection de l'enfant ?

Conclusion

L'affiche est efficace. Elle exploite nos peurs (un enfant innocent en danger) ; elle utilise l'humour noir et nous fait réfléchir : il y a un problème environnemental, mais la cause étant identifiée, il peut être résolu.

Critique de l'affiche

La photographie montre une plage couverte d'algues vertes ; or, la verdure est fréquemment associée à la nature, au bien-être et à une certaine forme de bonne santé. Une personne regardant d'un œil distrait l'affiche, sans prendre la peine de lire le texte, ne risque-t-elle pas de passer à côté du message ?

N'est-il pas dangereux d'un point de vue sociétal et politique d'accuser une corporation (ici les éleveurs de porcs et les agriculteurs) ?

9 Estimer les conséquences de la surpêche

1 On distingue trois parties dans le graphique.

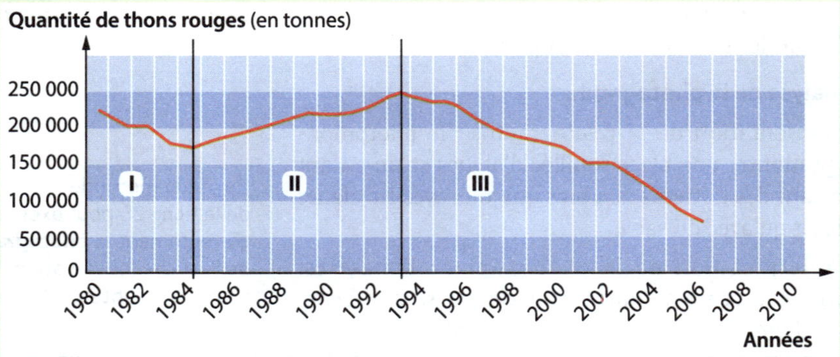

■ **Partie I :** de 1980 à 1984, la quantité de thons rouges estimée dans les océans diminue d'environ 225 000 tonnes à près de 175 000 tonnes.

■ **Partie II :** de 1984 à 1994, la quantité de thons rouges augmente lentement (il a fallu 10 ans pour reconstituer les stocks de 1984...) jusqu'à 250 000 tonnes.

■ **Partie III :** de 1994 à 2006, la quantité de thons rouges diminue de 250 000 à environ 75 000 tonnes.

2) Le thon rouge est une espèce menacée de disparition, car d'une part, nous voyons sur le document 2 que le tonnage pêché dans l'Atlantique Nord et la Méditerranée en 2006 est supérieur au seuil de survie de l'espèce, et d'autre part, le document 1 nous montre que **la population estimée de thons rouges diminue depuis 1994** : la situation ne semble pas s'arranger...

3) La disparition du thon rouge est une menace pour la biodiversité dans le milieu marin, car le thon constitue un maillon dans les chaînes alimentaires. S'il disparaît, ses proies vont proliférer (harengs, poissons végétariens) ainsi que son concurrent (cormoran), et ses prédateurs vont être en déclin (requins).

4) Propositions pour sauver le thon rouge et maintenir la biodiversité du milieu marin :
- établir un **quota de pêche** autorisé inférieur au seuil de survie de l'espèce ;
- **interdire la pêche** pendant la période de reproduction.

OBJECTIF BREVET

10 Le trajet de l'ouragan Chris au large du Canada

1) <u>**Tableau de données du déplacement de l'ouragan Chris en juin 2012**</u>

Date / Informations fournies	18 juin	19 juin	20 juin
Vitesse du vent (km/h)	74	74	102
Position en latitude (°N)	38,3	38,9	38,3
Position en longitude (°O)	60,5	56,7	47,5

2) On place le 1er point indiquant la position du phénomène climatique le 18 juin 2012. On lit sur le tableau qu'il est localisé, à cette date, au 38,3 degré de latitude nord et au 60,5 degré de longitude ouest. Cette fourchette nous permet de **localiser** de manière très grossière le phénomène climatique dans cette zone.
Une « case » représente 5° de latitude et 5° de longitude.

À NOTER
Il est important d'avoir une idée générale de la **localisation** du phénomène. Ainsi, si en plaçant un point tu as commis une erreur, tu le verras immédiatement.

■ **Pour la latitude**, on mesure que 5° correspondent à 15 mm. On cherche à placer 38,3°, c'est-à-dire 35° + 3,3°. Plutôt que de placer les 38,3°, on va placer 3,3° plus au nord de la latitude 35° Nord.

Réalité (°)	Sur la carte (mm)
3,3	X
5	15

On effectue un produit en croix : $X \times 5 = 3{,}3 \times 15$.

C'est-à-dire : $X = 3{,}3 \times \dfrac{15}{5} = 9{,}9 \approx 10$ mm.

■ **Pour la longitude**, on mesure que 5° correspondent à 10,5 mm. On cherche à placer 60,5°, c'est-à-dire 60° + 0,5°. Plutôt que de placer les 60,5°, on va placer 0,5° plus à l'ouest que la longitude 60° Ouest.

Réalité (°)	Sur la carte (mm)
0,5	X
5	10,5

On effectue un produit en croix : $X \times 5 = 0{,}5 \times 10{,}5$.

C'est-à-dire : $X = 0{,}5 \times \dfrac{10{,}5}{5} = 1{,}05 \approx 1$ mm.

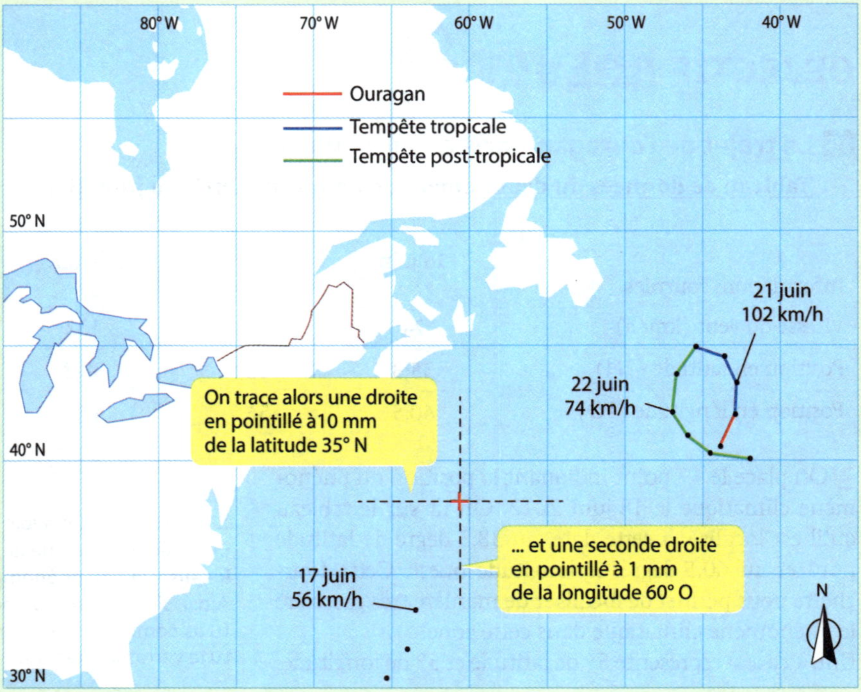

Le phénomène climatique était localisé le 18 juin à l'intersection entre ces deux droites. On trace alors une croix pour marquer l'emplacement.
On fait de même pour les deux autres dates.

3) On relie les emplacements ainsi marqués par un trait tracé à main levée (voir ci-dessous).

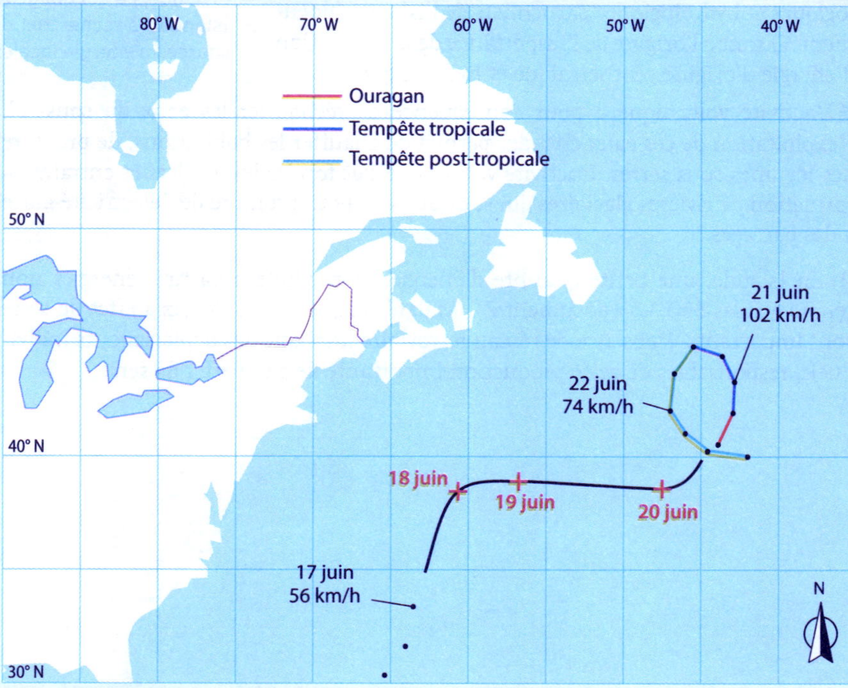

4) Le phénomène climatique se dirige au nord-nord-est du 17 au 18 juin. Puis, il se dirige vers l'est du 18 au 20 juin. Enfin, il remonte vers le nord-est à partir du 20 juin.

11 Une pollution en Guyane

1) Le polluant est le mercure. La pollution de l'eau des rivières par ce mercure a pour origine la pratique de l'orpaillage, c'est-à-dire l'extraction de l'or.

2) D'après le texte, l'homme est contaminé en consommant du poisson issu du fleuve Sinnamary. Le graphique nous montre que plus la consommation de poissons du fleuve est fréquente, plus la contamination de l'homme est importante.

3) Pour limiter les risques sur la santé de l'homme, on pourrait :
- diminuer, voire arrêter la consommation de poissons issus du fleuve ;
- interdire l'orpaillage ;
- ou encore (3e solution) éviter de boire l'eau du fleuve contaminé.

12 Les énergies renouvelables en Islande

1 ■ Les énergies hydraulique et géothermique occupent une part importante dans la production d'énergie en Islande car, d'une part, il n'y a pas d'énergie fossile en Islande (document 3), et d'autre part, les contextes géologiques et hydrologiques particuliers de l'Islande (document 1) sont à l'origine de l'importance de la production d'énergie d'origine géothermique et hydraulique.

À NOTER

À ces **contextes**, on peut ajouter celui d'un relatif isolement géographique de l'Islande, ce qui oblige les Islandais à rechercher des sources d'énergie locales.

■ L'activité volcanique a pour conséquence de réchauffer les eaux du sous-sol. L'exploitation de ces eaux chaudes permet de chauffer les habitations, de produire des légumes sous serres. L'activité volcanique fait fondre les glaciers et entraîne la formation de rivières glaciaires qui sont utilisées pour produire de l'électricité grâce à des barrages.

2 En Islande, une petite quantité d'énergie est produite à partir d'énergies non renouvelables (30 %) (document 2). Malgré cela, les rejets de gaz a effet de serre sont importants. L'absence de réseau ferroviaire implique des déplacements individuels, responsables de cette production importante de gaz à effet de serre.

9 Préparer l'épreuve du brevet

30 Comment s'organise l'épreuve de sciences ?

EN BREF ▸ *Le nouveau brevet comprend une épreuve écrite indépendante portant sur deux des trois matières scientifiques : physique-chimie, SVT et technologie. Cette épreuve de sciences dure 1 heure et est notée sur 50 points.*

I Comment se déroule l'épreuve ?

1 La composition de l'épreuve

- L'épreuve de sciences, d'une durée totale de 1 heure, porte sur deux des trois disciplines suivantes, tirées au sort chaque année : physique-chimie, SVT et technologie.

À NOTER
Selon le résultat du **tirage au sort**, l'épreuve portera sur la physique-chimie et la technologie, ou sur la technologie et les SVT, etc.

- Le sujet se compose, pour chaque discipline, d'un ou de plusieurs exercices souvent reliés par une thématique commune.

2 Le barème

L'épreuve de sciences est notée sur 50 points. L'évaluation prend en compte la clarté et la précision des raisonnements ainsi que, plus largement, la qualité de la rédaction scientifique. Si vous ne terminez pas un exercice, les démarches engagées, même non abouties, seront prises en compte dans la notation.

II Comment obtenir le diplôme du brevet ?

Pour obtenir le diplôme du brevet, il faut totaliser au moins 400 points sur 800, lorsqu'on ajoute les points du contrôle continu et des épreuves finales.

1 Le décompte des points

- À la fin de l'année, vos professeurs évaluent votre niveau de maîtrise des huit composantes du socle commun de connaissances et de compétences (insuffisante, fragile, satisfaisante, très bonne), qui correspond à un nombre de points (10, 25, 40, 50). Vous pouvez donc obtenir au maximum 400 points au contrôle continu.
- À ce nombre de points du contrôle continu, s'ajoutent les notes obtenues aux cinq épreuves finales. Vous pouvez obtenir au maximum 400 points aux épreuves finales.

2 Les mentions

Les mentions sont décernées selon le barème du tableau ci-contre.

Mention	Notation
Assez bien	au moins 480 points sur 800
Bien	au moins 560 points sur 800
Très bien	au moins 640 points sur 800

31 Comment réussir les exercices de SVT ?

EN BREF ▸ *En SVT, il te faut mobiliser tes connaissances, bien analyser les documents fournis et présenter tes réponses de façon rigoureuse et claire.*

I Quels sont les documents proposés ?

Les documents proposés dans la partie SVT d'un sujet de brevet sont en rapport avec une thématique commune à l'autre matière de l'épreuve de sciences (physique-chimie ou technologie). Les documents peuvent décrire les résultats d'une expérience, présenter le fonctionnement d'un appareil, évoquer une découverte, et sont toujours en lien avec le programme. Ils peuvent être de différents types : textes, schémas, photographies, graphiques...

II Quels sont les types de questions ?

- Les questions de cours à proprement parler sont rares. Le plus souvent, on te demande de t'appuyer sur les documents, de les analyser et de les **interpréter** pour y trouver les informations qui te serviront à étayer ta réponse de façon rigoureuse.

- Les questions sont indépendantes les unes des autres, mais il est préférable de les traiter dans l'ordre. Certaines questions sont plus ouvertes. Elles te demandent alors de synthétiser les données de plusieurs documents et de faire un bilan (par exemple, sur l'aspect positif ou négatif d'une technique) ou d'exercer ton esprit critique. Pour cela, tu dois toujours t'appuyer sur une **caractérisation** précise des documents avant de donner une réponse argumentée.

> **À NOTER**
> L'**interprétation** de documents scientifiques est une des étapes de la démarche d'investigation.

> **À NOTER**
> Pour **caractériser** un document, il faut identifier sa nature (photo, texte, graphique...), son titre, son auteur, sa source, sa date, etc.

III Comment rédiger tes réponses ?

- Lis les documents attentivement. Souligne les éléments qui te permettent de répondre à la question. Tu peux t'aider d'une feuille de brouillon.

- Prends le temps de bien comprendre les questions. Que te demande-t-on précisément ? Quelles informations dois-tu chercher ? Dans quel(s) document(s) peux-tu les trouver ?

- Pour rédiger ta réponse, choisis bien tes arguments, en prenant appui sur les documents. Sois le plus clair possible dans ta rédaction, et veille à bien faire apparaître les liens logiques dans tes explications.

- Tu dois également savoir dessiner ou compléter un croquis, et on peut te demander de légender un dessin.

SUJET 1

La fécondation *in vitro*

30 min

→ FICHE 24

Chaque année en France, la procréation médicalement assistée permet la naissance de plus de 23 000 enfants. Un couple qui n'arrive pas à avoir d'enfant rencontre un médecin spécialisé dans la procréation médicalement assistée.

Document 1 Critères de normalité du sperme

Critère	Norme	Patient X
Volume de l'éjaculat	2 à 6 ml	4,2 ml
Quantité de spermatozoïdes	20 à 250 millions/ml d'éjaculat	7,4 millions/ml d'éjaculat
Mobilité des spermatozoïdes	> 50 % mobiles ou > 25 % très mobiles	20 % mobiles
Vitalité des spermatozoïdes	> 60 %	70 %
Morphologie des spermatozoïdes	> 30 % de formes normales	10 % de formes normales

Document 2 Fécondation *in vitro* avec micro-injection (ICSI)

L'ICSI est l'injection d'un spermatozoïde dans un ovule en dehors du corps de la femme.

Sous contrôle d'un microscope, l'ovule est maintenu avec une pipette, et le spermatozoïde est injecté avec une pipette d'injection.

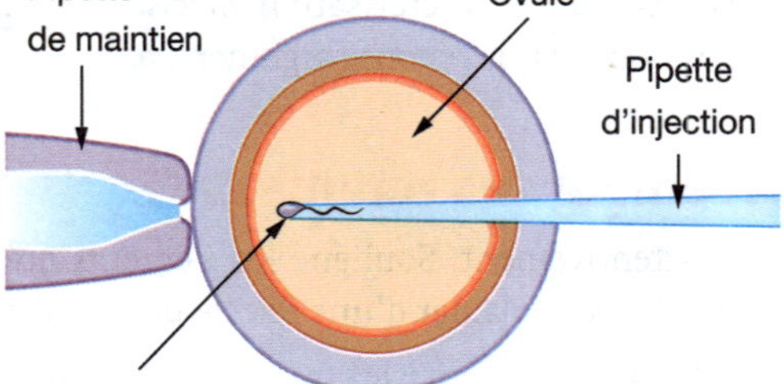

Si la fécondation a lieu et qu'un embryon se développe, il sera transféré entre 48 h et 72 h après sa formation dans l'utérus où il continuera à se développer jusqu'à son implantation.

1) À partir du document 1, expliquer l'origine de l'infertilité du patient X.

2) À partir du document 2 et de vos connaissances, expliquer en quoi une fécondation *in vitro* avec micro-injection (ICSI) peut permettre à monsieur X d'avoir un enfant.

DÉMARRONS ENSEMBLE

1) Dans le document 1, commence par **comparer** les critères de normalité du sperme chez l'homme et les caractéristiques du sperme du patient X.

2) Utilise les informations tirées de la question 1, et indique les **avantages de l'ICSI** pour résoudre les problèmes de fertilité du patient X.

SUJET 2

30 min

Construction et exploitation d'un arbre de parenté

→ FICHES 8 et 9

Document 1 Groupes d'animaux actuels et fossiles

Ils possèdent tous des yeux, une bouche, une mâchoire, un squelette interne et des doigts. (LT : longueur totale ; LQ : longueur de la queue)

Chat domestique
(LT : 45 cm, LQ : 30 cm)

Cistude d'Europe
(LT : jusqu'à 30 cm)

Corbeau freux
(LT : 46 cm)

Crocodile du Nil
(LT : 480 cm)

Lézard vert
(LT : 13 cm, LQ : jusqu'à 26 cm)

Archéoptéryx
(Jurassique supérieur)
(LT : 60 cm)

Mammouth laineux
(Pléistocène)
(hauteur : 330 cm)

Tyrannosaure
(Crétacé supérieur)
(LT : 12 mètres)

Document 2 Tableau indiquant la présence ou l'absence de certains attributs

Attributs / Groupes d'animaux	Amnios	Deux fenêtres temporales	Gésier	Poils	Carapace sur le dos et le ventre	Plumes	Os de la mâchoire mobile
Chat domestique							
Cistude d'Europe							
Corbeau freux							
Crocodile du Nil							
Lézard vert							
Tyrannosaure							
Archéoptéryx							
Mammouth							

Document 3 Définition de quelques attributs utilisés

- L'**amnios** est une enveloppe protectrice entourant l'embryon.
- Une **fenêtre temporale** est une perforation du crâne à l'arrière de l'orbite.
- Un **gésier** est une poche digestive particulière.

1 Classer les êtres vivants présentés sous forme d'ensembles emboîtés.

2 Construire un arbre de parenté résumant les relations de parenté entre ces différents êtres vivants.

3 Justifier l'affirmation : « Un groupe présente un ou des attributs nouveaux mais conserve ses attributs ancestraux. »

Chat a l'os de la mâchoire mobile (nouveau) mais a des poils

DÉMARRONS ENSEMBLE

1 Commence par déterminer le nombre de boîtes à réaliser.
Ensuite, pour construire les boîtes, observe bien la répartition des attributs pour savoir si certaines boîtes doivent être **emboîtées** ou **côte à côte**.

2 Place à la base de l'arbre l'**attribut le plus partagé**. Ajoute une branche correspondant au second attribut le plus partagé. Place une seconde branche, correspondant à **l'absence** de ce second attribut, etc.

3 Utilise un groupe pour justifier l'affirmation. Par exemple le groupe des « oiseaux » : en quoi ces animaux présentent-ils à la fois des attributs nouveaux et des attributs ancestraux ?

SUJET 3

Étude d'un caryotype humain

30 min

→ FICHES **2**, **5** et **6**

Un caryotype est une photographie de l'ensemble des chromosomes d'une cellule. Sa réalisation nécessite le prélèvement de cellules en laboratoire, leur mise en culture et la photographie des chromosomes qui les composent à l'aide d'un microscope très puissant. Dans un caryotype, les chromosomes sont classés de manière standard par paire et par taille.

1 Comparer les deux caryotypes, et proposer des hypothèses sur le type de cellules dont les chromosomes sont issus. Justifier les hypothèses.

2 À partir de vos connaissances, indiquer le sexe de chacun des individus dont sont issues les cellules utilisées pour établir les caryotypes ci-contre.

3 À partir de vos connaissances, expliquer comment la fécondation est à l'origine des 23 paires de chromosomes d'une cellule-œuf humaine.

Document 1 Caryotype rangé d'une cellule humaine

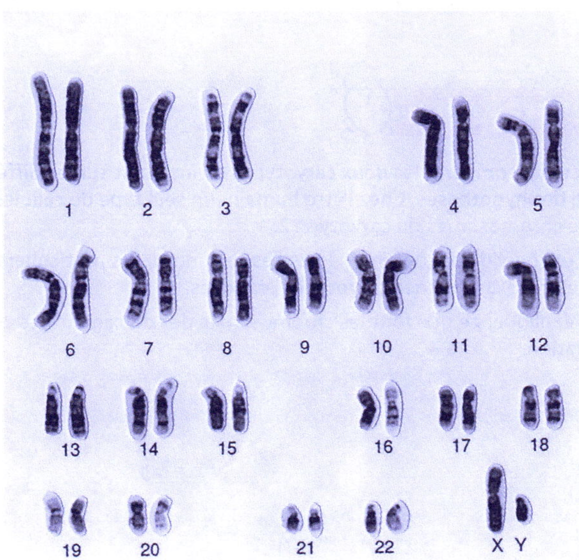

Document 2 Caryotype rangé d'une autre cellule humaine

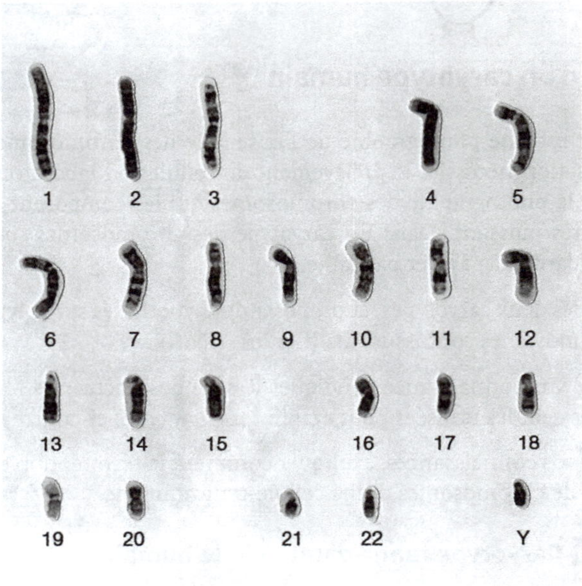

DÉMARRONS ENSEMBLE

1) Commence par comparer les deux caryotypes en insistant sur les différences, puis propose des hypothèses. Chez l'être humain, un seul type de cellules présente le nombre de chromosomes du caryotype 2.

2) Le sexe d'un individu est déterminé par des chromosomes particuliers. Recherche-les dans chacun des caryotypes proposés.

3) Il s'agit d'expliquer ce que font les chromosomes des deux gamètes au moment de la fécondation.

SUJET 4

Les séismes sur Terre

30 min

→ FICHE 25

De nombreuses planètes du Système solaire présentent une activité interne (volcanisme, activité sismique…). Parmi celles-ci : la planète Terre. L'étude de séismes à l'aide de stations d'enregistrement permet de localiser les épicentres afin de prévenir les risques sismiques.

Document 1 Temps mis par les ondes sismiques pour atteindre trois stations d'enregistrement

Pour localiser l'épicentre d'un séisme, on utilise les résultats obtenus par trois stations ayant enregistré le même séisme : sachant que les ondes sismiques se propagent à la vitesse de 7,5 km/s, et connaissant le temps mis par les ondes de l'épicentre à la station, on peut retrouver la distance séparant l'épicentre de la station. L'épicentre est situé à l'intersection des trois cercles centrés sur chacune des stations.

Un séisme a été enregistré à Paris, à Lisbonne et à Moscou. Les ondes sismiques ont mis 53 s pour atteindre Paris, 4 min pour parvenir à Lisbonne, et 4 min 35 s pour atteindre Moscou.

Document 2 Carte de l'Europe

1 À partir du document 1, et sachant que $v = \frac{d}{t}$, calculer la distance séparant l'épicentre de chacune des stations.

2 Grâce à l'échelle du document 2, localiser sur la carte l'épicentre du séisme. Veiller à préciser les calculs.

Bon

DÉMARRONS ENSEMBLE

1 Dans le document 1, **utilise la formule donnée** : la distance égale le temps multiplié par la vitesse. Attention aux unités !

2 Tu as calculé les distances réelles entre l'épicentre et les stations. Il s'agit maintenant de faire le lien entre la distance réelle et la distance sur la carte. Pour cela, **mesure** avec ta règle **l'échelle** située en bas à droite de la carte, puis effectue un **produit en croix** afin de déterminer la distance, sur la carte, entre l'épicentre et chacune des trois stations.

$v = \frac{d}{t}$

7,5 km/s en
7,5 km en 1s
7500 m/s

(1) $d = v \times t$

$d = 7500 \times 53 = 397500$ m

(2) $d = 7500 \times 240 = 1\,800\,000$ m

(3) $d = 7500 \times 275 = 2\,062\,500$ m

1,2 cm	800 km = 800 000 m
0,59 cm	397500

1,2 cm	800000 m
2,7 cm	1800000

1,2 cm	800000 m
3,09 cm	2062500

SUJET 5

Une maladie nutritionnelle

30 min

Document 1 Composition en protéines du lait maternel et du maïs

Le kwashiorkor est une maladie répandue dans certaines populations d'Afrique. Elle apparaît lorsque les enfants reçoivent une alimentation presque uniquement constituée de céréales comme le maïs en remplacement du lait maternel. La maladie apparaît même si la quantité de maïs est augmentée. En revanche, elle est absente dans les populations qui fournissent à leurs enfants de la viande et du poisson (même en faible quantité) en plus des céréales.

	Dans 100 g de lait maternel	Dans 100 g de maïs
Quantité de protéines (en g)	1,2	8

Document 2 Composition en acides aminés des protéines

Acides aminés (en g)	Dans 100 g de protéines issues du lait maternel	Dans 100 g de protéines issues du maïs
Leucine	9,2	24
Isoleucine	6,1	7,3
Lysine	8,2	0
Méthionine	3,4	0
Phénylalanine	5	6,4
Thréonine	4,9	3
Tryptophane	1,2	0,1
Valine	7,2	3
Les 12 autres acides aminés	54,8	56,2

1) À partir de vos connaissances, indiquer quelle transformation subissent les protéines au cours de la digestion.

2) À partir des informations tirées des deux documents, démontrer quelle est la cause du kwashiorkor.

DÉMARRONS ENSEMBLE

2) La maladie étant de nature nutritionnelle, elle peut avoir une cause **quantitative** (il n'y a pas suffisamment de protéines) ou une cause **qualitative** (certaines substances font défaut). Teste ces hypothèses à l'aide des documents.

CORRIGÉS

SUJET 1

La fécondation *in vitro*

1 Le document 1 montre que le patient X a un volume normal de sperme, et une vitalité correcte de ses spermatozoïdes. Par contre, ses spermatozoïdes sont en nombre anormalement bas (7,4 millions/ml d'éjaculat), ils sont peu mobiles (20 % alors que la norme est à plus de 50 %) et ont une morphologie anormale (seulement 10 % de formes normales, contre 30 % minimum pour la norme).

2 L'ICSI permet de contourner le problème des spermatozoïdes :

Problème des spermatozoïdes du patient X	Solution apportée par l'ICSI
Morphologie anormale	Le médecin sélectionne au microscope un spermatozoïde présentant une morphologie normale
Mobilité insuffisante	Le spermatozoïde sélectionné est directement injecté dans l'ovule
Nombre insuffisant	Le spermatozoïde sélectionné est directement injecté dans l'ovule

SUJET 2

Construction et exploitation d'un arbre de parenté

1 et **2** On commence par déterminer le nombre de boîtes à réaliser. On compte 7 attributs distincts : il y aura donc 7 boîtes.

- L'attribut partagé par le plus grand nombre d'espèces est « présence d'amnios » : tous les animaux du tableau disposent d'un amnios lors de leur développement embryonnaire. La boîte la plus grande comporte donc tous les animaux.
- Ensuite, les animaux étudiés possèdent soit une carapace sur le dos et sur le ventre, soit des poils, soit deux fenêtres temporales. La boîte « amnios » contient donc trois boîtes côte à côte, correspondant à chacun de ces trois attributs.
- Parmi les animaux dotés de deux fenêtres temporales, certains ont l'os de la mâchoire mobile, d'autres possèdent un gésier : on crée donc deux boîtes côte à côte à l'intérieur de la boîte « 2 fenêtres temporales », chacune regroupant les animaux possédant ces attributs.
- Parmi les animaux avec un gésier, certains possèdent des plumes : on crée donc une boîte « plumes » à l'intérieur de la boîte « gésier ».

■ Enfin, on ajoute le nom des espèces animales dans les bonnes boîtes.

RAPPEL

→ Un arbre de parenté est la **représentation schématique** des liens de parenté supposés entre les espèces et les groupes, à partir des modifications survenues chez un ancêtre commun.

→ La « base de l'arbre » correspond aux **attributs les plus partagés**, une « branche de l'arbre » correspond à la **présence** du second attribut le plus partagé, une seconde « branche de l'arbre » à son **absence**.

→ Le nom des animaux se place aux extrémités des branches, et les attributs se placent **avant le nœud** des branches.

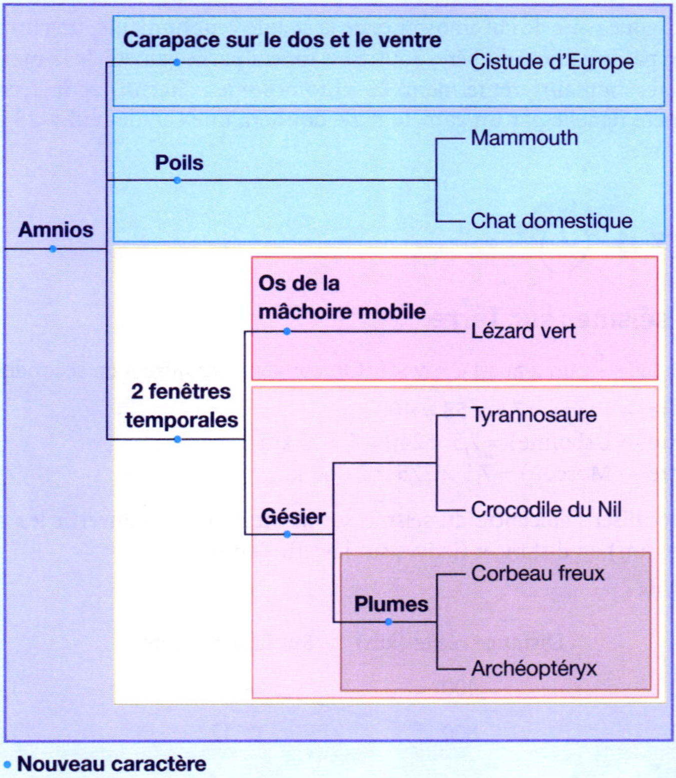

3 Le groupe des « oiseaux » présente un nouvel attribut : des plumes, mais conserve des attributs précédemment apparus (ancestraux) : l'amnios, deux fenêtres temporales, un gésier. Un groupe présente donc des attributs nouveaux et des attributs ancestraux.

SUJET 3

Étude d'un caryotype humain

1 Le caryotype 1 compte 23 paires de chromosomes, le caryotype 2 comporte 23 chromosomes, c'est-à-dire deux fois moins. Le caryotype 2 est issu d'un gamète, alors que le caryotype 1 provient de n'importe quelle cellule humaine (sauf un gamète) : les cellules humaines contiennent 46 chromosomes et les gamètes 23.

2 L'individu du caryotype 1 est de sexe masculin, car la cellule possède un chromosome X et un chromosome Y. Or, seuls les mâles disposent d'un chromosome Y. De même, l'individu porteur du caryotype 2 est de sexe masculin car le gamète étudié présente un chromosome Y.

3 Pour chaque paire de chromosomes de la cellule-œuf humaine, un chromosome est fourni par le gamète du père, l'autre est fourni par le gamète de la mère.
Les gamètes humains renferment 23 chromosomes chacun, et la fécondation d'un gamète femelle par un gamète mâle donnera une cellule-œuf à 23 paires de chromosomes.

SUJET 4

Les séismes sur Terre

1 Comme $v = \frac{d}{t}$, on a aussi $d = v \times t$. On convertit les durées en secondes, d'où :
d(épicentre → Paris) = 7,5 × 53 ≈ 400 km
d(épicentre → Lisbonne) = 7,5 × 240 = 1 800 km
d(épicentre → Moscou) = 7,5 × 275 ≈ 2 060 km.

2 Pour localiser l'épicentre du séisme sur la carte, il faut convertir les distances réelles (en km) en distances fictives sur la carte (en mm).

- Pour Paris :

Distance réelle (km)	Sur la carte (mm)
400	x
800	12

On effectue un produit en croix : $x \times 800 = 400 \times 12$.

C'est-à-dire $x = \frac{400 \times 12}{800} = 6$ mm.
À l'aide d'un compas, on trace un cercle de 6 mm de rayon, pointe sur Paris.
L'épicentre est localisé quelque part sur le cercle, à 6 mm de Paris.

- On applique le même raisonnement pour Lisbonne :

Distance réelle (km)	Sur la carte (mm)
1 800	x
800	12

On effectue un produit en croix : $x \times 800 = 1\,800 \times 12$.

C'est-à-dire $x = \frac{1\,800 \times 12}{800} = 27$ mm.

À l'aide d'un compas, on trace un cercle de 27 mm de rayon, pointe sur Lisbonne. L'épicentre est localisé quelque part sur le cercle, à 27 mm de Lisbonne et 6 mm de Paris, c'est-à-dire à l'un des deux endroits où se coupent les deux cercles.

- Pour Moscou : $x \times 800 = 2\,060 \times 12$, soit $x = \frac{2\,060 \times 12}{800} \approx 31$ mm.

À l'aide d'un compas, on trace un cercle de 31 mm de rayon, pointe sur Moscou. L'épicentre est localisé quelque part sur le cercle, à 31 mm de Moscou : l'endroit où les trois cercles se coupent.

- L'épicentre est localisé à proximité d'Amsterdam.

SUJET 5

Une maladie nutritionnelle

1) Lors de la digestion, les protéines sont transformées en acides aminés.

2) - La maladie a-t-elle une cause quantitative ?

Le document 1 montre que 100 g de maïs contiennent plus de protéines que 100 g de lait. De plus, le texte indique que la maladie apparaît même si la quantité de maïs est augmentée. La maladie n'est donc pas liée à la quantité de protéines.

- La maladie a-t-elle une cause qualitative ?

Le document 2 montre que plusieurs acides aminés sont présents dans les protéines du lait mais absents ou en faible quantité dans celles du maïs, par exemple la lysine et la méthionine. Le texte indique que cette absence peut être palliée par des apports faibles de viande ou de poisson qui, vraisemblablement, contiennent les acides aminés manquants. Le kwashiorkor est une maladie nutritionnelle due à une carence en certains acides aminés indispensables.

> **À NOTER**
> Pense à préciser dans ta réponse l'**origine des informations** que tu fournis (quel document, quel tableau, etc.).

Annexes

Connaître les unités des principales grandeurs utilisées en SVT

Unités du système international (SI)

Quantité physique	Unité	Symbole
longueur	mètre	m
masse	kilogramme	kg
temps	seconde	s
température thermodynamique	kelvin	K
quantité de substance	mole	mol

Fractions, multiples et symboles

Fraction	Préfixe	Symbole	Multiple	Préfixe	Symbole
10^{-1}	déci	d	10	déca	da
10^{-2}	centi	c	10^{2}	hecto	h
10^{-3}	milli	m	10^{3}	kilo	k
10^{-6}	micro	µ	10^{6}	méga	M
10^{-9}	nano	n	10^{9}	giga	G
10^{-12}	pico	p	10^{12}	téra	T

Fractions et multiples d'unités du SI dotées de noms spéciaux

Quantité physique	Nom de l'unité	Symbole	Définition de l'unité
longueur	angström	Å	10^{-10} m = 10^{-8} cm
longueur	micromètre	µm	10^{-6} m
surface	hectare	ha	10^{4} m^{2}
pression	bar	bar	10^{5} $N \cdot m^{-2}$ = 10^{5} Pa
pression	millibar	mbar	10^{2} $N \cdot m^{-2}$ = 10^{2} Pa
poids	tonne	t	10^{3} kg

ANNEXE 2

Réaliser un dessin en SVT

Un dessin d'observation en SVT est une représentation aussi précise que possible d'un « objet réel ». Il doit respecter des conventions très strictes.

Les étapes de réalisation d'un dessin

1 Tracer un cartouche

- Tracer un cartouche permet de poser des bornes pour le dessin.
- Le cartouche doit être suffisamment grand, centré en largeur dans la page, avec assez de place à droite et à gauche pour inscrire les légendes.

2 Dessiner dans le cartouche

- Le dessin doit être assez grand, bien orienté, et occuper tout le cartouche.
- Respecter les proportions et la ressemblance.
- Au crayon de papier, tracer des traits nets, fins et continus.

3 Tracer les traits de la légende

- Les traits de la légende doivent être précis et tracés à la règle. Les traits ne doivent jamais se croiser.
- Placer des pointes de flèches sur les éléments à légender de façon précise.

4 Ajouter la légende

- La légende doit être complète, exacte, écrite avec soin, sans faute d'orthographe.
- Veiller à écrire les textes à l'extrémité des flèches, horizontalement, à droite et à gauche du cartouche.

5 Titrer le dessin et indiquer l'échelle

- Donner un titre correct et précis : mentionner la nature de l'objet dessiné, son mode d'observation (œil nu, microscope...).
- Placer le titre à l'extérieur du cartouche (au-dessus ou en dessous). Il doit être centré et souligné.
- Indiquer l'échelle du dessin en précisant le grossissement. Le grossissement d'un objet observé au microscope est égal au produit du grossissement de l'oculaire par le grossissement de l'objectif utilisé.

Exemple

1 Les fautes à éviter

[Titre absent]

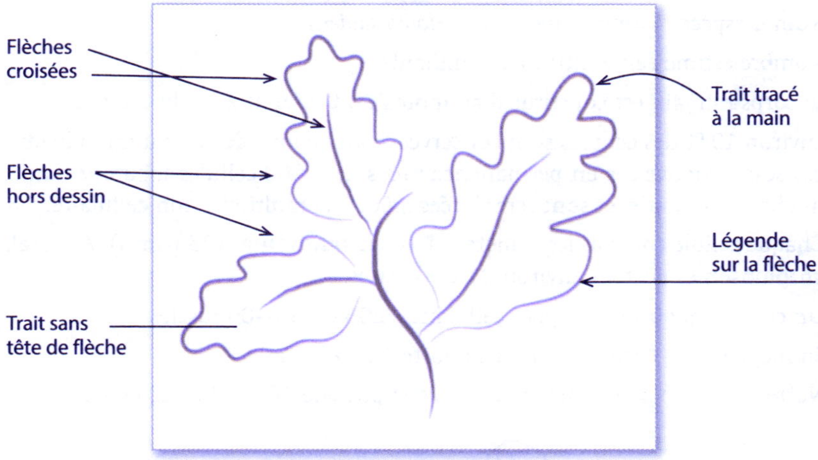

[Mode d'observation, grossissement absents]

2 Les conventions à respecter

Titre souligné

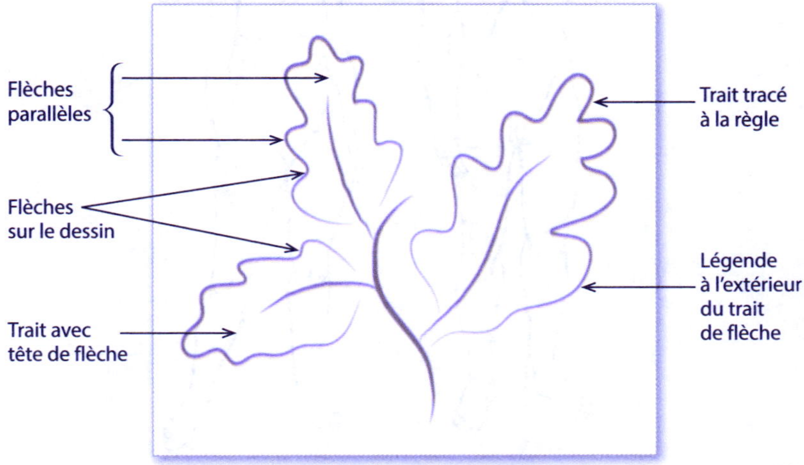

Mode d'observation, grossissement

Connaître quelques données clés en SVT

L'être humain en quelques chiffres

- Nom d'espèce : **Homme moderne** (*Homo sapiens*).
- Nombre estimé (en 2020) : 7,79 milliards.
- Le corps humain est constitué d'au moins **50 000 milliards de cellules.**
- Environ 10 % des cellules sont conservées tout au long de la vie d'un individu. Les autres sont renouvelées en permanence : près de 2 000 cellules meurent naturellement chaque seconde, et sont remplacées grâce à la multiplication cellulaire.
- Chaque cellule (hormis les gamètes) a **46 chromosomes** (23 paires). Au total, ces 46 chromosomes portent environ **21 000 gènes.**
- On compte environ 200 types cellulaires, 206 os et 640 muscles.
- En moyenne, le corps humain comporte **5 L** de sang.
- Notre cerveau pèse en moyenne **1,6 kg** et possède **100 milliards de neurones.**

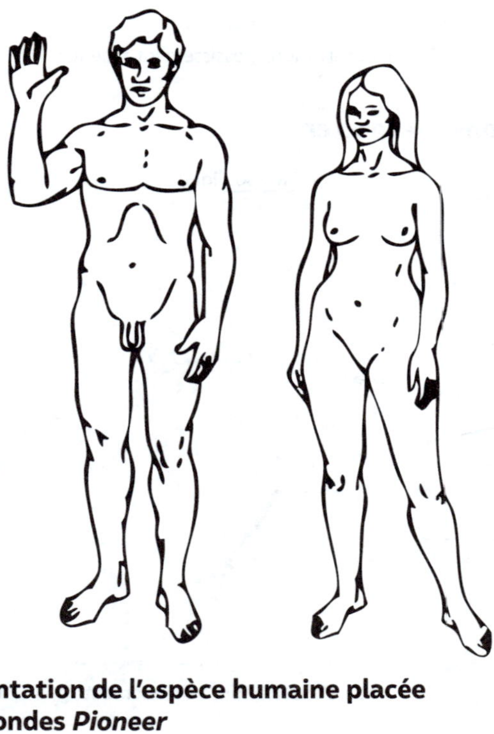

Doc 1 Représentation de l'espèce humaine placée sur les sondes *Pioneer*

La planète Terre en quelques chiffres

- Troisième planète en partant du Soleil (notre étoile) parmi les huit du Système solaire.
- Distance au Soleil : environ 150×10^6 km.
- Rayon moyen : 6 378 km.
- Masse : 6×10^{24} kg.
- Densité moyenne : 5,52.

Par comparaison, la densité de l'eau = 1.

- Température moyenne de surface : 15 °C.
- Constituée de 12 à 16 plaques lithosphériques (selon les auteurs).

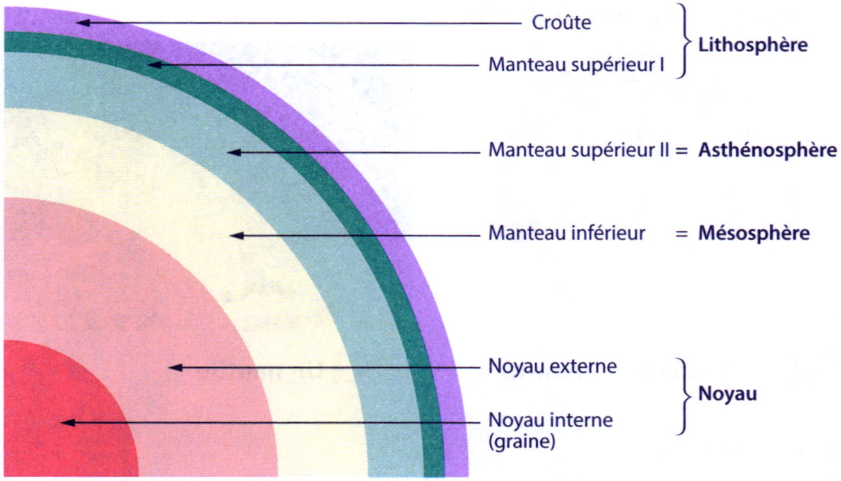

Doc 2 Coupe schématique de la Terre

Reconnaître quelques groupes de fossiles importants

Les fossiles sont des restes d'animaux, de végétaux, des traces de la vie passée sur Terre. Savoir reconnaître certains fossiles typiques permet de mieux comprendre une part de l'histoire du vivant.

Les ammonites

Mollusques marins, à coquille le plus souvent enroulée en spirale. Les ammonites ont aujourd'hui totalement disparu.

Animaux actuels apparentés : les nautiles.

Doc 1 Un fossile d'ammonite

Doc 2 Un nautile

Les trilobites

Arthropodes marins à squelette externe, dont le corps est divisé en trois parties. Ces animaux ont aujourd'hui totalement disparu.

Plus proches parents : les crustacés et les limules.

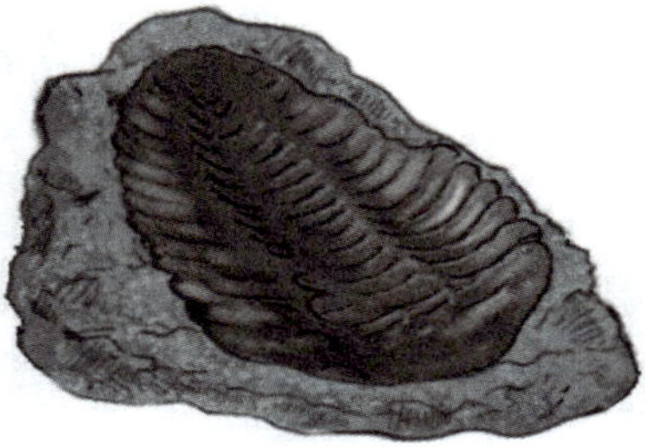

Doc 3 Un fossile de trilobite

Doc 4 Une limule

Les échinodermes

Animaux marins possédant un squelette dans la peau.

Ils comportent plusieurs groupes : les oursins, les étoiles de mer et les crinoïdes.

Ces groupes existent toujours à l'heure actuelle, mais certaines espèces ont disparu.

Doc 5 Un fossile de crinoïde

Doc 6 Une comatule (exemple de crinoïde actuel)

Les bélemnites

Animaux marins possédant un squelette interne dont une partie, le rostre, est la seule partie que l'on retrouve.

Ces animaux ont aujourd'hui totalement disparu.

Animaux actuels apparentés : les calmars et les seiches.

Doc 7 Des rostres de bélemnites

Doc 8 Une seiche

Localiser les lieux d'action des principales méthodes contraceptives

La contraception est l'utilisation de moyens permettant d'éviter de façon réversible et temporaire la conception d'un enfant. Les principaux moyens de contraception ont des actions différentes sur l'appareil génital de la femme.

Lieux d'action de différentes méthodes contraceptives

Méthode contraceptive	Lieux d'action
Les substances hormonales Une substance hormonale (pilule, patch, implant progestatif...) empêche l'ovulation, perturbe l'implantation de l'embryon et empêche la rencontre des gamètes.	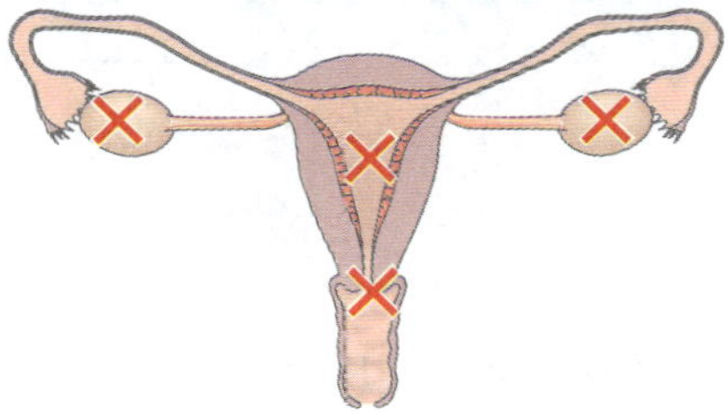
Les dispositifs intra-utérins Un dispositif intra-utérin (autrefois appelé stérilet) perturbe l'implantation de l'embryon.	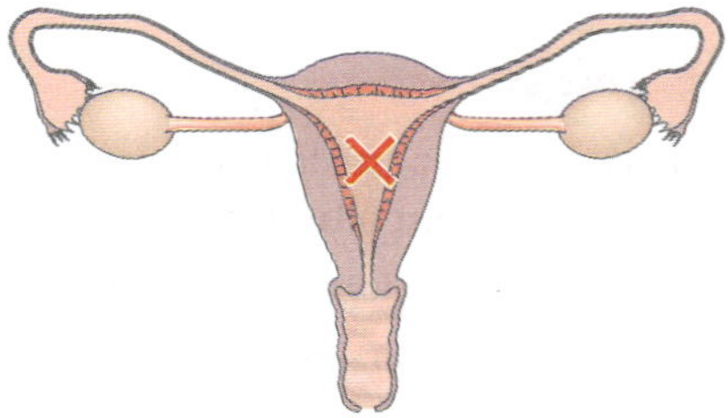
Les préservatifs Le préservatif, qu'il soit masculin ou féminin, empêche la rencontre des gamètes, et, de plus, protège contre les infections sexuellement transmissibles.	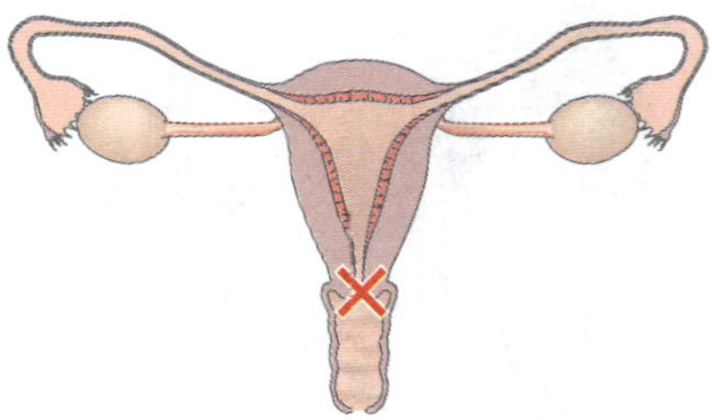

Connaître les méthodes de procréation médicalement assistée (PMA)

Différentes méthodes de PMA existent. Selon le problème rencontré par le couple, on a recourt à l'une ou l'autre de ces méthodes.

Problème du couple	Principe de la méthode de PMA
• Col de l'utérus empêchant le passage des spermatozoïdes. • Sperme : trop peu de spermatozoïdes et/ou nombre important de spermatozoïdes anormaux.	**L'insémination artificielle** **1.** Recueil du sperme de l'homme ou du sperme d'un donneur (banque de sperme). **2.** Injection du sperme dans la cavité utérine de la femme, au moment de l'ovulation (ovulation spontanée ou provoquée par stimulation hormonale).
Problèmes liés à l'ovulation et à la rencontre des gamètes (trompes obstruées...).	**La FIVETE** (fécondation *in vitro* et transfert d'embryons) 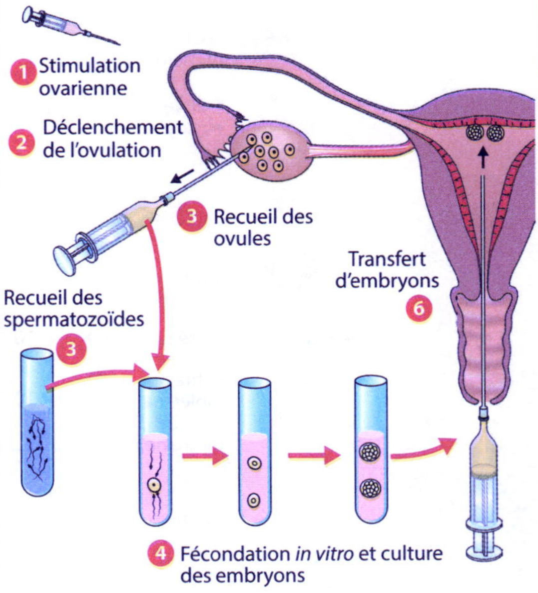
Faible mobilité des spermatozoïdes, ou trop peu de spermatozoïdes et/ou nombre important de spermatozoïdes anormaux.	**L'ICSI** (injection intracytoplasmique d'un spermatozoïde dans un ovule), puis transfert de l'embryon dans l'utérus de la femme. L'injection se fait sous microscope, à l'aide d'une micropipette.

Se repérer sur l'échelle du vivant

Il est important d'avoir une idée des dimensions de quelques objets en biologie ainsi que des instruments qui permettent de les observer.

Mais malgré les progrès techniques, il reste des éléments extrêmement petits qui échappent à l'observation...

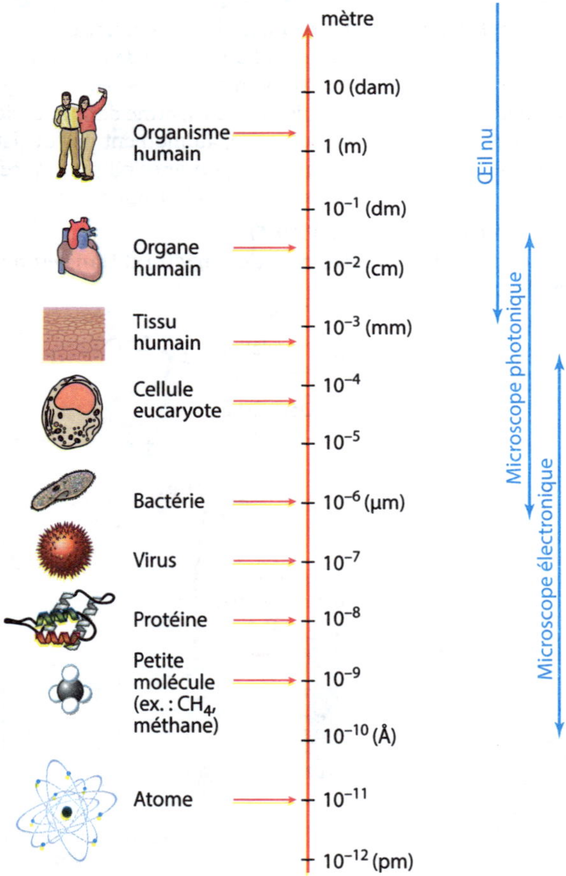

Doc **Ordre de grandeur de quelques objets biologiques, et instruments d'observation**

Observer des objets biologiques avec différents microscopes

La plupart des objets observés en SVT sont extrêmement petits et nécessitent l'emploi de microscopes.

Microscope utilisé	Observation d'un nerf
Microscope photonique (ou optique) Utilisé en classe. Échantillon traversé par de la lumière. Grossissement maximal : × 2 500.	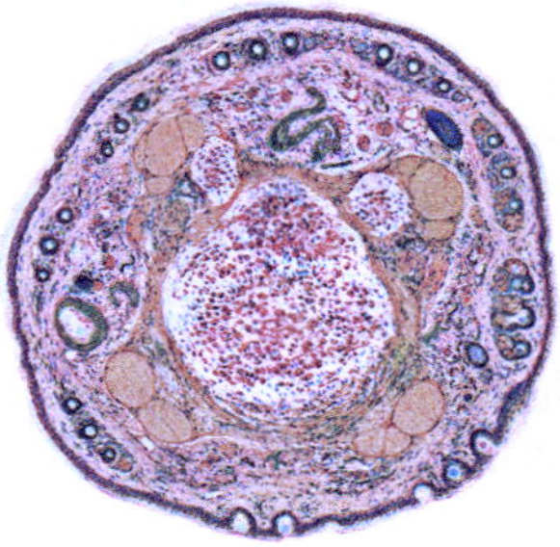 **Coupe transversale d'un nerf**
Microscope électronique à balayage (MEB) Utilisé par les scientifiques. Échantillon traversé par des électrons. Fournit des images en 3D. Grossissement maximal : × 40 000.	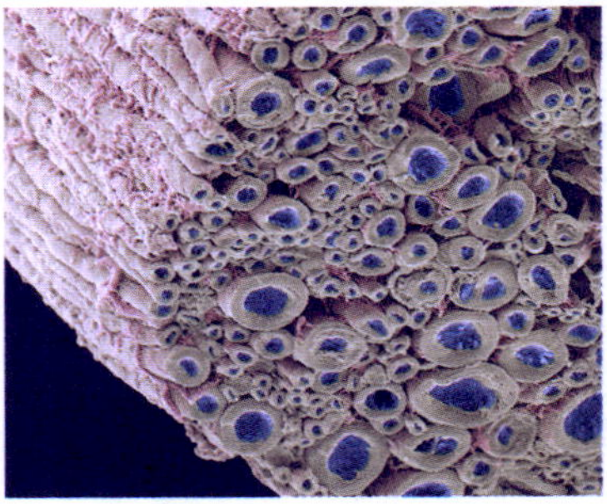 **Portion de nerf**
Microscope électronique à transmission (MET) Utilisé par les scientifiques. Échantillon traversé par des électrons. Grossissement maximal : × 150 000.	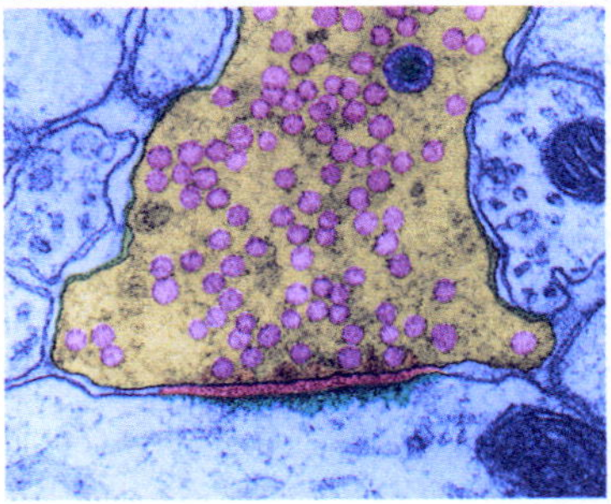 **Une synapse entre deux neurones**

Explorer l'intérieur du corps humain grâce à l'imagerie médicale

Les techniques d'imagerie médicale permettent d'explorer l'intérieur du corps humain sans qu'il soit nécessaire de pratiquer une intervention chirurgicale.

Technique	Image obtenue
L'échographie Une sonde génère des ultrasons. Ceux-ci traversent les tissus de l'organisme et se réfléchissent de manière différente selon la nature des tissus traversés, un peu comme un écho. Cette technique permet de visualiser en direct l'image de la zone inspectée.	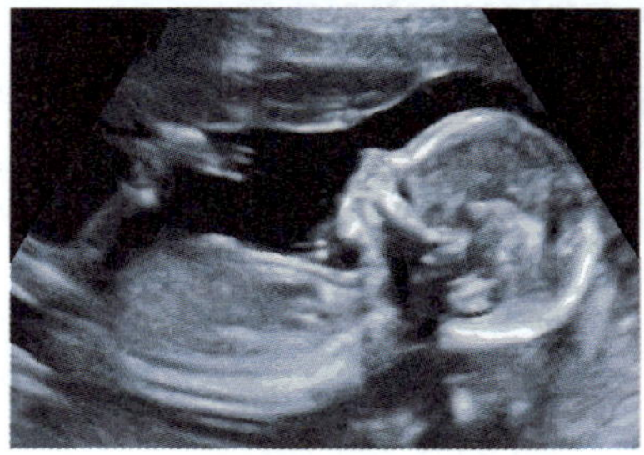 **Échographie d'un fœtus humain**
IRM, TEP L'imagerie par résonance magnétique (IRM) ou la tomographie par émission de positons (TEP) permettent de localiser les zones actives d'un organe.	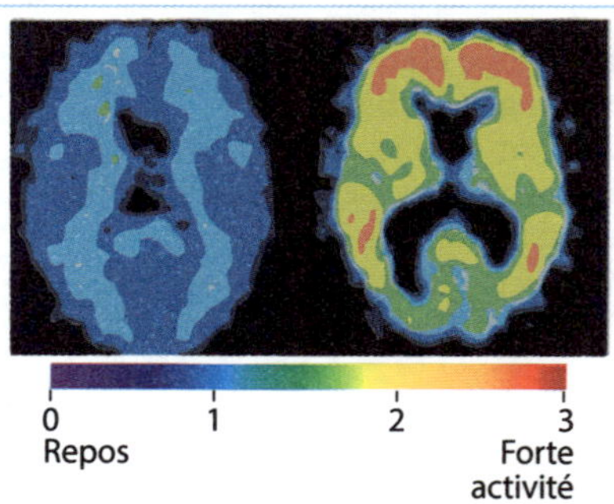 **TEP du cerveau**
Endoscopie L'endoscopie permet d'observer directement un organe dans le corps d'une personne. Elle consiste à introduire un petit tube souple terminé par une caméra.	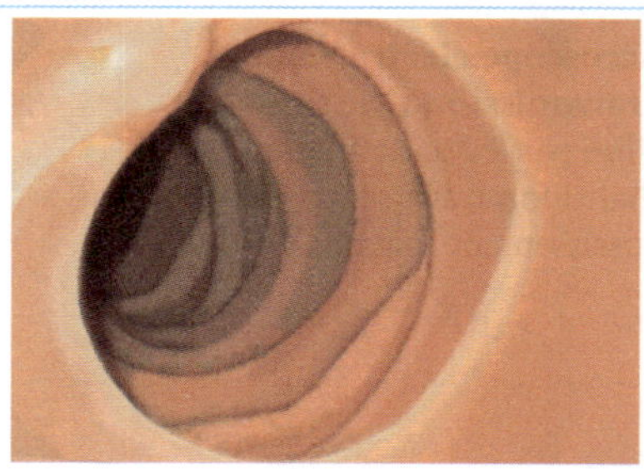 **Endoscopie digestive**

INDEX

CRÉDITS ICONOGRAPHIQUES

4 h	ph © Anthony Harvie/Getty-Images
4 b	ph © James Balog/Getty-Images
5 h	ph © Jeja/Getty-Images
5 m	ph © SPL - Science photo Library/Dr Andrejs Liepins/Bios photo
5 b	ph © SPL - Science photo Library/Bios photo
6 h	ph © Jean-Philippe Ksiazek/AFP PHOTO
6 m	ph © SPL - Science photo Library/Richard G. Rawlins, Custom Medical Stock photo/Bios photo
6 b	ph © Atlantide phototravel/Getty-images
7	ph © antoniodiaz
9	ph © Anthony Harvie/Getty-Images
10	ph © National Human Genome Institute/SPL/Bios photo
13	ph © Avec l'aimable autorisation de Mélanie Beaulieu Bergeron et Nicole Lemieux, Université de Montréal, Québec, Canada
15	ph © SPL - Science photo Library/Steve Gschmeissner/Bios photo
27	ph © LookatSciences
43	ph © James Balog/Getty-Images
50	ph © Gérard Blondeau/Climax /Bios photo
71	ph © Jeja/Getty-Images
76 bg	ph © Valentina R./stock.adobe.com
77 bg	ph © fotomaster/stock.adobe.com
84	ph © image360/stock.adobe.com
93	ph © SPL - Science photo Library/Dr Andrejs Liepins/Bios photo
95-doc a	ph © Dr Tony Brain/Science photo Library/Bios photo
95-doc b	ph © SPL - Science photo Library/M. Maeder/Biozentrum, University of Basel/Science photo Library/Bios photo
97	ph © SPL - Science photo Library/Andrew Syred/Bios photo
100	ph © Berekin/iStock
102	ph © Josse/Leemage
109-doc a	ph © SPL - Science photo Library/George Musil, Visuals unlimited/Bios photo
109-doc b	ph © SPL - Science photo Library/Science Vu, Visuals Unlimited/Bios photo
109-doc c	ph © SPL - Science photo Library/Steve Gschmeissner/Bios photo
111	ph © SPL - Science photo Library/Dr Kari Lounatmaa/Bios photo
125	ph © SPL - Science photo Library/Bios photo
127	ph © SPL - Science photo Library/Andrew Syred/Bios photo
129 m	ph © SPL - Science photo Library/Thomas Deerinck/NCMIR/Bios photo
129 g	ph © SPL - Science photo Library/Steve Gschmeissner/Bios photo
129 d	ph © SPL - Science photo Library/Dennis Kunkel Microscopy/Bios photo
134	ph © SPL - Science photo Library/Manfred Kage/Bios photo
135	ph © SPL - Science photo Library/Scientifica/Visuals Unlimited, Inc./Bios photo
145	ph © Jean-Philippe Ksiazek/AFP PHOTO
149	ph © Kessel & Kardon/BSIP
155	ph © Bios photo Associates/ photo Researchers Inc./BSIP
157	ph © photo Researchers Inc./BSIP
167	ph © SPL - Science photo Library/Richard G. Rawlins, Custom Medical Stock photo/Bios photo
169-doc a	ph © SPL - Science photo Library/Bio photo Associates/Bios photo
169-doc b	ph © SPL - Science photo Library/ Bio photo Associates/Bios photo
172	ph © AJ photos/SPL/Bios photo

PAPIER À BASE DE FIBRES CERTIFIÉES

Hatier s'engage pour l'environnement en réduisant l'empreinte carbone de ses livres. Celle de cet exemplaire est de :
750 g éq. CO_2
Rendez-vous sur www.hatier-durable.fr

Achevé d'imprimer en Italie par L.E.G.O. S.p.A. - Lavis (TN)
Dépôt légal n° 07828 - 4/01 - Juin 2021